全新開始
學法語文法

FRENCH GRAMMAR FOR EVERYONE

全MP3一次下載

9789864542291.zip

目錄

法語文法（基礎）

法語文法（進階）

就字母來說，法語跟英語一樣也是由 26 個字母所組成，且大小寫寫法也都一樣，只是在單字的拼法上不同，不過有些單字拼法是一樣的。例如：table, information, bus 等等法語單字完全跟英語的一樣，所以學法語常會遇到熟悉的單字，而不需特別花時間在這些字母的寫法上。

要點 1 法語的 26 個基本字母（l'alphabet français）🎧 00-01.mp3

A a	B b	C c	D d	E e	F f	G g	H h	I i	J j
K k	L l	M m	N n	O o	P p	Q q	R r	S s	T t
U u	V v	W w	X x	Y y	Z z				

☞ 以上是法語的 26 個基本字母 A ~Z 的大寫與小寫。

雖然法語跟英語一樣是由 26 個字母組成，但唸法不太一樣，例如英文的字母 A 唸作 [e]，但法文的字母 A 唸作 [a]。請配合 MP3，多複誦幾次。

✏️ 練習題 🎧 00-02.mp3

拼寫 & 跟讀練習：請練習在底線上拼寫以下縮寫字，接著跟著 MP3 唸三遍，每唸完一遍就在以下方格中打勾。

(1) SNCF （法國國鐵）

SNCF
_____

☐ 第1遍 ☐ 第2遍 ☐ 第3遍

(2) RATP （巴黎大眾交通公司）

_____

☐ 第1遍 ☐ 第2遍 ☐ 第3遍

(3) TGV （高速鐵路）

_____

☐ 第1遍 ☐ 第2遍 ☐ 第3遍

(4) RER （大巴黎快速鐵路網）

_____

☐ 第 1 遍　☐ 第 2 遍　☐ 第 3 遍

(5) CV （履歷表）

_____

☐ 第 1 遍　☐ 第 2 遍　☐ 第 3 遍

(6) TVA （加值稅）

_____

☐ 第 1 遍　☐ 第 2 遍　☐ 第 3 遍

▌要點 2▐ 法語的特殊符號（les accents français）基本概念 🎧 00-03.mp3

雖然法語基本的 26 個字母與英語的相同，但有別於英語，法語單字的拼法中仍有一些特殊符號，例如：

à　　grève　　être　　noël　　allô　　français

請仔細看顏色標示處，在一般字母上多了一些特殊符號，這就是在法語中所說的 accent。不過請小心，這些符號並不表示需要加重讀音或是特別強調的意思，且發音也沒有太大的變化。

　　這樣的符號，除了在語言演變過程中有其歷史原因（拉丁文、希臘文的影響）之外，現今法語中看到的這些符號之功能主要是來區別單字用的，要是忘了標示或標示錯誤是會讓人誤解的喔。例如：

à：有符號的是介系詞，類似英語中的 to, in, at 等。
a：無符號的是動詞變化過的格式，是動詞「有」的意思。

répartir：有符號的是動詞「分配、分發」的意思。
repartir：無符號的是動詞「再出發」的意思。

ou：無符號的是「或者」的意思。
où：有符號的是疑問詞「哪裡」的意思。

學習過程中並不需要去深究法語特殊符號的歷史來源與演變，只須熟記單字中是否有符號即可。但法語的特殊符號並非每個字母都有，且符號標示的位置大多都寫於字母正上方（除了 français 的 ç 是在下方）。

　　以下為法語的特殊符號介紹。未介紹到的特殊符號，就不是法語符號，歐語系國家語言有很多不同符號，請勿與其他歐洲語言混淆喔。

・特殊符號（les accents）　　　　　　　🎧 00-04.mp3

符號	名稱	字母	單字／句子
´	閉口音符號 （accent aigu）	é （唸作：e accent aigu）	étudiant
`	開口音符號 （accent grave）	è （唸作：e accent grave）	très
		à （唸作：a accent grave）	là
		ù （唸作：u accent grave）	où
^	長音符號（accent circonflexe）	ê （唸作：e accent circonflexe）	être
		â （唸作：a accent circonflexe）	théâtre
		î （唸作：i accent circonflexe）	île
		ô （唸作：o accent circonflexe）	allô
		û （唸作：u accent circonflexe）	goût

符號	名稱	字母	單字／句子
¨	分音符號（**tréma**）	ë （唸作：e tréma）	Noël
		ï （唸作：i tréma）	Taïwan
		ü （唸作：u tréma）	Saül
ֻ	軟音符號（**cédille**）	ç （唸作：c cédille）	ça va

☞ 以上是法語的 5 種特殊符號，出現在特定幾個字母上的情況。關於以上這些有特殊符號的字母於單字中要如何發音，請見下一章節（Leçon 0.2 的要點 2），並配合 MP3 音檔來學習。

　　建議讀者記一下這些符號的法語名稱及其發音，有時在跟法國人溝通時難免會需要用到的時候。另外，最重要的是，**在拼寫單字時不要漏寫或標示錯誤**，尤其像是 é 和 è 在 e 上面這兩種極為相似但撇的方向不同的符號。不過有特殊符號的字母**如遇到需大寫的情況時，可以不標示特殊符號，但小寫時一定要標示清楚**。請配合 MP3，多加練習與複誦。

✘ ètudiant
○ étudiant

✘ trés
○ très

✏️ **練習題**　🎧 00-05.mp3

拼寫 & 跟讀練習 1（法語姓名）：請練習在底線上拼寫以下法語姓名，接著跟著 MP3 唸三遍，每唸完一遍就在以下方格中打勾。

⑴ Céline

Céline _____

☐ 第 1 遍　☐ 第 2 遍　☐ 第 3 遍

(2) Solène

_____

□ 第 1 遍　□ 第 2 遍　□ 第 3 遍

(3) Benoît

_____

□ 第 1 遍　□ 第 2 遍　□ 第 3 遍

(4) Gaël

_____

□ 第 1 遍　□ 第 2 遍　□ 第 3 遍

(5) Jérôme

_____

□ 第 1 遍　□ 第 2 遍　□ 第 3 遍

拼寫 & 跟讀練習 2（單字）：請練習在底線上拼寫以下單字，接著跟著
MP3 唸三遍，每唸完一遍就在以下方格中打勾。

(1) élève（學生）

élève _____

□ 第 1 遍　□ 第 2 遍　□ 第 3 遍

(2) être

_____

□ 第 1 遍　□ 第 2 遍　□ 第 3 遍

(3) voilà（這就是…）

_____

□ 第 1 遍　□ 第 2 遍　□ 第 3 遍

(4) bébé（嬰兒）

_____

□ 第 1 遍　□ 第 2 遍　□ 第 3 遍

(5) goût（味道）

_____

☐ 第1遍　☐ 第2遍　☐ 第3遍

 練習題　🎧 00-06..mp3

特殊符號聽寫練習：請配合MP3做以下練習。以下將聽到法語老師拼讀以下列出單字的字母，每個單字皆有1~2個特殊符號，請在單字的字母中標示特殊符號。（將唸兩遍）

(1) flute （笛子） _____

(2) repeter （重複） _____

(3) lecon （課） _____

(4) frere （兄弟） _____

(5) apres （在～之後） _____

(6) Anais （女生名） _____

la phonétique en français

法語發音通則與規則

　　學習法語的第一步除了學字母之外，更重要的是要會發音，唸不出來的法文字會造成單字不容易記住，所以需盡快掌握發音原則。跟學習中文或英語一樣，當遇到不會唸的字時可以參考注音符號或音標，法語也是有注音符號的喔。在此不建議用中文或英語的音標來學習，但如果剛開始不容易記，還是可以暫用適合自己或有效率的方式來記憶，但以長遠學習來看，還是建議學習法語的音標為佳。

　　就跟以前學英語一樣的經驗，在會唸出法語單字的發音之前，首先需要了解法語的發音基本概念，以及要懂得區分母音與子音，以及區分音節。

┃要點 1┃ 法語發音基本概念 🎧 00-07.mp3

音節觀念＆母音與子音的分辨

所謂的音節（syllabe），也就是一個單字裡面最小的發音單位，而一個音節必須要有一個母音，兩個音節就要有兩個母音。因此在唸法語單字時，一個子音配一個母音唸。但如果母音前面沒有子音，那麼先單獨唸該母音。因此在拆音節時，有幾個母音就會有幾個音節。以下套顏色的字為母音。

可拆成 3 音節

· madame　→　ma-da-me

m	a	d	a	m	e
子音	母音	子音	母音	子音	母音

可拆成 2 音節

· moto　→　mo-to

m	o	t	o
子音	母音	子音	母音

可拆成 2 音節

· ami → a-mi

a	m	i
母音	子音	母音

字尾的子音不發音

🎧 00-08..mp3

法語在字尾的子音通常是不發音的（除了特定幾個要發音），這跟英語非常不同，初學者也易犯此錯誤。例如：

bijoux	loup	surtout
[biʒu]	[lu]	[syrtu]

☞ 顏色標示處不能發音。以下是錯誤的唸法：

✘[biʒuks]　　✘[lup]　　✘[syrtut]

但 l、r、c、f 這些子音在字尾要發音。例如：

bal	dur	sac	vif
[bal]	[dyr]	[sak]	[vif]

h 不發音

🎧 00-09.mp3

法文字母 h 於單字中不論在哪個位置都不發音，例如：

haricot	
[ariko]	✘[hariko]

字尾 e 的發音

🎧 00-10.mp3

單字字尾 e 是否要發音有兩種說法，有人認為要發音（輕輕地唸出 [ə]），有人認為不用發音。所以會有兩種音標標示法，但兩者的發音差別不大。例如：habite [abitə] 或 [abit]。

| 要點 2 | 字母與音標對照表（Alphabet et Phonétique）

法語的母音（**voyelles**）有 **11** 個，現代法語中有用到的只有 **10** 個，外加 **4** 個鼻母音（**nasales**），有些區域只會用到 **3** 個。子音（**consonnes**）有 **17** 個，此外還有三個半子音（**semi-consonnes**；或稱半母音 **semi-voyelles**），但如果熟練母音和子音，半子音其實不難。

· **consonnes** 子音 🎧 00-11.mp3

字母	音標	例子	字母	音標	例子
p	[p]	papa [papa]	s, ç, c*	[s]	tasse [tas], ça [sa], ciel [sjɛl]
b	[b]	bac [bak]	z, s***	[z]	Zaza [zaza], vase [vaz]
t	[t]	thé [te]	m	[m]	Mamie [mami]
d	[d]	dé [de]	l	[l]	lac [lak]
c*, k, qu	[k]	coco [koko], qui [ki]	n	[n]	nono [nono]
g**, gu	[g]	bague [bag]	r	[r]	rat [ra]
f, ph	[f]	fac [fak], phare [far]	ch,**** sch	[ʃ]	Chinois [ʃinwa], schèma [ʃɛma]
v	[v]	Victor [viktor]	j, g**	[ʒ]	je [ʒə], gilet [ʒile]
gn	[ɲ]	espagnol [espaɲol]			

* 字母 c 放在字母 a, o, u, ou 前通常是發 [k] 音，例如：cacao [kakao]。於字母 i 或 e 前發 [s] 音。例如：cinéma [sinema], tracé [trase]。

** 同樣狀況發生於字母 g，如果放在字母 a, o, u, ou 前發 [g] 音，例如：gaga [gaga]。於字母 i 或 e 前發 [ʒ] 音，例如：gilet [ʒile], geler [ʒəle]。

*** s 發 [z] 音的情況是在位於兩個母音之間時。

**** ch 有時也唸 [k]，但情況少見（如 chorale [koral] 合唱團、chœur [kœr] 唱詩班、orchestre [orkestr] 交響樂團）。

· **voyelles** 母音　🎧 00-12.mp3　· **nasales** 鼻母音　🎧 00-13.mp3

字母	音標	例子
a, à, â	[a]	patate [patatə]
i, y, î, ï	[i]	riz [ri], stylo [stilo]
ou, où, oû	[u]	**où** [u]
é, er * ez, es	[e]	th**é** [te], parl**er** [parle], n**ez** [ne]
è, ê, ë, ai, ei,	[ɛ]	gr**è**ve [grɛv], f**ê**te [fɛt], No**ë**l [noɛl], s**ai**s [sɛ], p**ei**ne [pɛn]
o, au, eau, ô	[o]	**au**to [oto], **eau** [o]
or, omme	[ɔ]	c**or**de [kɔrd], h**omme** [ɔm]
u, û, ù, ü	[y]	**u**ne [yn]
eu, oeu	[ø]	d**eu**x [dø], v**oeu**x [vø]
eur, oeur	[œ]	prof**eur** [prɔfɛsœr], s**oeur** [sœr]
e	[ə]	p**e**tit [pəti], tap**e** [tapə]

字母	音標	例子
am, an, em, en	[ã]	**an** [ã], tr**en**te [trãt], l**am**pe [lãp], **em**ploi [ãplwa]
im, in, ym, yn, aim, ain, eim, ein	[ɛ̃]	v**in**gt [vɛ̃], t**im**bre [tɛ̃br], f**aim** [fɛ̃], m**ain** [mɛ̃], p**ein**tre [pɛ̃tr], s**yn**dicat [sɛ̃dika], s**ym**pa [sɛ̃pa]
om, on	[ɔ̃]	b**on** [bɔ̃], n**om** [nɔ̃]
um, un	[œ̃]	parf**um** [parfœ̃], **un** [œ̃]

* er 唸 [e] 音常出現在原形動詞的字尾時。例如：parler [parle], habiter [abite]。

· semi-voyelles 半母音　🎧 00-14.mp3

字母	音標	例子
il, ill, ier	[j]	ail [aj], fille [fij], acier [asje]
ui, ue, ua	[ɥ]	nuit [nɥi], muer [mɥe]
oui, oua	[w]	**ou**i [wi]

字母	音標	例子
ien	[jɛ̃]	b**ien** [bjɛ̃]
tion	[sjɔ̃]	situa**tion** [sitɥasjɔ̃]
oi	[wa]	**loi** [lwa]
oin	[wɛ̃]	**loin** [lwɛ̃]

以上音標是剛開始學習時的一種參考工具，有助於學習者方便記憶。或者也可以直接記某某字母的組合會唸什麼音，若忘了怎麼唸，再來這裡查其音標或者聽 MP3 音檔來確認發音。

✏️ 練習題　🎧 00-15.mp3

聽讀練習（單字）：以下為常見的法文食物名，請先自己練習唸唸看以下單字，接著播放 MP3 音檔確認自己是否有唸對。

(1) café（咖啡）

　　☐ 自己練習唸　☐ 確認

(2) macaron （馬卡龍）

　　☐ 自己練習唸　☐ 確認

(3) avocat （酪梨）

　　☐ 自己練習唸　☐ 確認

(4) baguette （長棍麵包）

　　☐ 自己練習唸　☐ 確認

(5) crêpe （可麗餅）

　　☐ 自己練習唸　☐ 確認

⑹ pain （麵包）

☐ 自己練習唸　☐ 確認

⑺ ratatouille （法式燉菜）

☐ 自己練習唸　☐ 確認

⑻ crème brûlée （烤布蕾）

☐ 自己練習唸　☐ 確認

⑼ gâteau （蛋糕）

☐ 自己練習唸　☐ 確認

⑽ escargot （蝸牛）

☐ 自己練習唸　☐ 確認

┃要點 3┃法語的連音：基本概念（單字與單字之間的唸法）

在單字知道要怎麼唸了之後，接著要了解單字與單字之間的唸法。唸法語時要注意的是連音問題，法語的連音理論上可區分為兩種：一為連音（entraînement），另一種為連頌（liaison）。

連音（entraînement）　🎧 00-16.mp3

所謂的**連音**，指的是在唸兩個單字時，**前一個單字字尾的子音要發音**，**且下一個單字的字首是母音**的情況，此時此兩單字會連在一起唸。請見以下例子。

連音唸作

· il a → [i-la]

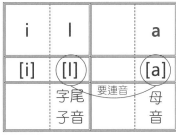

☞ l 和 a 連在一起讀。

連頌（liaison）

所謂的**連頌**是指在唸兩個單字時，前一個單字字尾的子音不發音，但遇到下一個字首是母音的單字時，**要與母音連在一起唸**。

連音唸作
· les amis → [le-za-mi]

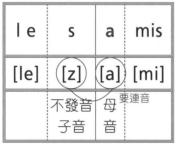

☞ s 於字尾通常不發音，但因下一個字首字是母音，因而連在一起唸。

由於本書的規劃目的是希望不要太複雜的簡單學習，因此學習者可以暫時不去區分，都以連音來簡稱。也就是說，出現兩個單字時，如果第二個單字是母音開頭，那麼須注意是否要連音。以下請練習標示出要連音的字母，並試著唸唸看以下表達：

· on a
　☞ on‿a。把 n 和 ɑ 唸成一個音節，唸成 [ɔ̃-na]。
· un avocat
　☞ un‿avocat。把 n 和 ɑ 一起讀，唸成 [œ̃-na-vo-ka]
· deux euros
　☞ deux‿euros。把 x 和 eu 一起讀，唸成 [dø-zø-ro]

| 要點 4 | 法語的連音：連音規則　　　　　　　　🎧 00-18.mp3

在唸法語時，並非所有情況都要連音，也有分為**必須要連音**與不一定**要連音**之別，有些情況是不連音的，例如連接詞 et 和後面母音開頭的字是不能連音的。所以學習過程中，需多注意連音的部分。以下為**必須要連音的基本規則**。

・ 主詞+動詞

當主詞為**人稱代名詞**，而**動詞是母音開頭**的情況

　　Vous‿avez（您有）

　　[vu-zave]

・ 冠詞+名詞

任何**冠詞接續母音開頭的名詞**時

　　les‿amis（那些朋友們）

　　[le-za-mi]

・ 數字+名詞

數字接續母音開頭的名詞時

　　trois‿euros（3 歐元）

　　[trwa-zø-ro]

・ 介系詞+母音開頭的單字

　　avec‿elle（和她）

　　[a-ve-kɛl]

・ 疑問詞+母音開頭的單字

　　quel‿âge（哪一個年齡 = 幾歲）

　　[kɛ-la-ʒə]

・ très（非常）+母音開頭的副詞或形容詞

　　très‿agréable（非常令人愉快）

　　[trɛ-za-gre-abl]

・ C'est（這是～）+母音開頭的單字

　　C'est‿à moi.（這是我的。）

　　[se-ta-mwa]

掌握法語的連音牽扯到語言的熟練度，建議等學法語到一定階段時再回來這部分複習，會更清楚。

 **練習題** 🎧 00-19.mp3

連音練習：請播放 MP3 音檔聽以下的句子，並在句子中標示哪些單字有連音。並在有連音的兩字母間標示「‿」。

(1) Comment allez-vous? 您好嗎？

(2) Vous avez quel âge? 您貴庚？

(3) J'ai onze ans. 我 11 歲。

(4) C'est un sac. 這是一個袋子。

(5) Il y a un étudiant. 有一位學生。

(6) Je suis très heureux. 我很幸福。

► 解答

(1) Comment‿allez-vous ?
(2) Vous‿avez quel‿âge ?
(3) J'ai onze‿ans.

(4) C'est‿un sac.
(5) Il‿y‿a‿un‿étudiant.
(6) Je suis très‿heureux.

法語語順&法語組字規則

　　大部分的人或許認為法語是好聽的語言，聽起來帶有浪漫的感覺，但其實法語說起來是個重視語句結構的語言，學習過程要注意其詞性分別，像是名詞、代名詞、副詞等等，尤其動詞須依主詞的格式來變化，對於習慣講中文的我們確實是一大挑戰。以下我們就來看看法語幾個短句子的結構。

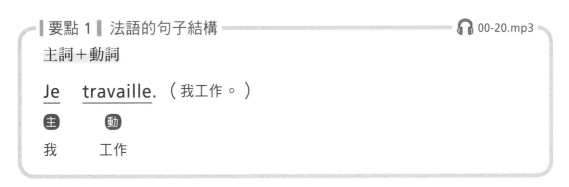

　　句子的主詞是 je，動詞是 travaille。不過句中的動詞是來自於原形的 travailler 變化來的，因為搭配了主詞 je 而有了此變化 travaille。

　　句子的主詞是 je，動詞是 prends，un 為不定冠詞（陽性 ⓜ），sandwich 為陽性 ⓜ 名詞。這裡也明顯看到主詞與動詞的關係相連，為句子中不可或缺之兩角色。另一個重點是冠詞與名詞的關係。**法語的名詞有陰陽性，所以會牽動冠詞的格式。**

　　動詞中又分為**及物動詞**、**不及物動詞**。這裡所謂的及物動詞是指，動詞

後面接名詞時不須加介系詞，直接接名詞。反之，如果動詞本身須加介系詞才能接名詞者，我們稱之為不及物動詞。請見以下例句：

Je　parle　à　Marie.
主　　動　　介　　受

☞parle 為動詞，à 為介系詞，Marie 為受詞。如果把 à 去除，那麼這句子就會有問題。用介系詞的原因是因為 parle 這動詞是不及物動詞。

主詞＋動詞＋副詞（時間、地點、目的）

Je　travaille　à Paris.　（我在巴黎工作。）
主　　動　　　　副
我　　工作　　　在巴黎

這裡的 je 同樣是主詞，travaille 是動詞，à Paris 是地方補語（副詞），補充說明地點。與以上學過的句子差不多，固定有主詞、動詞，不過這裡用到副詞。副詞可以表示**時間、地點、目的**等用來說明句子的內容。我們再來看看其他例句。

Je travaille demain.
我　　工作　　明天
（我明天工作。）

☞demain 是時間補語（副詞），補充說明時間。

Je travaille pour gagner ma vie.
我　　工作　　為了賺錢過生活
（我工作是為了賺錢過生活。）

☞ 介系詞 pour（為了～目的），補充說明原因。

從以上句型基本架構看來，在法語句子中，主詞和動詞占重要角色，要學會用法語表達，一定要掌握好主詞與動詞的運用。

法語之所以好聽，很大一部分跟法語的發音有關。而發音跟文字的構成有關，所以以下要來看看法語文字的構成規則。原則上法語組字的方式習慣以「子音 - 母音」相間來構成音節。例如：

· facile（簡單）→ fa-ci-le

f	a	c	i	l	e
子音	母音	子音	母音	子音	母音

☞ 這裡很明顯地看得出來是由子音和母音組成音節，甚至可延伸更長的字，例如：fa-ci-li-té。

但也有**連續子音、連續母音**的狀況，例如：

「子音 - 子音」的情況

· verre（玻璃杯）：雖然中間有連續子音，但 [r] 音只唸一次。

· livre（書）：連續不同子音 vr 須發出來。

☞ 但法語中不太會看到連續三個子音的情形。此外，字尾的子音多半不發音。

「母音 - 母音」的情況

法語連續母音的情形很多，但大多是只發一個母音，或是轉成鼻母音。例如：

· moi（我）→ m-oi

m	o	i
子音	母音	母音

→ 只發一個母音

☞ 這裡 oi 要一起唸作一個單母音。

在發音規則裡，要特別注意**組合字**只唸單母音的情況，像是 au, eau, eu, ou 等都是單母音發音。如果 a, e, i, y, o, u 跟 n 或 m 緊連，而 m（或 n）後面又是子音，則須唸鼻母音。☞ 請參照前面學過的「字母與音標對照表」。

法語名詞有分陰陽性與單複數，對於初學者來說，剛開始確實很困惑，因為似乎沒有道理可循。例如 pomme（蘋果）是陰性、poisson（魚）是陽性。建議一開始可以用聯想的方式來記憶，例如蘋果是陰性，那麼可以利用「白雪公主最愛吃的水果」或「女生的蘋果肌」之類的方式來聯想，依每個人的偏好與想像力來背，一開始學這個語言會比較容易些。不過話說回來，法語的陰陽性可分為 sexe（性別）和 genre（種類）兩種。

| 要點 3 | 法語的組字規則：名詞陰陽性

· sexe（性別）

大部分用在人身上。因為人是有分男女性別的，所以法文字會依照男女的性別來**做陽性或陰性的字尾變化**，且大都發生於職業名詞上的變化。以下有幾個原則，例如：

· 字尾加 e

Ⓜ étudiant（男學生）　　Ⓕ étudiante（女學生）

Ⓜ avocat（男律師）　　Ⓕ avocate（女律師）

· 字尾加 ère

Ⓜ cuisini<u>er</u>（男廚師）　　Ⓕ cuisini<u>ère</u>（女廚師）

Ⓜ infirmi<u>er</u>（男護士）　　Ⓕ infirmi<u>ère</u>（女護士）

· 字尾加 ne

Ⓜ musicien（男音樂家）　　Ⓕ musicienne（女音樂家）

Ⓜ pharmacien（男藥師）　　Ⓕ pharmacienne（女藥師）

尚還有其他規則與不規則的寫法，在此先簡單列舉幾個而已。☞ 詳細內容請見第 5 課。

· genre（種類）

另外一種名詞陰陽性是無法在字尾加字、做變化的，而是特定屬於陽性，或是特定屬於陰性。例如我們剛剛提過的 pomme（蘋果）就固定屬於陰性，不受女生或男生之性別關係而做變化。以下提供幾個辨別原則做參考，透過字尾來辨別名詞的陰陽性。不過在學習過程中，仍須注意會有例外的現象發生。

陽性詞尾 m

-age	village 村落 , garage 車庫
-eau	château 城堡 , manteau 大衣 ☞ 但 eau（水）是陰性。
-ème	système 系統 , problème 問題
-ier	papier 紙 , pommier 蘋果樹
-il	ail 大蒜 , soleil 太陽
-isme	romantisme 浪漫主義 , réalisme 現實主義
-ment	moment 時刻 , gouvernement 政府
-oir	mouchoir 手帕 , trottoir 人行道
-ou	chou 包心菜 , trou 洞

陰性詞尾 f

-ade	promenade 散步 , limonade 汽水
-ée	journée 日子，天 , année 年
-ance	alliance 聯盟 , confiance 自信
-ence	essence 精華／汽油 , patience 耐心
-ille	famille 家族 , bouteille 瓶子
-ette	cigarette 香煙 , vignette 標籤
-esse	jeunesse 年輕 , faiblesse 虛弱
-ie	partie 部分 , charcuterie 加工肉品類
-ière	rivière 河 , lumière 燈光
-ion	information 資訊 , pension 食宿
-son	maison 房子 , chanson 歌
-ude	habitude 習慣 , attitude 態度
-ure	peinture 油畫 , ceinture 皮帶

以上提供給各位做參考，但在學習的過程中難免會遇到例外，請多加注意。

1. Bonjour. 日安，你好。
2. Bonsoir. 晚安。
3. Salut！嗨！／掰掰！ ☞ 限熟識對象，於見面時或道別時使用
4. Comment allez-vous？您好嗎？ ☞ 正式用語 formel
5. Ça va？Comment ça va？你好嗎？ ☞ 非正式用語 informel
6. Très bien, merci. 很好，謝謝。
7. Au revoir. 再見。
8. Je m'appelle... 我的名字是⋯
9. ... s'il vous plaît. 〜麻煩您了。
10. Pardon！抱歉！
11. Excusez-moi！不好意思！對不起！
12. Je vous en prie. 不客氣。

· 情境會話　　　　　　　　　　　　　　　00-23.mp3

（A 是剛到的新學生。）

A Bonjour! Je m'appelle Zak, et toi？

B Julie. Comment ça va?

A Ça va, merci et toi？

B Très bien！Au revoir！

A Au revoir！

文化小提醒

　　法國人打招呼是有分親疏關係的。也就是說有分正式 formel 或非正式 informel。與不熟的人交談，或是在正式的場合中，會用**比較完整的句型**；與平輩或熟人（朋友、家人、同學、同事、小孩等等）可用**口語格式**。打招呼方式也不同，不熟的人之間或因禮貌的關係可以握手；熟人之間可以貼臉頰，但並非對所有人都需貼臉頰。以上這個會話是初次見面的同學之間的交談，但即使不認識也是可用非正式的方式，法國人是可以接受的，但貼臉頰恐怕不合適。

文法篇

法語文法

01 法語文法（基礎）
· Leçon 01～Leçon 49

02 法語文法（進階）
· Leçon 50～Leçon 58

人稱代名詞（les pronoms sujets） 001.mp3

「我是～」「你是～」用法文怎麼說

　　像是「我」「你」等的人稱代名詞，在法文文法中非常重要，除了可以替代一般名詞（如蘋果）或專有名詞（如瑪莉），以避免重複之外，也主導了法文動詞的變化。法語的人稱代名詞分成主詞或受詞此兩種不同角色，本課先介紹主詞角色的人稱代名詞。

▌要點 1▌ 法文的主詞人稱代名詞 🎧 001.mp3

我	je	我們	nous
你／妳	tu	你們／您／您們	vous
他	il	他們	ils
她	elle	她們	elles

　　基本上與英語類似，不同的是，法語中又可分尊稱「您」的用法，也就是 **vous**。此外，第三人稱複數（他們；她們）也有分男女生之別。

☞ vous 的用法：有幾種情境的代稱方式，也就是可以代稱單數的「您」或是複數的「你們／您／您們」。要如何辨認，須看當時的溝通情境。如果說話時對方僅一人，當要用 vous 稱呼對方時，那表示尊稱對方「您」；如果是兩人以上，就是指複數的「你們」，或是複數尊稱的「您們／諸位」。

▌要點 2▌ 試著放進句子裡，表達「A＝B」 🎧 001.mp3

就「我是～」的表達，法文的語順跟英文、中文一樣。

中文 我是 Sophie

英文 I am Sophie.
　　 (be 動詞)

法文 Je suis Sophie.
　　 (être，相當於「＝」)

　　以人稱代名詞當主詞，並放在句首時，第一個字母要大寫。不過如果放於逗點之後，第一個字母就用小寫。例如：

Je suis Lisa.（我是麗莎）

Elle est Marie, et je suis Lisa.（她是瑪莉，而我是麗莎）

| 要點 3 | 動詞變化的格式　　　　　🎧 001.mp3

人稱代名詞在當主詞時，會決定動詞變化的格式，所以與動詞是有著缺一不可的相依性 。例如：

我	Je	**suis**	Lisa. 我是麗莎。
你	Tu	**es**	David. 你是大衛。
我們	Nous	**sommes**	Lisa et David. 我們是麗莎和大衛。

（動詞變化）

　　當句子的主詞是 je、tu 或是 il 時，儘管動詞都是同一個意思，但其變化是不同的。因此「我」的 être 動詞「是」要搭配 suis，「你」或「妳」的就要變成 es，「他」或「她」的就要變成 est。換句話說，如果沒有先決定好主詞，那麼動詞的格式也無法確定喔！

| 要點 4 | 複數時的陰陽性

　　另外一點值得一提的是，當一群人裡面有男生和女生時，要用「他們」這個第三人稱複數來稱呼時，此時的男性或女性代詞要如何取決呢？取決於「裡面是否有男生」。如果這群人中只有一位男性，也是一律由男性代詞為主。只有當全部都是女性時，才用陰性代詞。例如：

Paul et Lisa（Paul 和 Lisa）

☞ 人稱代名詞用「他們」，但因為有一位男性，所以代名詞為：**ils**。

Lisa et Marie（Lisa 和 Marie）

☞ 因為皆為女性，所以代名詞為：**elles**。

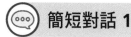 **簡短對話 1** 🎧 001.mp3

Ⓐ **Vous êtes... ?**　　　　　　　　　您是？

Ⓑ **Je suis Paul.**　　　　　　　　　　我是保羅。

Ⓐ **Tu es David ?**　　　　　　　　　你是大衛？

Ⓑ **Oui, je suis David.**　　　　　　　是，我是大衛。

Ⓐ **Vous êtes Paul et Linda ?**　　　　你們是保羅和琳達嗎？

Ⓑ **Non, nous sommes David et Paulin.**　不，我們是大衛和寶琳。

 文法補充

動詞要變化

　　法文並不像中文，一個「是」就能跟所有主詞百搭。反而是像英文 be 動詞會依主詞變化成 am, are, is，而 être 也會隨主詞產生變化。舉例來說，當主詞是 je（我）的時候，être 就會變成 suis。

> **être 動詞變化：**
> 我 **je suis** [ʒə sɥi]
> 你 **tu es** [ty e]
> 不論是男生的你還是女生的妳，動詞都用 es

造疑問句

　　此外，用 être 造法文的疑問句時，句子順序可以跟肯定句一樣不變，只要在句尾加上問號，語尾音調上揚，就是一個簡單的問句了。

> **être 造疑問句：**
> 肯定句 **Je suis étudiant(e).** 我是學生。
> 疑問句 **Tu es étudiant(e)?** 你（妳）是學生嗎？

💬 簡短對話 2

🎧 001.mp3

Ⓐ	Tu **es** française?		妳是法國人嗎？
Ⓑ	Oui, je **suis** française.		是的，我是法國人。
Ⓐ	Tu **es** qui?		你是誰？
Ⓑ	Je **suis** Thomas. Je suis étudiant.		我是多姆。我是學生。
Ⓐ	Tu **es** une amie de Laurent?		你是 Laurent 的朋友嗎？
Ⓑ	Non, je **suis** une amie de Thomas.		不，我是多姆的朋友。

✏️ 練習題

請將以下「人物名詞」轉換成「主詞人稱代名詞」。

例）Paul

　　il

（1）Marie 和我

_____

（2）Paul 與 David

_____

（3）你和 Paul

_____

（4）Natacha（女生名）

_____

（5）Lisa、Paul、Natacha

_____

（6）Lisa 和 Marie

_____

解答 ◀◀
（1）nous （2）ils （3）vous （4）elle （5）ils （6）elles

02

相當於英文 be 動詞的 être

　　法語的動詞變化分為規則類與不規則類。所謂規則類也就是說，動詞的變化是可推測的，照公式來變化的。而沒有規則可依循的，則稱為不規則動詞變化。因為動詞變化是中文沒有的，所以在學習過程中需要練習與熟記。

▌要點 1▌ être 的動詞變化 🎧 002.mp3

主詞	原形 être
Je 我	suis
Tu 你	es
Il/Elle 他／她	est
Nous 我們	sommes
Vous 你們	êtes
Ils/Elles 他們／她們	sont

　　我們於上章節有提及，法語的**動詞**須與**主詞人稱**配合。從表格中顯示，每個人稱的動詞變化是不同的、且是固定的，所以要是拼錯一字母，就會視為錯誤喔。

　　此外，être 的變化是不規則的，但由於 être 使用的機率很高，幾乎常常用到，因此學習時要熟記。

▌要點 2▌ 動詞的應用 1：跟主詞搭配 🎧 002.mp3

主詞人稱代名詞會決定動詞變化的格式，所以與動詞是有著缺一不可的相依性。例如：

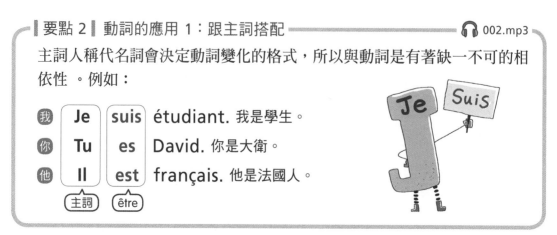

我	Je	suis	étudiant. 我是學生。
你	Tu	es	David. 你是大衛。
他	Il	est	français. 他是法國人。

（主詞）（être）

　　當句子的主詞是 je、tu 或是 il 等時，儘管動詞的意思都是同一個（être），但會有變化。因此「我」的動詞「是」要搭配 suis，「你」或「妳」的就要變成 es，「他」或「她」的就要變成 est。換句話說，如果沒有先決定好主詞，那麼動詞的格式也無法確定喔！

▌要點 3 ▌ 動詞的應用 2：être 後面接的詞彙　　　　🎧 002.mp3

S（主詞）＋ être N.（名詞）

・**N.（名詞）為專有名詞時**
Je suis <u>Mina</u>. 我是 Mina。
Tu es <u>David</u>. 你是 David。

・**N.（名詞）為職稱時**
Il est <u>étudiant</u>. 他是學生。
Elle est <u>avocate</u>. 她是律師。

S（主詞）＋ être Adj.（形容詞）

・**Adj.（形容詞）為國籍時**
Nous sommes <u>français</u>. 我們是法國人。
Vous êtes <u>anglais</u>. 您（您們／你們）是英國人。
＊表示國籍時，法語用形容詞喔。

・**Adj.（形容詞）為普通形容詞時** ☞ 請見第 3 課。
Je suis <u>grand</u>. 我個子高。
Tu es <u>jeune</u>. 你很年輕。

S（主詞）＋ être Adv.（副詞）／ 地方補語

Il est <u>contre</u>. 他反對。
Je suis <u>d'accord</u>. 我贊成。
Ils sont <u>à Paris</u>. 他們在巴黎。（à 為介系詞，放於城市名前）

Ⓐ Vous êtes Monsieur Delaville ?　　您是德拉利先生嗎？

Ⓑ Oui, je **suis** Paul Delaville.　　是的，我是保羅德拉利。

Ⓐ Vous êtes français ?　　您是法國人嗎？

Ⓑ Non, je **suis** belge.　　不是，我是比利時人。

Ⓐ Vous **êtes** très beau, vous **êtes** acteur ?　　您很帥，您是演員嗎？

Ⓑ Non, je **suis** ingénieur.　　不是，我是工程師。

Ⓐ Elle **est** étudiante ?　　她是大學生嗎？

Ⓑ Non, elle **est** professeure.　　不是。她是老師。

Ⓐ Nous **sommes** à Paris ?　　我們現在在巴黎嗎？

Ⓑ Non, nous **sommes** à Lyon.　　不，我們現在在里昂。

Ⓐ Elles **sont** jeunes ?　　她們都很年輕嗎？

Ⓑ Non, elles ne **sont** pas jeunes.　　不，她們不年輕。

單字筆記

français, -e 法國人	belge 比利時人	beau, belle 美的	acteur, -trice 演員
ingénieur 工程師	étudiant, -e 學生	professur, -e 老師	jeune 年輕的

 練習題

請配合不同人稱，填入 être 的正確動詞變化。

例) Paul _es_ étudiant.

(1) Marie et David ＿＿＿＿＿＿ professeurs. 瑪莉和大衛是老師。

(2) Je ＿＿＿＿＿＿ étudiant. 我是學生。

(3) Virginie et Rose ＿＿＿＿＿＿ belles. 維吉妮雅和蘿絲很美。

(4) Elle _____ grande. 她個子高。

(5) Ils _____ français. 他們是法國人。

(6) Nous _____ à New York. 我們在紐約。

(7) Tu _____ Paul. 你是保羅。

(8) Pauline _____ américaine. 寶琳是美國人。

(9) Nous _____ français. 我們是法國人。

(10) François _____ avec nous. 法蘭索跟我們在一起。（avec 是介系詞，相當於英文的 with，是「和」的意思。）

如何用法文表達「是哪裡人」

用法語表達「是哪裡人」的句型，主要是用動詞 être（相當於英文的 Be 動詞）後面加上形容詞來表達的，也就是這個句型：

S（主詞）＋ être　Adj.（形容詞）

┃要點 1┃ 表示出生地的形容詞　　　　　　　　　　　003.mp3

以下的套色字就是表示出生地的形容詞：

Je suis **français**.
我　　是　　法國人

Tu es **taïwanais**.
你　是　　台灣人

Il est **anglais**.
他　是　　英國人

· 由於是形容詞，而非專有名詞，故 français 等表示「法國的」單字小寫就可以。

· 當法文的 être 要搭配形容詞時，須注意形容詞須跟主詞一起做**陰陽性單複數**的配合。

雖然中文翻譯為「法國人、台灣人、英國人」，但就法文的語意來說，其字面意義是：「我是法國的、你是台灣的、他是英國的」，這是中文與法文在表達上的差異。只要套用 S+être+Adj. 就能簡單表達自己或他人的出身地的身分了。

要點 2 形容詞的陰陽性變化 🎧 003.mp3

法文的形容詞會隨主詞的**陰陽性**而做形態的變化，舉例來說，主詞 **Je** 是「我」，但可能是男生也可能是女生。以同一組形容詞為例，以下皆為女生的表達。

Je suis français. 主詞是男生

Je suis française. 主詞是女生

我是法國人。 陰性字尾

Tu es taïwanais. 主詞是男生

Tu es taïwanaise. 主詞是女生

你／妳是台灣人。 陰性字尾

Il est anglais. 主詞是男生

Elle est anglaise. 主詞是女生

他／她是英國人。 陰性字尾

> 因陰陽性的變化，其發音的差異如下：
> français [frɑ̃sɛ]
> française [frɑ̃sɛz]
> ☞ 陰性字尾的 se 要發音。

・當主詞是陰性，形容詞要改成陰性時，要在字尾加上 **e**。

　　請注意形容詞因陰陽性變化之後，所產生的發音差異，陽性字尾的子音原本不發音，但變成陰性之後要發音。請見右邊的筆記欄。

要點 3 形容詞的單複數變化 🎧 003.mp3

法文的形容詞也會隨主詞的單複數做形態的變化，如果**主詞是複數**，那麼需加 **s**。以下皆為複數的表達。

Nous sommes espagnols. 主詞是兩人以上

我們是西班牙人。 複數字尾

Vous êtes allemands. 主詞是兩人以上

你們是德國人。 複數字尾

Ils sont américains. 主詞是兩人以上

他們是美國人。 複數字尾

因此法語的形容詞與 être 搭配時，需與所修飾的名詞（主詞或一般名詞）的**陰陽性、單複數**做一致配合喔。

☞ 所以簡單來說，修飾陰性字尾加 e，複數加 s，也就是說**陰性且又複數就要加 es**。請見以下例句：

Nous sommes espagnol<u>es</u>.（我們是西班牙人。）

Vous êtes allemand<u>es</u>.（妳們是德國人。）

Elles sont américain<u>es</u>.（她們是美國人。）

☞ 但如果是有男有女的情況，依法語文法規定，若在團體中儘管只有一位男性，即便女生為多數，仍以陽性複數為主，也就是說字尾加 s 即可。

┃ 要點 4 ┃ 陰陽性單複數變化的例外狀況 　　　　　🎧 003.mp3

不過，法語文法還是有些例外狀況。例如：

(狀況A) 　形容詞字尾是 e，陰陽性不用變化的情況。

Je suis suiss<u>e</u>. 主詞是男生

Je suis suiss<u>e</u>. 主詞是女生

我是瑞士人。

Il est belg<u>e</u>. 主詞是男生

Elle est belg<u>e</u>. 主詞是女生

他／她是比利時人。

　　以上的兩組例句中，第一句皆為陽性主詞、第二句皆為陰性主詞，但形容詞部分因為都是 e 所以不用變化。

🎧 003.mp3

(狀況B) 　形容詞字尾是 s，單複數不用變化的情況。

Je suis françai<u>s</u>. 主詞是單數 ☞ 男生

Nous sommes françai<u>s</u>. 主詞是複數 ☞ 男生或有男有女

我／我們是法國人。 這裡複數字尾並沒有再加 s 了，因為單字字尾已有 s。

不過別忘了，陰性字尾是 e，所以陰性 **française** 的複數還是要加 s 喔。

Je suis française. 主詞是單數 ☞ 女生

Nous sommes françaises. 主詞是複數 ☞ 女生

我／我們是法國人。

　　法語形容詞須配合所修飾之名詞的陰陽性與單複數，來做形態上的變化。但字尾是 e 時不須改陰陽性，字尾是 s 不須改複數。

🎧 003.mp3

狀況C　不是加上 e 的陰性形容詞

有些形容詞的陰性格式，並不是在字尾加上 e 而已。例如：

italien 陽性

italien**ne** 陰性

義大利人

· 改陰性時，結尾不是僅加上 e 而已，而是 ne。

　　關於出身地的形容詞，其完整的陰陽性單複數變化，請參考下頁重點補充總整理。

💬 **簡短對話 1**　🎧 003.mp3

Ⓐ Anne est anglaise ?　　　　　安妮是英國人嗎？
Ⓑ Non, elle est française.　　　不是，她是法國人。

Ⓐ Clément et Florence sont italiens ?　克萊蒙和佛倫絲是義大利人嗎？
Ⓑ Oui, ils sont italiens.　　　是，他們是義大利人。

Ⓐ Alice est coréenne ?　　　　愛麗絲是韓國人嗎？
Ⓑ Non, elle est malaisienne.　不是，她是馬來西亞人。

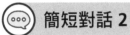 簡短對話 2 🎧 003.mp3

Ⓐ Tu **es française** ou **anglaise**？ 妳是法國人還是英國人？
Ⓑ Je **suis** française. 我是法國人。

Ⓐ Quelle est ta nationalité? 你的國籍是哪裡？
Ⓑ Je suis **italien**. 我是義大利人。

 重點補充總整理：形容詞單字表整理

	陽性單數	陰性單數	陽性複數	陰性複數
台灣	taïwanais	taïwanaise	taïwanais	taïwanaise**s**
中國	chinois	chinoise	chinois	chinoise**s**
法國	français	française	français	française**s**
英國	anglais	anglaise	anglais	anglaise**s**
日本	japonais	japonaise	japonais	japonaise**s**
美國	américain	américaine	américain**s**	américaine**s**
德國	allemand	allemande	allemand**s**	allemande**s**
西班牙	espagnol	espagnole	espagnol**s**	espagnole**s**
字尾皆為 e 的情況				
瑞士	suisse	suisse	suisse**s**	suisse**s**
比利時	belge	belge	belge**s**	belge**s**
俄國	russe	russe	russe**s**	russe**s**
不規則的情況				
義大利	italien	italie**nne**	italien**s**	italie**nnes**
印度	indien	indie**nne**	indien**s**	indie**nnes**
印尼	indonésien	indonésie**nne**	indonésien**s**	indonésie**nnes**
馬來西亞	malaisien	malaisie**nne**	malaisien**s**	malaisie**nnes**
韓國	coréen	coré**enne**	coréen**s**	coré**ennes**

練習題

請試著配合不同人稱填入正確的形容詞。

例）Paul est ＿＿＿＿＿＿ (anglais). 保羅是英國人。

　　Paul est <u>anglais.</u>＿＿＿＿＿＿＿＿＿＿＿＿＿

(1) Natacha est ＿＿＿＿＿＿ (russe). 娜塔莎是俄國人。

(2) Victor et moi, nous sommes ＿＿＿＿＿＿(italien).
維多和我，我們是義大利人。

(3) Elle est ＿＿＿＿＿＿(coréen). 她是韓國人。

(4) David et Agathe sont ＿＿＿＿＿＿ (français).
大衛和雅卡特是法國人。

(5) Vous êtes ＿＿＿＿＿＿ (espagnol). 您是西班牙人。

(6) Pauline est ＿＿＿＿＿＿ (brésilien 巴西人). 寶琳是巴西人。

(7) Monsieur et Madame Blanchet sont ＿＿＿＿＿＿(belge).
布朗薛先生和太太是比利時人。

(8) Lydia et Claire sont ＿＿＿＿＿＿(indien).
莉蒂亞和克萊兒是印度人。

(9) Ils sont ＿＿＿＿＿＿(chinois). 他們是中國人。

(10) Madame Lanoux est ＿＿＿＿＿＿(allemand). 拉努女士是德國人。

◀◀ 解答

(1) russe

(2) Victor 是男性，所以答案要用 italiens

(3) coréenne

(4) français

(5) espagnol, espagnole, espagnols,
espagnoles ＊

(6) brésilienne（請參考義大利人的陰性詞變化規則。）

(7) belges

(8) indiennes

(9) chinois

(10) allemande

＊ Vous 可以是單數（您），所以可以是陰性或陽性，但也可以是複數 espagnols, espagnole, espagnol, espagnoles，所以無法在文法上為此句填入四個正確答案的變化。

Leçon 04 如何用法文表達外表、個性

　　上一課已經介紹過表達出身地的句型，這一課形容外表或個性也是用 être（相當於英文的 Be 動詞）後面加上形容詞來表達的，也就是這個句型：

S（主詞）＋ être　Adj.（形容詞）

要點 1 形容外表的形容詞　　　　　　　　　　🎧 004.mp3

同樣是套用 être+Adj.（形容詞）句型，以下的套色字為形容外表的形容詞：

Je suis **grand**.
我　 是　 高大的

Tu es **petit**.
你　是　矮的

Il est **brun**.
他　是　棕髮色的

> grand 高的，大的
> petit 矮的，小的
> brun 棕色的，棕色頭髮的

　　既然是形容詞，又使用 être，請注意形容詞須配合主詞做陰陽性單複數的一致性變化。

要點 2 形容詞的陰陽性變化　　　　　　　　　🎧 004.mp3

就如同上一課所介紹的，法文的形容詞會隨主詞的陰陽性而做形態的變化。以同一組形容詞為例，以下的主詞皆為女生，因此形容詞皆改為陰性。

Je suis grande. 主詞是女生
我很高。　　 陰性字尾

> 因陰陽性的變化，其發音的差異如下：
> grand [grɑ̃]
> grande [grɑ̃d]
>
> petit [pəti]
> petite [pətit]
>
> brun [brœ̃]
> brune [bryn]

Tu es petite. 主詞是女生

妳很矮。 陰性字尾

Elle est brune. 主詞是女生

陰性字尾

她髮色是棕色的。

　　請注意形容詞因陰陽性變化之後，所產生的發音差異，陽性字尾的子音原本不發音，但變成陰性之後要發音。

┃要點 3┃形容詞的單複數變化 🎧 004.mp3

同樣地，如果主詞是複數，不論是男生或女生，形容詞都需要加上 s。

Nous sommes grands. 主詞都是男生或是有男有女
Nous sommes grandes. 主詞都是女生
我們很高。

Vous êtes petits. 主詞都是男生或是有男有女
Vous êtes petites. 主詞都是女生
你們／妳們很矮。

Ils sont bruns. 主詞都是男生或是有男有女
Elles sont brunes. 主詞都是女生
他們／她們髮色是棕色的。

　　與上一課的出身地的形容詞一樣，修飾陰性詞時，形容詞字尾要加 e，複數要加 s。也就是說，**陰性且又複數就要加 es**。

　　法語形容詞的單複數變化，其發音是無差異的，因為字尾的 s 不發音。請見右邊的筆記欄。

> 法語形容詞單複數的變化，其發音沒有差異：
> grand [grã]
> grands [grã]
>
> grande [grãd]
> grandes [grãd]

同上一課，法語的一般形容詞有些例外狀況。例如：

狀況A　形容詞字尾是 e，陰陽性不用變化的情況。

Je suis jeune. 主詞是男生
Je suis jeune. 主詞是女生
我很年輕。

狀況B　形容詞字尾是 s 或 x，單複數不用變化的情況。

Je suis paresseux. 主詞是單數 ☞ 男生
Nous sommes paresseux. 主詞是複數 ☞ 男生或有男有女
我／我們很懶惰。 〔這裡複數字尾並沒有再加 s 了，因為單字字尾已有 x。〕

但字尾是 x 的形容詞，其陰性的變化比較不同，改為複數時需要去 x 加上 se，再加上 s。

Je suis paresseuse. 主詞是單數 ☞ 女生
Nous sommes paresseuses. 主詞是複數 ☞ 女生
我／我們很懶惰。

狀況C　陰陽性不規則變化的形容詞。

有些形容詞的陰性格式，並不是在字尾加上 e，而是不規則變化的。例如：

單數

Il est beau. ☞ 男生　　**Elle est belle.** ☞ 女生
他很帥　　　　　　　　她很美。

複數

Ils sont beaux. ☞ 男生或是有男有女
Elles sont belles. ☞ 女生
他們很帥／她們很美。

關於外表與個性的形容詞，其完整的陰陽性單複數變化，請參考下面的重點補充總整理 2。

🗨 簡短對話　　🎧 004.mp3

Ⓐ Oh Sandrine, tu es **jolie** !　　喔！桑媞妮，妳好漂亮喔！
Ⓑ Vraiment ? Merci !　　真的嗎？謝謝！

Ⓐ Nadine et Flora sont **belles** !　　娜蒂妮和佛洛菈都很美！
Ⓑ C'est vrai. Elles sont aussi très **sympathiques**.　　對阿！她們也很好相處。

Ⓐ Et Pierre ? Il est aussi **gentil** ?　　那皮爾呢？他人也很和善嗎？
Ⓑ Oui, il est gentil mais il est **paresseux**...　　是呀，他人很和善，但他很懶 ...。

💡 重點補充總整理 1

本課所列舉的形容詞都可以用來形容人，不過有些形容詞還可用來形容**事物**，其規則變化也是一樣的。例如：

L'appartement est grand. 那公寓很大。☞ *appartement* 為陽性單數名詞
La chambre est petite. 那間臥房很小間。☞ *chambre* 為陰性單數名詞
Les vêtements sont jolis. 這些衣服很好看。☞ *vêtements* 為陽性複數名詞
Les jupes sont belles. 這些裙子很漂亮。☞ *jupes* 為陰性複數名詞

💡 重點補充總整理 2：外表及個性形容詞單字

	陽性單數	陰性單數	陽性複數	陰性複數
高的	grand	grande	grands	grandes
矮的	petit	petite	petits	petites
金髮的	blond	blonde	blonds	blondes
深髮色的	brun	brune	bruns	brunes
漂亮的	joli	jolie	jolis	jolies

字尾皆為 e 的情況			
年輕的	jeune	jeune	jeunes	jeunes
有錢的	riche	riche	riches	riches
給人好感的	sympathique	sympathique	sympathiques	sympathiques
不規則的情況			
美麗的	beau	belle	beaux	belles
年老的	vieux	vieille	vieux	vieilles
善良的	gentil	gentille	gentils	gentilles
懶惰的	paresseux	paresseuse	paresseux	paresseuses
勇敢的	courageux	courageuse	courageux	courageuses

 練習題

請試著配合不同人稱填入正確的形容詞。

例）Paul est _____ (petit). 保羅很矮。

　　Paul est _petit._____

(1) Natalie est _____ (joli).

　　娜塔莉很漂亮。

(2) Hugo et moi, nous sommes _____(sympathique).

　　雨果和我，我們人都很好。

(3) Elle est _____(gentil).

　　她很善良。

(4) Agathe est _____ (courageux).

　　雅卡特很勇敢。

(5) Vous êtes _____ (brun).

　　您的髮色是棕色的。

(6) Liliane est _____ (jeune).

　　莉莉安很年輕。

(7) Alice et Nadine sont _____(blond).

愛麗絲和娜蒂妮是金髮的。

(8) Monsieur et Madame Bonnet sont _____(vieux).

博內先生和太太年紀很大。

(9) Lydia est _____(paresseux).

麗蒂亞很懶惰。

(10) Sébastien et Xavier sont _____(beau).

賽巴斯和扎維都很帥。

▶▶ 解答

(1) Jolie

(2) sympathiques

(3) gentille

(4) courageuse

(5) brun, brune, bruns, brunes ＊

(6) jeune（Lilianne 是女生名）

(7) blondes

(8) vieux（有著有z的情況時，以單數的複數變化為主）

(9) paresseuse

(10) beaux

＊ Vous 可以是單數（尊稱），且可能是男生或女生，所以答案可以是 brun, brune, bruns, brunes。但也可以是複數，那就會是 bruns, brunes。

Leçon 05 如何用法文表達職業

　　想介紹自己的職業時，也可以用 être，後面再加上職業名，也就是這個句型：

S（主詞）+ **être** **Nom**（名詞）

▌要點 1 ▌陰陽性的變化 ─────────────────── 🎧 005.mp3

「être + 名詞」是最基本的職業表達，中間不用再加上如冠詞等的其他詞類。

陽性名詞

Je suis étudiant. 我是學生。

Vous êtes professeur. 您是老師。

Il est avocat. 他是律師。

若主詞為女生，就要改成**陰性寫法**。

陰性名詞

Je suis **étudiante**. ☞ 主詞是女生

　　陰性字尾

Vous êtes **professeure**. ☞ 主詞是女生（單數）

Elle est **avocate**. ☞ 主詞是女生

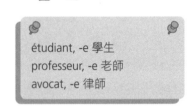

étudiant, -e 學生
professeur, -e 老師
avocat, -e 律師

▌要點 2 ▌單複數的變化 ─────────────────── 🎧 005.mp3

如果主詞是複數，那麼名詞字尾需加上 **s**。此外從名詞單數字尾的 **e** 可以判斷該主詞為陰性。

Nous sommes **étudiants**. ☞ 主詞是複數 男生或有男有女

　　s 為複數字尾

Nous sommes étudiant**es**. ☞ 主詞是複數 女生

我們是學生。　　　　(e 為陰性變化，s 為複數字尾)

Vous êtes professeur**s**. ☞ 主詞是複數 男生或有男有女

Vous êtes professeur**es**. ☞ 主詞是複數 女生

你們是老師。

Ils sont avocat**s**. ☞ 主詞是複數 男生或有男有女

Elles sont avocat**es**. ☞ 主詞是複數 女生

他們／她們是律師。

　　請注意，法語與英語不同，法語在介紹職業別時，不會用到冠詞，而是直接加上名詞即可。但與英語不同的是，須注意名詞是有分**陰陽性**與**單複數**，所以與上一課的形容詞篇是一樣的規則。☞ 主詞是陰性時，名詞的字尾要加上 e，複數時要加 s，也就是說，**陰性又複數時就要加上 es**。

┃要點 3┃ 陰陽性變化的例外 1：陰陽性同形 🎧 005.mp3

跟上一課的形容詞規則相同，陽性名詞字尾是 **e** 時，陰陽性變化是同一形態的。

Je suis **architecte**. ☞ 主詞是男生

Je suis **architecte**. ☞ 主詞是女生

我是建築師。　(陰陽同形)

此外，也有些不用特別去改陰陽性形態的職業名。推測可能是以前不存在的女性職業名。

Il est **écrivain**. ☞ 主詞是男生

Elle est **écrivain**. ☞ 主詞是女生

他／她是作家。(字尾不用做陰性變化。)

> architecte 建築師
> écrivain 作家
> médecin 醫生

Il est **médecin**. ☞ 主詞是男生

Elle est **médecin**. ☞ 主詞是女生

他／她是醫生。

| 要點 4 | 陰陽性變化的例外 2：ier 結尾的陽性名詞 → ière 🎧 005.mp3

ier 結尾的陽性名詞，在變化成陰性形態後，因發音問題，需要加上重音（**accent**）。

Il est **cuisinier**. ☞ 主詞是男生

Elle est **cuisinière**. ☞ 主詞是女生

〔這裡的 e 上面有個往右撇的符號（`），變成 è。〕

他／她是廚師。

Il est **infirmier**. ☞ 主詞是男生

Elle est **infirmière**. ☞ 主詞是女生

他／她是護士。

cuisinier, -ière 廚師
infirmier, -ière 護士

| 要點 5 | 陰陽性變化的例外 3：ien 結尾的陽性名詞 → ienne 🎧 005.mp3

ien 結尾的陽性名詞（如 **italien**），變化成陰性形態後，字尾不只是加上 e 而已，而是需加上 **ne**。

Il est **pharmacien**. ☞ 主詞是男生

Elle est **pharmacienne**. ☞ 主詞是女生

他／她是藥師。　〔這裡有 2 個 n 喔。〕

Il est **musicien**. ☞ 主詞是男生

Elle est **musicienne**. ☞ 主詞是女生

他／她是音樂家。

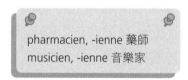

pharmacien, -ienne 藥師
musicien, -ienne 音樂家

| 要點 6 | 陰陽性變化的例外 4：eur 結尾的名詞 → euse / rice 🎧 005.mp3

以 **eur** 為字尾的名詞，變化成陰性詞有兩種變化形：一種是變成 **euse**；另一種當陽性是 **teur** 時，陰性就會是 **trice**。

〔eur → euse 的變化〕

Il est **serveur**. ☞ 主詞是男生

Elle est **serveuse**. ☞ 主詞是女生

他／她是餐廳服務生。

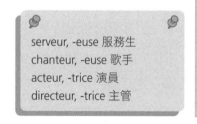

serveur, -euse 服務生
chanteur, -euse 歌手
acteur, -trice 演員
directeur, -trice 主管

Il est **chant<u>eur</u>**. ☞ 主詞是男生
Elle est **chant<u>euse</u>**. ☞ 主詞是女生
他／她是歌手。

teur → trice 的變化（僅限於有子音 t 時）

Il est **ac<u>teur</u>**. ☞ 主詞是男生
Elle est **ac<u>trice</u>**. ☞ 主詞是女生
他／她是演員。

Il est **direc<u>teur</u>**. ☞ 主詞是男生
Elle est **direc<u>trice</u>**. ☞ 主詞是女生
他／她是主管。

有些職稱的陰性格式是不規則，例如：

Il est **steward**.（他是空少。）
Elle est **hôtesse de l'air**.（她是空姐）

簡短對話

005.mp3

Ⓐ Paul est **musicien** ?　　　　　保羅是音樂家嗎 ？
Ⓑ Non, il est **médecin**.　　　　　不，他是醫生。

Ⓐ Et Florence ?　　　　　　　　那佛羅倫絲呢 ？
Ⓑ Elle est **serveuse**.　　　　　她是餐廳服務生。

Ⓐ Tiphaine et Baptiste aussi ?　　媞凡妮和巴提斯也是嗎？
Ⓑ Mais non, ils sont **phamarciens**.　才不是，他們是藥劑師。

重點補充總整理：職業名詞單字

職業名	陽性單數	陰性單數	陽性複數	陰性複數
學生	étudiant	étudiante	étudiants	étudiantes
老師	professeur	professeure	professeurs	professeures
律師	avocat	avocate	avocats	avocates

字尾是 e 且不需改陰性格式的單字

職業名	陽性單數	陰性單數	陽性複數	陰性複數
建築師	architecte	architecte	architectes	architectes
祕書	secrétaire	secrétaire	secrétaires	secrétaires
作家	écrivain	écrivain	écrivains	écrivains
醫生	médecin	médecin	médecins	médecins

字尾是 ier 的單字 → -ière

職業名	陽性單數	陰性單數	陽性複數	陰性複數
廚師	cuisinier	cuisinière	cuisiniers	cuisinières
護士	infirmier	infirmière	infirmiers	infirmières
麵包師傅	boulanger	boulangère	boulangers	boulangères
甜點師傅	pâtissier	pâtissière	pâtissiers	pâtissières

字尾是 ien 的單字 → -ienne

職業名	陽性單數	陰性單數	陽性複數	陰性複數
藥劑師	pharmacien	pharmacienne	pharmaciens	pharmaciennes
音樂家	musicien	musicienne	musiciens	musciennes

字尾是 eur → -euse

職業名	陽性單數	陰性單數	陽性複數	陰性複數
餐廳服務生	serveur	serveuse	serveurs	serveuses
歌手	chanteur	chanteuse	chanteurs	chanteuses
舞者	danseur	danseuse	danseurs	danseuses

字尾是 teur → -trice

職業名	陽性單數	陰性單數	陽性複數	陰性複數
演員	acteur	actrice	acteurs	actrices
主管	directeur	directrice	directeurs	directrices
編輯	éditeur	éditrice	éditeurs	éditrices

不規則

空服員	steward	hôtesse de l'air	stewards	hôtesses de l'air

 **練習題**

請試著配合不同人稱，填入正確的職業別名詞。

例）Paul est _____ (étudiant). 保羅是學生。

　　Paul est *étudiant.*

(1) Natalie est _____(acteur). 娜塔莉（女性）是演員。

(2) Philippe et vous, vous êtes _____(pâtissier).
飛利浦（男性）和您，您們是甜點師傅。

(3) Elles sont _____(étudiant). 她們是學生。

(4) Lisa et Agathe sont _____ (infirmier).
麗莎（女性）和雅卡特（女性）是護士。

(5) Il est _____ (chanteur). 他是歌手。

(6) Tu es _____ (avocat). 你／妳是律師。

(7) Aurélien et Anne sont _____(éditeur).
歐黑林（男性）和安妮（女性）是編輯。

(8) Mina et Anaïs sont _____(hôtesse de l'air).
米娜（女性）和雅娜妮絲（女性）是空姐。

(9) Monsieur Vence et Monsieur Bernard sont _____
(steward). 鵬斯先生和伯納先生是空少。

(10) Elle est _____(directeur). 她是主任。

使用 avoir 的慣用語

法語的動詞變化，可分為規則類與不規則類。avoir 這動詞屬於不規則動詞變化，需要好好地把它的動詞變化記下來喔。以下為 avoir 的動詞變化。

┃要點 1┃ avoir 動詞變化　🎧 006.mp3

主詞	原形 avoir
Je 我	J'ai[*1]
Tu 你	as
Il/Elle 他／她	a
Nous 我們	avons
Vous 你們	avez
Ils/Elles 他們／她們	ont

[*1] Je 遇上母音開頭的動詞需縮寫。

再次提醒，此動詞的使用頻率非常高，學習時必要熟記。

┃要點 2┃ avoir 的用法 1　🎧 006.mp3

avoir 後面接一般名詞，表示「有～」；後面接「數字與年」，可用來表達年紀。

avoir + 一般名詞　有～

Il a trois sœurs. 他有 3 個姊妹。

Elle a deux amis. 她有 2 個朋友。

Nous avons deux voitures. 我們有 2 輛車。

➔ 一般事物名詞

avoir ➔ 數字+年

➔ 感受名詞

avoir + 數字 + an(s)　～歲

J'ai vingt ans. 我 20 歲。

Tu as dix-huit ans. 你 18 歲。

　　法文 avoir 的用法除了在年紀表達方式上與英文不同之外，後面加入名詞的用法皆與英文一樣，皆表示「有」的意思。

┃要點 3┃ avoir 的用法 2　　　　　　　　　🎧 006.mp3

avoir 也常用來表示**感覺、感受**。表達感覺時，法文可以用 **avoir**，此時要小心不要跟 **être** 的用法混淆。**être** 後面為形容詞。

avoir + 特定名詞 ～感受

特定名詞包含：chaud（熱）, froid（冷）, peur（害怕）, faim（餓）, soif（口渴）, sommeil（睏）, rendez-vous（約見面）, tort（錯誤）, raison（道理）等等。

avoir ＋		
chaud	（感覺熱）
froid	（感覺冷）
peur	（害怕）
faim	（肚子餓）
soif	（口渴）*2
sommeil	（覺得睏）
rendez-vous	（約見面）
tort	（是錯的）
raison	（是對的）

Il a chaud. 他會熱。

Elle a peur. 她害怕。

J'ai sommeil. 我想睡。

Tu as rendez-vous. 你有約。

Tu as raison. 沒錯；你是對的。

Tu as tort. 你錯了。

*2 「口渴」的形容詞是 assoiffé。

il y a+ 名詞 有～；存在～

il y a 相當於英文的 there is、there are（有～），後面可接單數或複數名詞。但是這裡的 **il** 是非人稱主詞，不是指人。**il y a** 中的 **a** 即由 avoir 配合主詞 **il** 變化而來，建議直接把這片語記下來。

Il y a trois étudiants. 有 3 個學生。

Il y a un livre. 有一本書。

💬 **簡短對話 1** 🎧 006.mp3

Ⓐ Julie a dix-huit ans ? 茱莉 18 歲了？

Ⓑ Non, elle a seize ans. 不，她 16 歲。

Ⓐ Elle a trois frères ? 她有 3 個兄弟嗎？

Ⓑ Oui, elle a aussi deux soeurs. 是，她也有兩個姊妹。

Ⓐ Elle a beaucoup d'argent ? 她有很多錢嗎？
Elle est riche ? 她很富有嗎？

Ⓑ Ah je ne sais pas... 啊…我不知道…

> frère m 兄弟
> aussi 也
> beaucoup de 很多的
> argent m 錢
> rich 有錢的

💬 **簡短對話 2** 🎧 006.mp3

Ⓐ Tu as quel âge ? 你幾歲呢？

Ⓑ J'ai dix ans. 我 10 歲。

Ⓐ Tu as combien de frères et de soeurs ? 你有幾個兄弟姊妹？

Ⓑ J'ai un frère et deux soeurs. 我有一個哥哥和兩個姊姊。

Ⓐ Tu as rendez-vous avec Thomas ? 你跟湯瑪士有約嗎？

Ⓑ Oui. J'ai rendez-vous avec lui. 是的，我跟他有約。

> combien de 多少的～
> avec 和～一起
> lui 他；她

練習題

A. 請試著配合不同的人稱，填入正確的動詞變化。

例）Paul _____ 16 ans. 保羅 16 歲。

　　Paul _a 16_ ans.

(1) Marie et David _____ 3 professeurs.
Marie 和 David 有 3 位老師。

(2) J' _____ faim. 我肚子餓。

(3) Elles _____ 6 ans. 她們六歲。

(4) Il y _____ 3 sacs. 有三個包包。

(5) Nous _____ froid. 我們會冷。

(6) Tu _____ 2 stylos. 你有兩支筆。

B. 請練習使用 être 或 avoir，並填入正確的動詞變化。

(1) Nous _____ étudiants. 我們是學生。

(2) Vous _____ chaud ? 您會熱嗎？

(3) Il y _____ 6 personnes. 有六個人。

(4) Tu _____ soif. 你口渴。

　　Tu _____ assoiffé. 你口渴。

(5) Ils _____ 32 euros. 他們有 32 歐元。

(6) Je _____ belle. 我很美。

「我～歲」用法文怎麼說

　　用法語表達年紀時，首先要先學會表達年紀的句型：用 avoir（有）當動詞，接著要記住法文數字的表達。因此在熟練 avoir 的動詞變化外，也需學習法語數字的唸法與拼法。

▌要點 1▌「avoir + 數字 + an(s)」句型　🎧 007.mp3

上一課有提到「**avoir + 數字 + an(s)**」這個句型，主要是表達「～歲」的意思。如以下句型和例句：

S（主詞）+ 　**avoir**　　　（數字）**an(s)**

· J'ai 20 ans. 我 20 歲。

· Tu as 18 ans. 你 18 歲。

· Il a un an. 他 1 歲。

　　an 的意思是「年」，因此 avoir~an(s) 字面翻譯為「我有～年」，也是表示「我～歲」的意思。

　　文化差異的關係，法國人習慣講實歲，而我們華人中有些人習慣講虛歲。

　　可以在這邊自己練習此句型，忘了動詞變化的話，可參考右表。

動詞變化

主詞	**avoir**
Je	J'ai
Tu	as
Il/Elle	a
Nous	avons
Vous	avez
Ils/Elles	ont

| 要點 2 | 數字單字 1 ～ 20 的介紹 ⟶ 🎧 007.mp3

在學以下數字的同時，請聽 **mp3** 來掌握數字的發音。

1	un	11	onze
2	deux	12	douze
3	trois	13	treize
4	quatre	14	quatorze
5	cinq	15	quinze
6	six	16	seize
7	sept	17	dix-sept
8	huit	18	dix-huit
9	neuf	19	dix-neuf
10	dix	20	vingt

接著要來了解法文數字在應用當中會產生的連音。

| 要點 3 | 應用數字時會產生的連音 ⟶ 🎧 007.mp3

法文數字後面如果緊接著母音開頭的單字（如 **a, e, i, o, u, y** 等）時，都需要連音喔。請見以下連音方式：

> 與 an 的連音練習

- un an → [œ̃ nɑ̃]
- deux ans → [døzɑ̃]
- trois ans → [trwazɑ̃]
- quatre ans → [katrɑ̃]
- cinq ans → [sɛ̃kɑ̃]
- six ans → [sizɑ̃]
- sept ans → [sɛtɑ̃]
- huit ans → [ɥitɑ̃]
- neuf ans → [nœvɑ̃]
- dix ans → [dizɑ̃]

- onze an → [ɔ̃zɑ̃]
- douze ans → [duzɑ̃]
- treize ans → [trɛzɑ̃]
- quatorze ans → [katɔrzɑ̃]
- quinze ans → [kɛ̃zɑ̃]
- seize ans → [sɛzɑ̃]
- vingt ans → [vɛ̃tɑ̃]

請注意以下需連音的地方，並跟著音檔一起唸。

J'ai un‿an.

Tu as deux‿ans.

Elle‿a trois‿ans.

Nous‿avons quinze‿ans.

Ils‿ont vingt‿ans.

由於 an 是鼻母音，un 唸完後須再將 n 與 an 做連音唸出來。

單純唸 deux 這一個數字時，最後的子音 x 不發音，但當後面要接 an 等這類母音開頭的單字時，x 要用 [z] 來連音。不過，複數的 ans 字尾的 s 不發 [s] 的音喔。其他數字也一樣，請注意每個數字最後的子音為何，隨時要跟後面母音開頭的名詞做連音。

un [œ̃] an [ɑ̃] → un‿an [œ̃ nɑ̃]

deux [dø] ans [ɑ̃] → deux‿ans [dø zɑ̃]

本課只列出最基礎的數字 1-20，待這 20 個數字都熟練之後，往後數字會容易些。

🗨 簡短對話 🎧 007.mp3

Ⓐ Bonjour, tu as quel âge ?　　　你好，你幾歲？

Ⓑ J'ai treize ans.　　　我 13 歲。

Ⓐ Et Julie ?　　　那茱莉呢？

Ⓑ Elle a seize ans.　　　她 16 歲。

Ⓐ Vous êtes très jeunes.　　　你們都很年輕。

Ⓑ Et vous ? Vous avez quel âge ?　　　那您呢？您幾歲？

重點補充總整理：Quel âge

在 **Quel âge** 的用法中，**quel** 為疑問代名詞，「哪一個」的意思，**âge** 是「年紀」的意思，搭配動詞 **avoir** 可以用來問年紀。

S（主詞）+ | **avoir**
[有] | **quel âge**
幾歲 | ?

不過問年紀時要注意禮貌，面對初次見面不熟的人，請盡量避免這問題；年輕人比較不會計較年紀相關問題，但年長一些的建議不要亂問。

練習題

請配合不同人稱，填入正確的動詞變化及年齡表達。

例) Paul ＿＿＿＿＿＿. 保羅 16 歲。

Paul _a seize ans._＿＿＿＿＿＿＿＿＿

(1) Marie et Philippe ＿＿＿＿＿ vingt ans. 瑪麗和菲利普 20 歲。

(2) J' ＿＿＿＿＿ cinq ans. 我 5 歲。

(3) Elle＿＿＿＿＿ six ans. 她 6 歲。

(4) Il ＿＿＿＿＿ vingt-quatre ans. 他 24 歲。

(5) Nous ＿＿＿＿＿ dix-huit ans. 我們 18 歲。

(6) Tu ＿＿＿＿＿. 你 9 歲。

(7) Anne et François ＿＿＿＿＿＿? 安妮和法蘭索幾歲？

(8) Clément et toi, vous ＿＿＿＿＿＿. 克來蒙和你，你們 12 歲。

(9) Alice et Claire ＿＿＿＿＿＿? 艾莉絲和克萊兒幾歲？

(10) Et vous, vous ＿＿＿＿＿＿? 那您呢？您幾歲？

◀◀ 解答

| (10) avez quel âge | (8) avez douze ans | (6) as neuf ans | (4) a | (2) ai |
| (9) ont quel âge | (7) ont quel âge | (5) avons | (3) a | (1) ont |

08 「我住在巴黎」用法文怎麼說

用法文表達像是「我住在台北」「你住在巴黎」等句子，需要的單字是動詞 habiter（住）與介系詞 à（＋城市）或是 en 或 au（＋國家）。首先來看表示「居住」的動詞 **habiter** 的動詞變化。

▌要點 1▐ 動詞變化格式 🎧 008.mp3

主詞	原形 habiter
Je 我	J'habite *1
Tu 你	habites
Il/Elle 他／她	habite
Nous 我們	habitons
Vous 你們	habitez
Ils/Elles 他們／她們	habitent *2

*1 Je 遇到啞音 h 開頭的 habite，Je 要去掉 e 跟 habite 縮寫為 J'habite。

*2 請注意 habitent 的發音為 [abit]，後面的 ent 不發音。

habiter 在法文動詞中屬於**第一組動詞**，也就是 -er 結尾的動詞，為規則性動詞。☞ 第一組動詞的完整介紹請見第 11 課。

請配合 MP3 掌握 habiter 各變化的發音，基本上字尾的發音為：-te [t], -tes [t], -tons [tɔ̃], -tez [te], -tent [t]。

・habiter 的動詞變化為規則性變化：
字根 -e
字根 -es
字根 -e
字根 -ons
字根 -ez
字根 -ent

| 要點 2 | 介系詞 à +（無陰陽性的）地名 ─────── 🎧 008.mp3

動詞 **habiter** 後面無法直接加地點，也就是所謂的不及物動詞，需搭配介系詞，才能接地名。

à + **（無陰陽性的）地名**

habiter	**à Taipei**
住	在台北

habiter + **à** + 地名
（無陰陽性）

如以下例句，大部分無陰陽性的地名都是城市名。

J'habite à Taipei. 我住在台北。

Tu habites à Tokyo. 你住在東京。

Il habite à New York. 他住在紐約。

Elle habite à Paris. 她住在巴黎。

Nous habitons à Pékin. 我們住在北京。

Vous habitez à Taïwan. 您（你們、您們）住在台灣。

Ils habitent à Singapour. 他們住在新加坡。

Elles habitent à Cuba. 她們住在古巴。

　　以上地名沒有陰陽性，絕大部分為城市名，所以介系詞一律用 à。請注意，這裡的介系詞 à 上面有一撇。如果是 a（上面沒有特殊符號）的話就是動詞 avoir（有）的第三人稱動詞變化。

| 要點 3 | 介系詞的使用：介系詞 en/au + 國家名或地區名 ── 🎧 008.mp3

大部分的國家名是有陰陽性之分的，所以不論是法國人或法語學習者都一樣，都要熟記名詞的陰陽性，以避免出錯。

en + **陰性國家名／省名／區名／母音開頭的國家名**

habiter	**en France**
住	在法國

J'habite en France. 我住在法國。

Tu habites en Allemagne. 你住在德國。

en / au + 國家或地區名

Il habite **en Alsace**. 他住在阿爾薩斯（區）。

Elle habite **en Bretagne**. 她住在不列塔尼大區。

Nous habitons **en Iran**. 我們住在伊朗。

☞ 以上法國與德國、阿爾薩斯與不列塔尼皆是陰性名詞，故用介系詞 en。

☞ 比較特別的是，伊朗為陽性名詞，因為要連音之故，所以改用介系詞 en。

---

au + 陽性國家名

habiter | **au Japon**
住 | 在日本

Vous habitez **au Japon**. 您住在日本。

Ils habitent **au Canada**. 他們住在加拿大。

Elles habitent **au Danemark**. 她們住在丹麥。

☞ 以上地名為陽性名詞，故用介系詞 au。

---

aux + 複數地名

有些國名為複數格式，要用 aux 來接續。

habiter | **aux Etats-Unis**
住 | 在美國

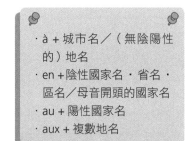

· à + 城市名／（無陰陽性的）地名
· en +陰性國家名‧省名‧區名／母音開頭的國家名
· au + 陽性國家名
· aux + 複數地名

Tu habites **aux Etats-Unis**. 你住在美國。

Il habite **aux Pays-Bas**. 他住在荷蘭。

Elle habite **aux Antilles**. 她住在安地列斯群島。

　　介系詞的使用與**地名的陰陽性**有關，如以上所提的地名，要是有分陰陽性的地名，就不使用介系詞 à，而是根據名詞陰陽性單複數來接續 en、au 或 aux。

☞城市都只用 à，但法國人有時會省略介系詞 à，直接講 J'habite Paris.

簡短對話

008.mp3

Ⓐ Bonjour! Où tu **habites** ? 　　你好！你住哪呢？

Ⓑ Moi, j'**habite** à Tokyo. 　　我啊，我住在東京。

Ⓐ Tu es japonaise ? 　　你是日本人嗎？

Ⓑ Oui, et toi ? Tu **habites** en France ? 　　是啊，你呢？你住在法國嗎？

Ⓐ Oui, j'**habite** à Toulouse. 　　是的，我住在土魯斯。

Ⓑ Tu es français ? 　　你是法國人？

· Toulouse 土魯斯（位於法國南邊的城市）

練習題

A. 請試著配合不同人稱，填入 habiter 正確的動詞變化。

例）Paul _____ aux Etats-Unis. 保羅住在美國。

　　Paul _habite_ aux Etats-Unis.

(1) Vous _____ à Taïwan. 您住在台灣。

(2) J' _____ à Kaohsiung. 我住在高雄。

(3) Nous _____ au Canada. 我們住在加拿大。

(4) Tu _____ en Allemagne. 你住在德國。

(5) Elles _____à Paris. 她們住在巴黎。

(6) Il _____ en France. 他住在法國。

B. 請根據地方名詞填入正確的介系詞。

(1) Marie habite _____ Londres.（倫敦：城市名）

　　瑪莉住在倫敦。

(2) Paul et moi, nous habitons ＿＿＿＿＿ Madrid.

（馬德里：城市名）保羅和我住在馬德里。

(3) Vous habitez ＿＿＿＿＿ Etats-Unis.（美國：陽性複數國名）

您住在美國。

(4) Tu habites ＿＿＿＿＿ Moscou.（莫斯科：城市名）

你住在莫斯科。

(5) J'habite ＿＿＿＿＿ Japon.（日本：陽性單數國家名）

我住在日本。

(6) Ils habitent ＿＿＿＿＿ Provence.（普羅旺斯省：陰性單數地區名）

他們住在普羅旺斯。

◀◀ 解答

A.
(1) habitez
(2) habite
(3) habitons
(4) habites
(5) habitent
(6) habite

B.
(1) à
(2) à
(3) aux
(4) à
(5) au
(6) en

Leçon 09 動詞 parler 的用法 009.mp3

「我會說法語」用法文怎麼說

用法文表達像是「我會說英語」「我會說法語」等會說某國語言的句子，需要的單字是動詞 parler（說），也就是英語 speak 的意思。以下為該動詞的動詞變化。

┃要點 1┃動詞變化格式 009.mp3

主詞	原形 parler
Je 我	parle
Tu 你	parles
Il/Elle 他／她	parle
Nous 我們	parlons
Vous 你們	parlez
Ils/Elles 他們／她們	parlent

> · parler 的動詞變化為規則性變化：
> 字根 -e
> 字根 -es
> 字根 -e
> 字根 -ons
> 字根 -ez
> 字根 -ent

與上一課的 habiter 相同，parler 也是 -er 結尾的動詞，為規則性動詞。
☞ 第一組動詞的完整介紹請見第 11 課。

請配合 MP3 掌握 parler 各變化的發音，基本上字尾的發音為：-le [l], -les [l], -lons [lɔ̃], -lez [le], -lent [l]。

┃要點 2┃句型套用 009.mp3

S（主詞）+ **parler** 語言

| Je 我 | parle 說 | français. 法語 |

（動詞部分需要做變化）

套用此句型時，需要配合主詞做動詞變化，請見以下例句。

Je parle <u>français</u>. 我說法語。

Tu parles <u>taïwanais</u>. 你說台灣話。

Il parle <u>anglais</u>. 他說英語。

　　français、taïwanais、anglais 這幾個單字已於第 3 課出現過，在第 3 課時這些單字表示國籍，在這裡是語言，也就是說法文用同一個字來表示國籍與語言。

　　表示國籍時是形容詞，但如果是**語言**，則是**名詞**。

☞ 事實上法語的名詞前面是需要冠詞的，但這裡省略了，所以很容易讓人覺得是一樣的詞性。

☞ 請注意，如例句中使用的 français 等的語言名詞，與主詞的性別、身分都無關，而且也沒有用 être 當動詞，所以 français、taïwanais、anglais 等這類語言名詞千萬不要有陰陽性變化喔，套用在「parler + 語言」時一律是陽性單數。

(())) **簡短對話**　　　　　　　　　　　　　　　🎧 009.mp3

Ⓐ Excusez-moi, Monsieur, vous **parlez anglais** ?　　　　先生不好意思，您會說英語嗎？

Ⓑ Non, désolé...　　　　不會，抱歉。

Ⓐ Monsieur, excusez-moi, vous **parlez chinois** ?　　　　先生不好意思，您會說中文嗎？

Ⓑ Non, pas du tout, Mademoiselle,... Vous **parlez français** ?　　　　不，完全不會，小姐。您會說法語嗎？

Ⓐ Oui un peu... je parle un peu français.　　　　會一點點，我會說一點點法語。

Ⓑ Ah...vous êtes chinoise ?　　　　啊…您是中國人嗎？

excusez-moi 抱歉；不好意思　　Monsieur 先生　　Madame 女士　　Mademoiselle 小姐
désolé(e) 對不起　　pas du tout 完全不會　　un peu 一點

💡 重點補充總整理：各語言的法文單字表

語言（名詞）	陽性單數
中文	chinois
台語	taïwanais
法語	français
英語	anglais
日語	japonais
韓語	coréen
德語	allemand
西班牙語	espagnol
俄語	russe
義大利語	italien

✏️ 練習題

請試著配合不同人稱填入 parler 正確的動詞變化。

(1) Natacha _____ russe.

　　娜塔莎說俄語。

(2) Agathe et moi, nous _____ anglais.

　　阿卡特和我，我們說英語。

(3) Elle _____ coréen.

　　她說韓語。

(4) David et Agathe _____ italien.

　　大衛和阿卡特說義大利語。

(5) Vous ____________ chinois.

您說中文。

(6) Tu ____________ allemand.

你說德語。

(7) Sandrine et Anne ____________ japonais ?

桑提妮和安妮說日語嗎？

(8) Maryse et vous, vous ____________espagnol.

瑪麗絲和您，您們說西班牙語。

(9) Les américains ____________ anglais.

美國人說英語。

(10) Les brésiliens ____________ portugais.

巴西人說葡萄牙語。

▶▶ 解答

(1) parle
(2) parlons
(3) parle
(4) parlent
(5) parlez
(6) parles
(7) parlent
(8) parlez
(9) parlent
(10) parlent

法語的 3 組動詞基本介紹

　　法語動詞變化在剛開始學習的階段是需要花工夫的，為了讓學習過程中能掌握到方向感，本課先介紹法語動詞的 3 種分類，以利背誦。

　　動詞變化在法語文法中可說是文法的靈魂，如果沒熟記，除了學習無法進步，甚至會無法了解法語文法的精隨，所以在初學過程，請先掌握好動詞變化的邏輯。

　　在學習動詞的階段，除了熟記動詞變化外，也要學習辨識動詞的類別。在每次遇見新動詞時，除了記住它的動詞變化之外，還須牢記**動詞原形**。以下將以**動詞原形**來做分類，主要分為三大類型，其動詞變化格式將於往後課程做介紹。

▌要點 1▌動詞原形結尾為 er ────────────── 010.mp3

每個動詞都有一個未經變化的格式，我們可從最後一個音節來看，如果字尾是 **er**，那麼就會歸類成第一類動詞。例如：

parler　habiter　danser　aimer

　說　　　住　　　跳舞　　喜歡

☞ 請注意最後一個音節的 **er**。

　　這一類的動詞變化有其一定的規律，所以遇上這類型的動詞，只要熟記該變化公式，就可以自行變化出這類動詞的變化格式。

　　這類變化格式的動詞，屬於數量最龐大的動詞。

動詞原形的最後一個音節是 **ir** 者，也是規則性變化的
一種，大多稱為第二類，原因是該動詞數量不如 er。
不過要注意的是，以此結尾的動詞也有可能是屬於不
規則的，所以最好要確認。例如：

finir　choisir　réfléchir　grandir
結束　　選擇　　　思考　　　長高

☞ 請注意最後一個音節的 ir。

除了上述可分類的動詞之外，無法歸類或是不規則變化的
動詞，都會被放在這一類，也就是「只能多背的類別」。
這一類的動詞字尾多為不規則，例如：

être　avoir
是　　有

　　être 與 avoir 這兩單字就是不規則動詞的代表。請注
意，最後一個音節以 re 或 oir、甚至是 ir 為常見。

　　動詞變化格式非常多變，所以只能盡量多接觸，多記
憶，對於學習才有幫助。

💡 **重點補充總整理：三組動詞的表格整理如下**

第一組動詞 （動詞原形字尾 er）	第二組動詞 （動詞原形字尾 ir）	第三組不規則動詞 （動詞原形字尾 re, ir, oir）
parler 說	finir 結束	être 是
habiter 住	choisir 選擇	avoir 有
danser 跳舞	réfléchir 思考	prendre 拿

第一組動詞 （動詞原形字尾 er）	第二組動詞 （動詞原形字尾 ir）	第三組不規則動詞 （動詞原形字尾 re, ir, oir）
aimer 喜歡／愛	grandir 長大	vouloir 想要
écouter 聽	rougir 變紅	venir 來
travailler 工作	rajeunir 變年輕	savoir 知道
regarder 看	atterrir 降落	partir 離開；出發

以上歸類可以給學習者做參考，但仍有一些不規則例外狀況，在學習過程中要多注意。

 練習題

請試著分類以下動詞原形，並寫在下方的底線上。

écouter 聽，prendre 拿，vouloir 想要，travailler 工作，
rougir 變紅，venir 來，regarder 看，rajeunir 變年輕，
atterrir 降落，savoir 知道，partir 離開；出發

(1) 第一組 er 規則動詞：＿＿＿＿＿＿＿＿＿＿＿＿＿＿＿＿＿＿＿＿

(2) 第二組 ir 規則動詞：＿＿＿＿＿＿＿＿＿＿＿＿＿＿＿＿＿＿＿＿

(3) 第三組不規則動詞：＿＿＿＿＿＿＿＿＿＿＿＿＿＿＿＿＿＿＿＿

▶▶ 解答

(1) 第一組 er 規則動詞：écouter, travailler, regarder

(2) 第二組 ir 規則動詞：rougir, rajeunir, atterrir

(3) 第三組不規則動詞：prendre, vouloir, venir, savoir, partir（看似是 ir 結尾的規則動詞，但其實是不規則的）。

er 結尾的動詞

我們於上一課簡單介紹了 3 組動詞的分類，本課將進一步介紹 er 結尾動詞的變化公式。

┃要點 1┃ 動詞變化格式 🎧 011.mp3

以下請對照人稱來比較這兩個 er 結尾動詞的變化：

主詞	habiter 住	parler 説
Je 我	j'habite[*1]	parle[*1]
Tu 你	habites[*1]	parles[*1]
Il/Elle 他／她	habite[*1]	parle[*1]
Nous 我們	habitons[*2]	parlons[*2]
Vous 你們／您	habitez[*3]	parlez[*3]
Ils/Elles 他們／她們	habitent[*1]	parlent[*1]

[*1] -e, -es, -ent 是一樣的發音 [ə]。

[*2] -ons 是一樣的發音 [ɔ̃]。

[*3] -ez 是一樣的發音 [e]。

從以上套顏色處可知，er 動詞的字尾變化規則為：-e, -es, -e, -ons, -ez, -ent。

由上述表格我們可以發現，兩個同為 er 結尾的動詞，變化後也有著同樣的字尾組合，這就是 er 動詞變化公式：將字尾的 er 去除，保留動詞字根（如 habit），再接上各字尾變化（如 -e 等）即可。

此外，字尾的發音可分為三類，請見上表內的數字標示（如 *1），同一

組數字表示字尾是一樣的發音。也就是說，主詞 je、tu、il、elle、ils、elles 的動詞變化發音是一樣的，nous 和 vous 的動詞變化發音不同，不過 vous 的動詞變化與原形 parler 的發音相同。

▌要點 2▌ 歸納公式

以上我們看了兩動詞的變化之後，接著我們來了解一下其變化原理。以下以動詞 **parler** 為例，當主詞為 **je** 時要如何變化：

先將字尾 **er** 去除，保留動詞字根

parle~~r~~ → parl
（字根）

依人稱加入字尾

parl + -e → parle
（字根）（字尾）

　熟悉了以上動詞變化原理之後，我們來認識其他也是 er 結尾的動詞，並練習看看如何做動詞變化。

▌要點 3▌ 其他 er 規則變化的動詞 🎧 011.mp3

以下再舉一個 er 動詞 **aimer**，並依同一種公式來做變化。

先將字尾 **er** 去除，保留動詞字根

aime~~r~~ → aim
（字根）

依不同人稱加入字尾

aim + -e → aime
（字根）（字尾）

主詞	變化規則
J'	aime*
Tu	aimes
Il/Elle	aime
Nous	aimons
Vous	aimez
Ils/Elles	aiment

> · er 動詞變化規則：
>
> | | |
> |---|---|
> | Je | 字根 -e |
> | Tu | 字根 -es |
> | Il/Elle | 字根 -e |
> | Nous | 字根 -ons |
> | Vous | 字根 -ez |
> | Ils/Elles | 字根 -ent |

* 請注意主詞 je 後面遇到母音開頭或 h 開頭的動詞時，je 需縮寫成 j'。

關於 aimer 的用法（喜好的表達），可以參閱第 13 課。

💬 重點補充總整理：其他 er 動詞

以下粗體字表示其變化稍有些差異，大部分是因為發音上的需要。

項目	意思	字根
acheter	買	**achèt-**[*1]　achet-[*2]
appeler	呼喊	**appell-**[*1]　appel-[*2]
chanter	唱歌	chant-
commencer	開始	**commenc-**[*1]　**commenç-**[*3]
continuer	繼續	continu-
danser	跳舞	dans-
écouter	聽	écout-
embrasser	親吻	embrass-
manger	吃	**mang-**[*4]
préparer	準備	prépar-
regarder	看	regard-
travailler	工作	travaill-
rencontrer	見面	rencontr-
téléphoner	打電話	téléphon-

以下舉出 acheter 和 appeler 的變化，並請注意粗體黑字的差異。

acheter		appeler	
je	j'ach**è**te	je	j'appe**ll**e
tu	ach**è**tes	tu	appe**ll**es
il	ach**è**te	il	appe**ll**e
nous	ach**e**tons	nous	appe**l**ons
vous	ach**e**tez	vous	appe**l**ez
ils	ach**è**tent	ils	appe**ll**ent

以下舉出 commencer 和 manger 的變化，並請注意粗體黑字的差異。

commencer		manger	
je	commenc**e**	je	mang**e**
tu	commenc**es**	tu	mang**es**
il	commenc**e**	il	mang**e**
nous	commen**ç**ons	nous	mang**e**ons
vous	commenc**ez**	vous	mang**ez**
ils	commenc**ent**	ils	mang**ent**

[1] 此為配合 je, tu, il/elle 及 ils/elles 主詞做變化的字根。

[2] 此為配合 nous 及 vous 主詞做變化的字根。

[3] 此為配合 nous 主詞做變化的字根。

[4] 在配合 nous 主詞做變化時，因發音需要，其變化會改為：nous mangeons。

簡短對話 011.mp3

Ⓐ Bonjour, vous vous **appelez** comment ?　您好，您貴姓大名呢？

Ⓑ Je m'**appelle** Bernard.　我叫伯納。

Ⓐ Tu **téléphones** à Sandrine ?　你要打電話給桑媞妮嗎？

Ⓑ Ah non, pas encore...　啊還沒 ...

Ⓐ Tu **travailles** ?　你在唸書嗎？

Ⓑ Oui, je **prépare** un examen.　對，我在準備考試。

練習題

以下兩大題請練習做 er 結尾動詞的變化。

1. 請完成以下動詞變化表。

    écouter

j'écoute	nous
tu	vous
il/elle	ils/elles

    travailler

je travaille	nous
tu	vous
il/elle	ils/elles

    regarder

2. 以下句子中的動詞皆為**第一組動詞**，請試著寫出該動詞的原形。

*   Je prépare un examen. 我在準備考試。

    原形：＿＿＿＿＿＿＿＿＿＿＿＿＿＿＿＿＿＿＿＿

*   Elle téléphone à Sandrine. 她打電話給桑媞妮。

    原形：＿＿＿＿＿＿＿＿＿＿＿＿＿＿＿＿＿＿＿＿

*   Tu regardes la télé. 你在看電視。

    原形：＿＿＿＿＿＿＿＿＿＿＿＿＿＿＿＿＿＿＿＿

*   Paul et moi, nous continuons le travail. 保羅和我，我們繼續工作。

    原形：＿＿＿＿＿＿＿＿＿＿＿＿＿＿＿＿＿＿＿＿

*   Madame et Monsieur Leroux voyagent beaucoup.

    樂虎女士與先生常旅行。

    原形：＿＿＿＿＿＿＿＿＿＿＿＿＿＿＿＿＿＿＿＿

- David joue au tennis. 大衛打網球。

  原形：_____

- Vous cherchez Anne ？ 您找安妮嗎？

  原形：_____

◀◀ 解答

1. ・J'écoute, tu écoutes, il/elle écoute, nous écoutons, vous écoutez, ils/elles écoutent
   ・Je travaille, tu travailles, il/elle travaille, nous travaillons, vous travaillez, ils/elles travaillent
   ・je regarde, tu regardes, il/elle regarde, nous regardons, vous regardez, ils/elles regardent

2. préparer 準備, téléphoner 打電話, regarder 看, continuer 繼續, voyager 旅行, jouer 玩,
   chercher 尋找

ir 結尾的動詞

本課將介紹原形動詞 ir 結尾的變化公式。這類動詞的數量，相較於其他兩類動詞是比較少的，甚至有些類似的動詞字尾可能都不屬於這一組（例如 sortir 出去 , partir 離開 , venir 來 , offrir 贈送等等）

▌要點 1 ▌動詞變化格式 ━━━━━━━━━━━━━━━ 🎧 012.mp3

在認識了 **er** 結尾的動詞之後，接著要來了解的是 **ir** 結尾的動詞。以下兩個動詞 **finir** 和 **réfléchir** 的結尾皆為 **ir**，會依照 **ir** 動詞的規則變化。以下請對照人稱來比較這兩個動詞的變化：

主詞	finir 完成	réfléchir 思考
Je 我	finis[1]	réfléchis[1]
Tu 你	finis[1]	réfléchis[1]
Il/Elle 他／她	finit[1]	réfléchit[1]
Nous 我們	finissons[2]	réfléchissons[2]
Vous 你們	finissez[3]	réfléchissez[3]
Ils/Elles 他們／她們	finissent[4]	réfléchissent[4]

[1] **-s, -s, -t** 在字尾皆不發音，發音只到前面的母音 i，如 finis 與 finit 皆唸做 [fini]。

[2] **-ssons** 的發音為 [sɔ̃]。

[3] **-ssez** 的發音為 [se]。

[4] **-ssent** 的發音為 [sə]。

從以上套顏色處可知，**ir** 動詞的字尾變化規則為：**-s, -s, -t, -ssons, -ssez, -ssent**。

由上述表格我們可以發現，兩個同為 ir 結尾的動詞，變化後也有著同樣的字尾組合，這就是 ir 動詞變化公式。不同於第 1 組動詞變化（ -e, -es,

-e），第 2 組動詞變化主要都以子音（如 s 或 t）來結尾。

　　此外，字尾的發音分為**四類**，請見上表內的數字標示（如 *1），同一組數字表示字尾是一樣的發音。也就是說，主詞 je、tu、il/elle 的動詞變化發音是一樣的，nous、vous、ils/elles 的變化發音皆不相同，這跟第 1 組動詞變化的情況不同。

要點 2 ▎ 歸納公式

以上我們看了兩動詞的變化之後，接著我們來了解一下其變化原理。以下以動詞 **finir** 為例，當主詞為 **je** 時要如何變化：

先將字尾 r 去除，保留動詞字根

finir → fini
字根

依人稱加入字尾

fini + -s → finis
字根　字尾

比較：-er 動詞與 -ir 動詞變化

主詞	ir 動詞	er 動詞
Je	字根 -s	字根 -e
Tu	字根 -s	字根 -es
Il/Elle	字根 -t	字根 -e
Nous	字根 -ssons	字根 -ons
Vous	字根 -ssez	字根 -ez
Ils/Elles	字根 -ssent	字根 -ent

　　熟悉了以上動詞變化原理之後，我們來認識其他也是 ir 結尾的動詞，並練習看看如何做動詞變化。

要點 3 ▎ 其他 ir 規則變化的動詞　　　　　🎧 012.mp3

以下再舉一個 **ir** 動詞 **choisir**（選擇），並依同一種公式來做變化。

先將字尾 r 去除，保留動詞字根

choisir → choisi
字根

依不同人稱加入字尾

choisi + -s → choisis
字根　字尾

主詞	變化規則
Je	choisis
Tu	choisis
Il/Elle	choisit
Nous	choisissons
Vous	choisissez
Ils/Elles	choisissent

☞ 此動詞變化也是規律的，發音時也一定要聽到或唸出字尾的 [i]。

以上是關於 ir 動詞的規則變化。動詞變化在法語學習上很重要，所以請不要害怕背動詞變化喔。

簡短對話

🎧 012.mp3

Ⓐ Salut, Vincent ! Tu fais quoi ? 　　嗨，文森！你在做什麼？

Ⓑ Je finis mon travail. 　　我要弄完我的工作了。

Ⓐ C'est bientôt la fête des mères. 　　母親節快到了。

Ⓑ Oui. Je choisis un cadeau pour 　　對呀，我在選禮物給我媽媽。
ma mère.
Mais j'hésite encore... 　　而我還在猶豫，我要想想（送什麼）。
je réfléchis...

練習題

以下兩大題請練習做 ir 結尾動詞的變化。

1. 以下 3 個動詞皆為 ir 動詞，請完成以下動詞變化表。

rougir 變紅

je rougis	nous
tu	vous
il/elle	ils/elles

grandir 長高；長大

je	nous
tu	vous
il/elle	ils/elles

fournir 提供

2. 以下句子中的動詞皆為第二組動詞，請試著寫出該動詞的原形。（提醒：請注意人稱及動詞字尾）

・ Il bâtit une maison. 他蓋房子。

原形：＿＿＿＿＿＿＿＿＿＿＿＿＿＿＿＿＿＿＿＿

・ Nous abolissons la peine de mort. 我們廢除死刑。

原形：＿＿＿＿＿＿＿＿＿＿＿＿＿＿＿＿＿＿＿＿

・ Luc vieillit. 律克變老。

原形：＿＿＿＿＿＿＿＿＿＿＿＿＿＿＿＿＿＿＿＿

・ Paul et toi, vous grossissez. 保羅和你，你們變胖。

原形：＿＿＿＿＿＿＿＿＿＿＿＿＿＿＿＿＿＿＿＿

・ Lydia et Alice réussissent les examens. 麗蒂亞和愛麗絲考試成功。

原形：＿＿＿＿＿＿＿＿＿＿＿＿＿＿＿＿＿＿＿＿

・ Virginie maigrit. 維吉尼亞變瘦。

原形：＿＿＿＿＿＿＿＿＿＿＿＿＿＿＿＿＿＿＿＿

・ Vous applaudissez les acteurs. 您為演員們鼓掌。

原形：＿＿＿＿＿＿＿＿＿＿＿＿＿＿＿＿＿＿＿＿

◀◀ 解答

1. ・ je rougis, tu rougis, il/elle rougit, nous rougissons, vous rougissez, ils/elles rougissent
   ・ je grandis, tu grandis, il/elle grandit, nous grandissons, vous grandissez, ils/elles grandissent
   ・ je fournis, tu fournis, il/elle fournit, nous fournissons, vous fournissez, ils/elles fournissent

2. bâtir 建造，abolir 廢除，vieillir 變老，grossir 變胖，réussir 成功，maigrir 變瘦，applaudir 拍手鼓掌

13 如何用法文表達喜好：「我喜歡／討厭～」

表達個人喜好，在法語中可以用 aimer（喜歡、愛）與 adorer（喜愛）或是 détester（討厭）這幾個動詞，接著在動詞後面加上受詞來表現即可。不過各位可以發現，以上這些動詞的結尾皆為 er 變化（變化規則請見：第11課），本課首先以 aimer 及 détester 為例來複習一下 er 動詞變化。

┃**要點 1**┃動詞變化格式 🎧 013.mp3

主詞	aimer 喜歡	détester 討厭
Je 我	J'aime	déteste
Tu 你	aimes	détestes
Il/Elle 他／她	aime	déteste
Nous 我們	aimons	détestons
Vous 你們	aimez	détestez
Ils/Elles 他們／她們	aiment	détestent

aimer 的變化原理，也可以參閱第 11 課的要點 3。

┃**要點 2**┃句型表達 🎧 013.mp3

法語表示「我喜歡～」「我討厭～」時，首先要有主詞（如 je），接著是動詞 aimer、détester（要隨主詞變化），後面再接受詞，語序與中文一樣，如「我喜歡電影」「我討厭學校」。

表達「喜歡」「厭惡」的句型

S+ aimer ／ détester **+** 受詞

J' **aime**	**Paris.**	Je **déteste**	**Paris.**
我 喜愛	巴黎	我 討厭	巴黎

受詞：地名

J' 我	**aime** 愛	**Marie.** 瑪莉

Je 我	**déteste** 討厭	**Marie.** 瑪莉

（受詞：人名）

☞ 動詞部分要隨主詞作人稱變化，但如果 je 後面的動詞是母音開頭（如 aimer），je 要縮寫成 j'。

　　只要套用此句型，並記得動詞隨主詞作變化，後面再接受詞，就能造出「我喜歡～」「我討厭～」的法文。

　　如果動詞是 adorer（喜愛）或 détester（討厭），也是用一樣的句型架構喔。例如：

J'adore le cinéma.

Tu détestes la musique.

　　以上的受詞是人名及地名，以下來看看換成其他受詞時的表達方式。

🎧 013.mp3

受詞是一般名詞的句型

受詞如果是一般名詞的話，該名詞前面要有定冠詞 le 或 la 或是 les。

S+ aimer ／ détester + 定冠詞 le/la/les + 受詞

J' 我	**aime** 愛	**le cinéma.** 電影

（受詞：一般名詞）

例句

Il **aime** le cinéma. 他喜歡電影。
Elle **aime** la musique. 她喜歡音樂。
Nous **aimons** l'aéroport. 我們喜歡機場。
Vous **aimez** l'école. 你們喜歡學校。
Ils **aiment** les livres. 他們喜歡書。
Elles **aiment** les robes. 她們喜歡裙子。

受詞是動詞的句型

受詞也可能是動詞，像是「我喜歡做運動」中「做運動」這樣的動詞。

S+ **aimer** / **détester** + 原形動詞

J'	aime	travailler.
我	愛	工作

受詞：原形動詞

☞ 此時句子中有兩個動詞，但需要隨主詞作人稱變化的，只有最靠近主詞的那個動詞。

例句

J'aime travailler. 我喜歡工作。
Tu aimes manger. 你喜歡吃。
Il aime sortir. 他喜歡外出。
Elle aime danser. 她喜歡跳舞。

　　在以上這幾個句型中，動詞 aimer 或 détester 後面可以擺放的有**專有名詞**（人名、地名等）、一般名詞或是原形動詞。如果是**一般名詞**時，名詞前須先放**冠詞**。

　　以下將針對受詞是**一般名詞**的情況，即「主詞 + aimer + 定冠詞 + 受詞」的句型做解說，特別是針對定冠詞 le、la、les 的部分。

┃要點 3┃定冠詞（article défini）搭配動詞 aimer 的用法

aimer 後面如果要接普通名詞，並非「aimer ＋普通名詞」，而是必須伴隨定冠詞來表達，即 le, la（或是 l'）以及 les，是個相當於英語 the 的詞彙。請先看下面的句型。

aimer+ 定冠詞 + 普通名詞

aimer	le	cinéma
喜歡		電影

因為 **aimer** 動詞的關係，定冠詞的用意在這裡非指定或特定的意思（並非特指某樣事物），而是指「一般概念」。例如，當你說「我喜歡音樂」，指的不是喜歡某一首歌、某一種音樂，而是表達「喜歡音樂」這個興趣或概念。

J'aime | **la musique.**
我喜歡 | 音樂
一般概念

| 要點 4 | 定冠詞的陰陽性與單複數

雖然法語的定冠詞類似於英語的 **the**，但英語僅有一字 **the**，為何法語有好幾個格式呢？原因是因為法文的定冠詞須配合名詞的陰陽性與單複數做變化。請先看以下圖表。

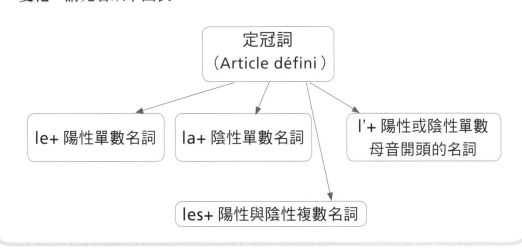

透過以上圖表，我們可以更了解定冠詞為何有 le, la, les，甚至是 l' 的用法。因此，透過以上的解說，我們可以搭配定冠詞陰陽性概念來練習「aimer + 定冠詞 + 普通名詞」的句型。

aimer+ 定冠詞 + 普通名詞

le + 陽性名詞

la + 陰性名詞

les + 複數名詞

l' + 母音或 h 開頭的名詞

Il aime le cinéma.
他喜歡電影。→ cinéma 是陽性單數。

Elle aime la musique.
她喜歡音樂。→ musique 是陰性單數。

Nous aimons l'aéroport.
我們喜歡機場。→ aéroport 是陽性單數、母音開頭，所以冠詞縮寫。

Vous aimez l'école.
你們喜歡學校。→ école 是陰性單數、母音開頭，所以冠詞縮寫。

Ils aiment les livres.
他們喜歡書。→ livres 是陽性複數。

Elles aiment les robes.
她們喜歡裙子。→ robes 是陰性複數。

💬 **簡短對話**　　　　　　🎧 013.mp3

Ⓐ **Qu'est-ce que vous aimez ?**
您喜歡什麼？

Ⓑ **J'aime la musique et le cinéma, et vous ?**
我喜歡音樂和電影，您呢？

Ⓐ **Moi aussi, j'aime la musique.**
我也是，我喜歡音樂。

單字筆記
le cinéma 電影
la musique 音樂
l'aéroport 機場
l'école 學校
le livre 書
la robe 裙子

Ⓑ Vous aimez le rock? Le rap ?

您喜歡搖滾樂？饒舌樂？

Ⓐ Ah non, j'aime la musique classique...je déteste le rap.

啊不，我喜歡古典音樂 ... 我討厭饒舌樂。

Ⓑ Ah bon !

是喔！

🖊 練習題

請練習填寫定冠詞，有必要時也須填寫動詞

例) J'aime _____ musique.

J'aime la musique.

(1) Tu aimes _____ théâtre. (théâtre 陽性單數)

你喜歡戲院嗎？

(2) J'adore _____ sport. (sport 陽性單數)

我很愛運動。

(3) Ils aiment _____ enfants. (enfants 陽性複數)

他們喜歡小孩。

(4) Marie déteste _____ danse. (danse 陰性單數)

瑪莉討厭舞蹈。

(5) Nous _____ français. (français 陽性單數)

我們喜歡法語。

(6) Vous aimez _____ Paul et Marie.

您喜歡保羅與瑪莉嗎？

(7) Eric et Hubert détestent _____ école. (école 陰性單數)

艾瑞克和郁博討厭學校。

(8) Nicole adore _____ fromage français. (fromage 陽性單數)

妮可喜歡法國乳酪。

(9) Pierre et toi, vous _____ thé vert. (thé vert 陽性單數)

皮爾和你，你們討厭綠茶。

(10) Jean aime _____ cinéma américain.

尚喜歡美國電影。

Leçon 14

形容詞（l'adjectif）的用法 3

 014.mp3

形容詞的擺放位置

前面學過國籍、外表與個性的形容詞，本課要來說明法語形容詞的位置。以下先用 3 組單字來看看形容詞的位置。

│要點 1│ 形容詞的擺放位置 014.mp3

法語的形容詞總是跟隨著名詞的，大部分的擺放位置是：形容詞放在名詞後面。例如中文說「圓的球」，但法文的順序會是「球 圓的」。

從以上的例子可知，法語的形容詞的擺放位置主要是在名詞的後面。

接著來看看以下套用 aimer 句型的例句，請一邊閱讀例句、一邊找出冠詞、名詞、形容詞的位置。

以下法語的句子都是用 aimer 作為動詞，並以「冠詞 le/la/les ＋名詞＋形容詞」作為 aimer 的受詞。除了形容詞的位置，以下例句還可以注意一下冠詞的陰陽性、單複數。

S+ 動詞 + 冠詞 + 名詞 + 形容詞

J'aime　le cinéma　français.
我喜歡　電影　法國的

單字解釋
le cinéma 電影
la musique 音樂
la cuisine 料理
le film 影片
le fromage 起士
le café 咖啡；咖啡廳
le théâtre 戲劇
classique 古典的

例句

J'aime **le** cinéma français.
我喜歡法國電影。

Tu aimes **la** musique japonaise. 你喜歡日本音樂。
Il aime **la** cuisine chinoise. 他喜歡中式料理。
Elle aime **les** films américains. 她喜歡美國影片。
Nous aimons **le** fromage français. 我們喜歡法國乳酪。
Vous aimez **le** café italien. 你們喜歡義式咖啡。
Ils aiment **le** théâtre classique. 他們喜歡古典戲劇。

　　由上述例句中，我們可以知道的是，除了形容詞是擺放於名詞的後面之外，形容詞會需要隨名詞的陰陽性、單複數來做變化的。以下就來看看形容詞是怎麼隨名詞陰陽性、單複數做變化的。

┃ 要點 3 ┃ 形容詞的陰陽性變化

陽性的情況

J'aime　le cinéma　français.
我喜歡　電影　法國的
　　　 陽性冠詞 le ＋陽性名詞　陽性形容詞

國籍陰陽性
américain, américaine
chinois, chinoise
français, française
japonais, japonaise
italien, italienne

☞cinéma 為陽性單數名詞，從冠詞 le 也可知為陽性，因此後面的形容詞 français 維持陽性。

陰性的情況

Tu aimes *la* **musique** **japonaise.**
你喜歡　　　音樂　　　　日本的

陰性冠詞 la ＋陰性名詞　**陰性形容詞**

☞ musique（音樂）為陰性單數名詞，後面的形容詞 japonais 也須配合變化成陰性單數（第三課中有提及）。

複數的情況

Elle aime *les* **films** **américains.**
她喜歡　　　影片　　　美國的

複數冠詞 les ＋陽性複數名詞　**陽性複數形容詞**

☞ film 是陽性名詞，在此句中是複數，所以 américain 也需配合變化成陽性複數的格式。

　　形容詞大部分都是放於名詞後方，並配合所修飾之名詞的陰陽性、單複數格式做變化。不過，仍有一些情況是，形容詞是擺在名詞前面的。

┃要點 4┃形容詞是擺在名詞前面的情況 ⭕ 014.mp3

有些形容詞不放在名詞後面，而是需放於名詞前面，不過規則也是一樣須配合名詞的陰陽性與單複數來做變化。

放在名詞前面的情況

un　**grand** **appartement**
　　　大的　　公寓

陽性形容詞

☞ 法文形容詞中有少數像是 grand（大的）、joli（漂亮的）、petit（小的）等，都是放在名詞前面的形容詞。

例句

J'ai un **grand** appartement. 我有間大公寓。
Natalie est une **jolie** fille. 娜塔莉是個漂亮的女孩。
Elle a deux **jeunes** enfants. 她有兩個年幼的小孩。

以下為擺在名詞前面的常見形容詞，初學階段的學習者請先記住。 🎧 014.mp3

陽性	陰性	意思
grand	grande	大的
petit	petite	小的
joli	jolie	漂亮的
jeune	jeune	年輕的
vieux	vieille	老的
beau	belle	美麗的
nouveau	nouvelle	新的
bon	bonne	好的
gros	grosse	胖的
mauvais	mauvaise	不好的

💬 簡短對話　　🎧 014.mp3

Ⓐ Qu'est-ce que tu aimes ?　　你喜歡什麼？

Ⓑ J'aime beaucoup le cinéma et le théâtre classique, et toi ?　　我很喜歡電影和古典音樂，你呢？

Ⓐ Moi aussi, j'aime surtout le cinéma français.　　我也是，我特別喜歡法國電影。

Ⓑ Tu aimes la cuisine ?　　你喜歡美食嗎？

Ⓐ Bien sûr, la bonne cuisine ! Et toi ?　　當然，好吃的美食！你呢？

Ⓑ Moi aussi.　　我也是。

✏️ 練習題

請依提示填入正確的形容詞格式。

例）Paul aime le cinéma _____ .(français)

Paul aime le cinéma _français_ .

保羅喜歡法國電影。

(1) Tu aimes les gâteaux _____ . (italien)

你喜歡義式蛋糕。(gâteaux 蛋糕 → 陽性複數)

(2) Il a un stylo _____ . (rouge 紅色)

他有枝紅筆。（stylo 原子筆 → 陽性單數）

(3) David habite dans un _____ appartement. (grand)

大衛住在一間大公寓裡。(appartement 公寓 → 陽性單數)

(4) Il y a une étudiante _____ . (espagnol)

有位西班牙籍女學生。

(5) Pauline et Mélissa sont deux _____ danseuses. (beau)

寶琳和梅莉莎是兩位美麗的舞者。(danseuses 舞者們 → 陰性複數)

(6) Il a une _____ voiture. (nouveau)

他有輛新車。(voiture 汽車 → 陰性單數)

(7) Vous aimez les macarons _____ . (français)

您喜歡法式馬卡龍。(macarons 馬卡龍 → 陽性複數)

(8) Nous avons deux amies _____ . (français)

我們有兩位法國女性友人。

(9) Les enfants sont _____ . (petit)

小孩年紀小。

(10) La journaliste _____ travaille bien. (japonais)

那位日本女記者很認真工作。

(10) japonaise	(5) belles
(9) petits	(4) espagnole
(8) françaises	(3) grand
(7) français	(2) rouge
(6) nouvelle	(1) italiens
	◀◀ 解答

形容詞的複數形（pluriel des adjectifs） 015.mp3

形容詞的 **4** 種複數形字尾

　　形容詞是修飾名詞的詞性，當名詞為複數形時，形容詞也須跟著變化成複數形，這是法語形容詞的特色。

　　法語形容詞的**複數格式**與名詞類似，大多是於字尾加上 **s**，本書於第 3 與 4 課介紹出身地與外表的表達時已有稍作說明，可以配合參考。

┃要點 1┃ 於字尾加上 s　 015.mp3

法語的形容詞要變化成複數時，大部分都是在字尾加上 **s** 即可。

形容詞單數　複數字尾

舉例

le sac **rouge** → les sacs **rouges** 紅色的包包

la **jolie** fleur → les **jolies** fleurs 漂亮的花

☞　形容詞大部分放在名詞後面，但也有放於名詞前面的，不論位置在哪都須隨名詞（單複數、陰陽性）做變化。

┃要點 2┃ 於字尾加上 x　 015.mp3

以 **eau** 結尾的形容詞，要變化成複數格式時，直接於字尾加上 **x** 即可。

形容詞單數字尾　複數字尾

字尾發音	
-eau	[o]
-eaux	

舉例

le **nouveau** livre → les **nouveaux** livres 新書

Le sac est **beau**. → Les sacs sont **beaux**. 包包很美。

請注意這裡的複數字尾 x 不發音。要判斷是單數還是複數，與名詞的情況一樣，只能透過冠詞來分辨。

要點 3 於字尾加上 aux ───── 🎧 015.mp3

以 **al** 結尾的形容詞，其複數格式是把原本單數字尾的 **al** 改成 **aux**。

_____al → -a~~l~~ + -aux → _____aux
形容詞單數字尾　　去掉字尾　複數字尾

字尾發音

-al	[al]
-aux	[o]

舉例

le plat régional → les plats **régionaux** 地方菜
le dessin original → les dessins **originaux** 獨創的圖畫

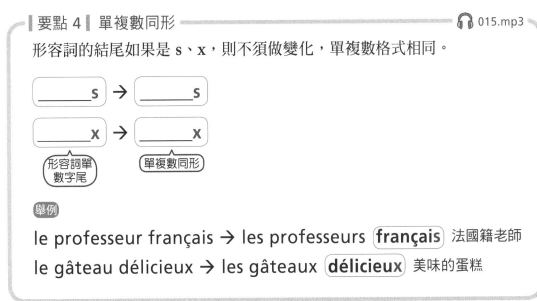

要點 4 單複數同形 ───── 🎧 015.mp3

形容詞的結尾如果是 s、x，則不須做變化，單複數格式相同。

_____s → _____s
_____x → _____x
形容詞單數字尾　　單複數同形

舉例

le professeur français → les professeurs **français** 法國籍老師
le gâteau délicieux → les gâteaux **délicieux** 美味的蛋糕

以上介紹的大部分是陽性形容詞的複數格式，如果所修飾的複數名詞是陰性，那麼形容詞就要先變化成陰性格式，接著再改成複數格式。

不過這裡有個重點，陰性格式的形容詞，變化成複數時僅須在字尾加上 s 即可。

陰性格式之形容詞的複數格式，並非如以上三個要點（按照字尾來做各自的變化），而是通通在字尾加上 **s** 即可。☞ 關於形容詞的陰陽性變化，請參閱第 4 課。

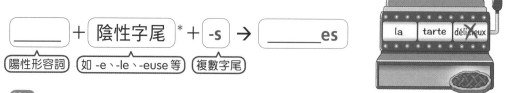

|____| + |陰性字尾|* + |-s| → |____es|

(陽性形容詞) (如 -e、-le、-euse 等) (複數字尾)

(舉例)

l'agence régionale → les agences **régionale**s 區域性的事務所
l'histoire originale → les histoires **originale**s 獨創的故事
la professeure française → les professeurs **française**s 法國籍老師
la tarte délicie**use** → les tartes **délicieuse**s 美味的派

＊法文的形容詞要變化成陰性形態時，會加上陰性字尾，但陰性字尾會依陽性的字尾而有所不同，甚至也有不規則變化。大部分的陰性字尾都是 e（即陽性形容詞＋e），但也有加上 le，或是要去掉陽性 eux 改成 euse 的。但整體看下來，法文的形容詞陰性形態很多都是以 e 結尾，複數以 s 結尾。☞詳細內容請參閱第 4 課。

💬 簡短對話 🎧 015.mp3

Ⓐ Elle est **grande**, **jolie**, **intelligente**... 她身材高、漂亮、聰明…

Ⓑ Elle s'appelle comment ? 她叫什麼名字？

Ⓐ Laura. Elle a les cheveux **longs** et les yeux **noirs**. 蘿拉。她有一頭長髮和黑色的眼睛。

Ⓑ D'accord... 好的…

Ⓐ Elle aime les livres **français** et les gâteaux **délicieux**... 她喜歡法文書籍和好吃的蛋糕 …

Ⓑ Elle a des amis **chinois** ? 她有中國的朋友嗎？

練習題

請填入正確的形容詞格式。

例）Paul aime les ___jolis___ (joli) livres. 保羅喜歡漂亮的書。

(1) Marie et Anne sont les journalistes _____ (japonais).
瑪莉與安妮是日本記者。

(2) J'aime les _____ (joli) fleurs.
我喜歡漂亮的花。（fleur：陰性）

(3) Les _____ (beau) manteaux sont chers.
美麗的大衣都很貴。（manteau：陽性）

(4) Les pierres sont _____ (précieux).
那些石頭很珍貴。（pierre：陰性）

(5) Les étudiantes sont _____ (paresseux) ?
那些女學生們都很懶嗎？

(6) Les garçons sont _____ (sage). 那些男孩們都很乖。

(7) Les amis de Laura sont _____ (gentil).
蘿拉的朋友們都很體貼。

(8) Les appartements dans l'immeuble sont _____ (grand). 這棟樓的公寓都很大。（appartement：陽性）

(9) Ils ont deux voitures _____ (bleu). 他們有兩輛藍色的車。（voiture：陰性）

(10) Il y a des stylos _____ (rouge) et des livres _____ (français). 有紅筆和法文書。（stylo：陽性；livre：陽性）

性別（sexe）與屬性（genre）的不同

　　法語中的每個名詞都具陰陽性，也就是所謂的 masculin（陽性）、féminin（陰性），除了一些城市名，（如巴黎）或是一些例外的國名（如古巴、新加坡）之外，名詞皆有陰陽性。不過有些名詞的陰陽性甚至無邏輯性可言，所以學習過程中，記陰陽性的功夫很重要。名詞陰陽性可分為兩部分來解說，請見以下說明。

▌要點 1▌ 性別（sexe）：有男女之分的職稱或身分名詞 🎧 016.mp3

人物的職稱或身分名詞因為有男、女之分，有像是「男服務生、女服務生」或是「男律師、女律師」這樣的區分，所以同一個意思的職稱名詞會有陰性與陽性的兩種變化。

例句

Il est serveur/avocat. 主詞是男生（陽性） ☞ 單數

他是服務生／律師。

Elle est serveuse/avocate. 主詞是女生（陰性） ☞ 單數

她是服務生／律師。

Ils sont serveurs/avocats. 主詞是男生或有男有女 ☞ 複數

他們是服務生／律師。

Elles sont serveuses/avocates. 主詞皆是女生 ☞ 複數

她們是服務生／律師。

　　然而有個情況是，有些名詞雖然也是有男女之分，但並非靠變化陰陽性來產生單字的，而是**陽性單字固定用某單字，陰性單字要用不同字**，例如家族稱謂裡的名詞，舉例如下：

- père（父親），mère（母親）
- frère（兄弟），soeur（姊妹）
- oncle（伯／叔／舅／姨丈／姑丈），tante（伯母／姑姑／嬸嬸／阿姨／舅媽）

或是：

- garçon（男孩），fille（女孩）

如上相同的原理，在動物界也有公母之分，例如：

coq（公雞），poule（母雞）

boeuf（公牛），vache（母牛）

┃要點 2┃ 屬性（genre） 🎧 016.mp3

所謂的屬性（**genre**），指的是名詞本身原本就具有之固定的陰陽性、非陰即陽的特性。這部分的名詞陰陽性是無法變化的，無法更改其陰陽性，就像被貼了標籤一樣是固定的（不是陰性就是陽性），如 **musique**（音樂）固定是陰性、**théâtre**（戲劇）固定是陽性。這類名詞唯一有的變化只有單複數變化。學習者在學習過程中只能用記的方式，建議可以用聯想來記，因每個人的經驗不同，任何方式只要能記起來就可以。

例句

Paul aime la musique française. 保羅喜歡法國音樂。
男生　　　　　　固定是陰性名詞

Marie aime le théâtre classique. 瑪莉喜歡古典戲劇。
女生　　　　　　固定是陽性名詞

從以上兩句可以歸納出幾個重點：

☞ 第一句例句有兩個名詞，即 Paul（保羅）和 musique（音樂）。Paul 是男生（陽性），而 musique 是陰性名詞，不會因為主詞 Paul 是陽性，musique 就更改成陽性。

☞ 相同的，Marie（瑪莉）是女生（陰性），théâtre（戲劇）是陽性名詞，也不會因主詞 Marie 是陰性而把 théâtre 更改成陰性名詞。

☞ 在這裡，唯一會變化陰陽性的是**形容詞**，會配合名詞來做變化。因此，因為 musique（音樂）是陰性，française 為了配合 musique 的格式，所以也是陰性形態。

　　以上這部分我們稱為名詞的屬性（或種類），陰陽性是固定的，無法彈性更動，與上述職稱不同。另外，我們也不難發現，所使用的動詞也不同，在表達身分或性別的句子中用 être 動詞居多。

│ 要點 3 │ 總結：名詞可分為兩大類 🎧 016.mp3

名詞分為兩大類：

・表達人物身分性別（sexe）的名詞可做陰陽性的變化。

・如果是一般名詞的陰陽性或稱屬性（genre）大都不可轉換的，是固定的。

至於形容詞：

・其形態是沒有固定的、是浮動的，會隨名詞之陰陽性單複數做變化：
1) 隨主詞的人物名詞性別做變化 2) 隨一般名詞的屬性做變化。

身分性別的名詞

| 人物名詞 | + être 動詞 + | 名詞 |

| **Paul** 保羅 | est 是 | **étudiant.** 學生 |
| 有性別之分的名詞 | | 會隨人物名詞的性別做變化 |

一般名詞

人物名詞＋動詞＋ 一般名詞 ＋ 形容詞

| Paul aime 保羅 喜歡 | **la musique** 音樂 | **française.** 法國的 |
| | 屬性是固定的 | 隨名詞的屬性做變化，與性別無關 |

簡短對話　　　　　　　　　　　　　　　　　 016.mp3

Ⓐ Qu'est-ce que tu fais comme travail ?　　你做什麼工作？

Ⓑ Je suis **employée** dans **une banque**.　　我是銀行的職員。

Ⓐ Tu aimes **la cuisine** ?　　你喜歡美食嗎？

Ⓑ Oui, surtout **la cuisine japonaise**.　　喜歡，特別是日式料理。
Et toi, tu fais quoi dans **la vie** ?　　那你呢？你是做什麼的？

Ⓐ Je suis **serveur** dans **un restaurant**.　　我是餐廳服務生。

Ⓑ Tu aimes aussi **la cuisine japonaise**?　　你也喜歡日式料理嗎？

 練習題

請看以下<u>畫線名詞</u>，練習分辨這些名詞是**可變化陰陽性**，或是其陰陽性是**固定的**。

例）Paul est é<u>tudiant</u>.

étudiant 可以變化陰陽性，因為人有性別，故陰性為 *étudiante*。

（1）David est <u>employé</u>. 大衛是職員。

＿＿＿＿＿＿＿＿＿＿＿＿＿＿＿＿＿＿＿＿＿＿＿＿＿＿＿＿＿

（2）J'aime la <u>voiture</u>. 我喜歡汽車。

＿＿＿＿＿＿＿＿＿＿＿＿＿＿＿＿＿＿＿＿＿＿＿＿＿＿＿＿＿

（3）Elle habite à <u>Tokyo</u>. 她住東京。

＿＿＿＿＿＿＿＿＿＿＿＿＿＿＿＿＿＿＿＿＿＿＿＿＿＿＿＿＿

（4）Ils sont <u>médecins</u>. 他們是醫生。

＿＿＿＿＿＿＿＿＿＿＿＿＿＿＿＿＿＿＿＿＿＿＿＿＿＿＿＿＿

（5）Nous avons un <u>stylo bleu</u>. 我們有一支藍色的原子筆。

＿＿＿＿＿＿＿＿＿＿＿＿＿＿＿＿＿＿＿＿＿＿＿＿＿＿＿＿＿

（6）Tu es en <u>France</u>. 你在法國。

＿＿＿＿＿＿＿＿＿＿＿＿＿＿＿＿＿＿＿＿＿＿＿＿＿＿＿＿＿

▶▶ 解答

(1) 可變化陰陽性，employé（職員）有性別之分，陰性為 employée。

(2) 是固定的，voiture 跟性別無關，不能變化陰陽性。

(3) Tokyo(東京) 為城市名，無陰陽性。

(4) 基本上 médecin（醫生）為職稱，有分性別，但該名詞無陰性寫法，陰陽性皆同形。學習過程要注意該類型職稱。

(5) 是固定的，stylo（筆）與性別無關，不能變化陰陽性。

(6) France（法國）國名與性別無關，固定是陰性，不能變化陰陽性。

(7) 可變化陰陽性，serveur（服務生）有分性別。陰性為 serveuse。

(8) fille（女孩）為陰性，但男孩與女孩各為不同的單字，故不能做陰陽性變化，只能寫男孩的單字：garçon。

(9) 是固定的，livre（書）為普通名詞，沒有性別之分，陰陽性已固定。

(10) 是固定的，hôpital（醫院）為一般名詞，無性別之分。

---

(7) Vous êtes serveurs dans un restaurant. 你們是在餐廳的服務生。

(8) Il y a une jeune fille. 有位年輕的女孩。

(9) Lydia a un livre français. 莉蒂亞有本法文書。

(10) Anne et Alice travaillent dans un hôpital. 安娜和艾莉絲在醫院工作。

名詞的複數形（pluriel des noms）

名詞的 5 種複數形字尾

法語名詞的複數格式，大部分是於字尾加上 s 即可。本書於第 5 課在介紹職業時已有提到單複數的字尾變化，可以配合參考。

要點 1 於字尾加上 s

017.mp3

這部分的複數形變化是最常見的，跟英文的複數變化一樣，直接在字尾加上 s 即可。

_____ + -s → _____ s
單數　複數字尾　複數

舉例

le sac → les sacs 包包
la fleur → les fleurs 花

不過，請注意複數字尾的 s 不發音。在對話時若要判斷此單字是單數還是複數，只能透過名詞前面的冠詞來分辨。

複數形的發音
因複數字尾的 s 不發音，所以名詞單複數的發音聽起來都一樣。

sac [sak] → sacs [sak]
s 不發音

冠詞
・定冠詞

	單數	複數
陽性	le	les
陰性	la	les

透過冠詞分辨單複數
因發音聽起來都一樣，這時就要從冠詞來判斷是單數還是複數。也就是名詞前面的 le/la + 單數名詞，les + 複數名詞。請見以下例子。

單數　　　　　　　　　複數

le sac [lə sak] → les sacs [le sak]

la fleur [la flœr] → les fleurs [le flœr]

┃ 要點 2 ┃ 於字尾加上 x 　　　　　　　　　　　🎧 017.mp3

法文的名詞，若以 **au、eau、eu、ou** 結尾，那麼其複數格式就是在字尾加上 **x**。

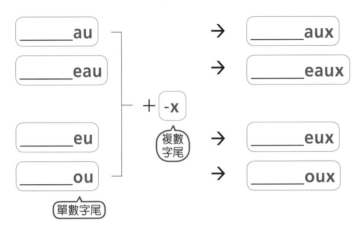

舉例

le ch**âteau** → les ch**âteaux** 城堡

le berc**eau** → les berc**eaux** 搖籃

le chev**eu** → les chev**eux** 頭髮

le bij**ou** → les bij**oux** 珠寶

le gen**ou** → les gen**oux** 膝蓋

☞ 不過這部分也有例外：

le pn**eu** → les pn**eus** 輪胎

le bl**eu** → les bl**eus** 藍色

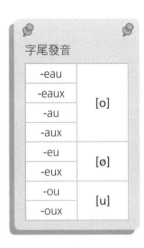

字尾發音

-eau	
-eaux	[o]
-au	
-aux	
-eu	[ø]
-eux	
-ou	[u]
-oux	

　　請注意這裡的複數字尾 x 一樣不發音。要判斷是單數還是複數，一樣只能透過名詞前面的冠詞來分辨。

要點 3 | 於字尾加上 aux 🎧 017.mp3

法文的名詞，若以 **al**、**ail** 結尾，那麼其複數格式就是把原本單數字尾的 **al**、**ail** 改成 **aux**。

單數字尾　去掉字尾　複數字尾

舉例

le journ**al** → les journ**aux** 報紙

l'hôpit**al** → les hôpit**aux** 醫院

le trav**ail** → les trav**aux** 工程

字尾發音	
-al	[al]
-ail	[aj]
-aux	[o]

☞ 這部分也有例外：

le b**al** → les b**als** 舞會

le festiv**al** → les festiv**als** 嘉年華

要點 4 | 單複數同形 🎧 017.mp3

單數名詞的結尾如果是 **s**、**x** 或 **z**，則不須做變化，單複數格式相同。

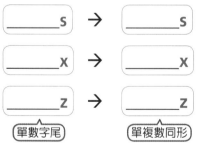

單數字尾　　單複數同形

舉例

le pay**s** → les pay**s** 國家

la croi**x** → les croi**x** 十字架

le ne**z** → les ne**z** 鼻子

不規則變化

l'œil → les yeux 眼睛

le ciel → les cieux 天空

發音會改變的複數

œuf [œf] → œufs [ø] 蛋

bœuf [bœf] → bœufs [bø] 牛

os [ɔs] → os [o] 骨頭

單字發音

œil	[œj]
yeux	[jø]
ciel	[sjɛl]
cieux	[sjø]

簡短對話　　　　　　　　　　🎧 017.mp3

Ⓐ Bonjour Madame, je cherche **un sac**. **Un sac** bleu, s'il vous plaît.　　女士您好，我正在找一個包包。一個藍色包包，麻煩了。

Ⓑ D'accord, qu'est-ce qu'il y a dans **le sac** ?　　好的，那個包包裡有什麼？

Ⓐ Il y a **un livre**, **des photos**, **des clés**, **des journ**aux...　　有一本書、照片、鑰匙、報紙…

Ⓑ D'accord, d'accord, une minute.　　好的、好的，請稍後。

Ⓐ Je vous remercie.　　謝謝。

Ⓑ Vous avez une carte d'identité ?　　您有證件嗎？

練習題

請填入正確的名詞複數格式。

例）Paul aime les _livres_ (livre). 保羅喜歡書。

(1) J'aime les _____ (fruit). 我喜歡水果。

(2) Il y a les _____ (caillou). 有小石子。

(3) Vous avez les _____ (manteau). 你們有大衣。

(4) Les _____ (gâteau) sont bons. 蛋糕好吃。

(5) Vous aimez les _____ (noix) ？你們喜歡核桃嗎？

(6) Ils sont _____ (boulanger). 他們是麵包師傅。

(7) Elle a les _____ (cheveu) et les _____ (oeil) noirs. 她有黑色的頭髮與眼睛。

(8) Il y a des _____ (travail) dans la maison. 家裡有工程。

(9) Vous aimez les _____ (animal) ？您喜歡動物嗎？

(10) J'ai deux _____ (frère) et trois _____ (soeur).
我有兩個兄弟和三個姊妹。

「這位是誰」、「這位是～」用法文怎麼說

　　當遇到一位不認識的人時，法語一般來說可以用 C'est qui ?（這位是誰）來打聽此人的身分。在了解此句型之前，我們先來拆解 C'est 的意義。

▌要點 1 ▌ C'est 以及 ce 的意義  018.mp3

首先，**c'est 是 ce 與 est 的合體。**est 也就是之前學過，être 動詞的第三人稱單數動詞變化。至於 **ce**，在這裡是「這」的意思，相當於英語中的 **this**。

主詞	原形 être
Je	suis
Tu	es
Il/Elle/Ce	est

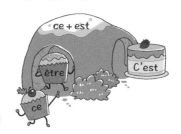

英語 **this is**

法語 ~~ce~~ ~~est~~ → c'est

> 字尾 e 遇到母音
> 字首需縮寫

　　快速把 c'est 想成是 this is，以後當要用法文表達「這是～」時，就要馬上想起 c'est。

　　另外要注意一下縮寫的情況，ce 的字尾是 e，當遇到下一個以母音起首的單字時，ce 要去掉 e，縮寫成：c'。同時也請注意 ce 與 c'est 的發音（如右表）。

發音	
ce	[sə]
est	[ɛ]
c'est	[sɛ]

▌要點 2 ▌ C'est qui 的意義 018.mp3

接在 C'est 後面的 qui，在法語中是疑問詞「誰」的意思。因此 C'est qui ?也就是問「這位是誰？」，是當我們看到第三人或照片時，便可以這樣打聽詢問。

英語 **This is who?**

法語 **C'est qui ?**

中文 **這位是誰？**

　　表達「這位是誰？」除了可用 C'est qui ？之外，也可用另一種語序來表達同樣的意思：Qui est-ce ？。這也是問「這位是誰？」，但不同的是 C'est qui ？是口語用法，而 Qui est-ce ？格式比較正式。兩者意思相同，只是排列組合不同而已。

🎧 018.mp3

| 口語用法 | C'est qui ? |
| 正式用法 | Qui est-ce ? |

─┃ 要點 3 ┃ 針對 C'est qui 的回答 ──────── 🎧 018.mp3

面對他人詢問 C'est qui ？或 Qui est-ce ？時，一般要用 C'est... 這個句型回答。

專有名詞

C'est ＋ 專有名詞
這是～

C'est　Mylène.
這是　米蓮娜

C'est　David.
這是　大衛

一般名詞

C'est ＋ 名詞
這是～

C'est　un étudiant.
這是　學生

C'est　le directeur.
這是　主任

C'est　une amie.
這是　女性朋友

C'est　mon professeur.
這是　我的老師

名詞前面加上冠詞

　　與「C'est ＋專有名詞」不同的地方是，「C'est ＋名詞」中的名詞前面需加冠詞，可以有定冠詞、不定冠詞或所有格喔。

簡短對話　　　　　　　　　　　　　　　　🎧 018.mp3

Ⓐ Qui est-ce ?　　　　　　　　　　　　　這位是誰？

Ⓑ C'est une amie. Elle est étudiante　　是個朋友。她是巴黎大學的學生。
à l'université de Paris.

Ⓐ Elle habite où ?　　　　　　　　　　　她住在哪裡？

Ⓑ Elle habite à Paris.　　　　　　　　　她住在巴黎。

Ⓐ C'est qui ?　　　　　　　　　　　　　這是誰？

Ⓑ C'est David.　　　　　　　　　　　　是大衛。

Ⓐ Il aime le sport ?　　　　　　　　　　他喜歡運動嗎？

Ⓑ Ah non, il déteste le sport...　　　　不，他討厭運動 ...

 練習題

請依中文翻譯圈選正確答案。

(1) (C'est / Il est) David. 這位是大衛。

(2) (Il est / C'est) étudiant. 他是學生。

(3) (Il est / C'est) un professeur à l'université Paris V.
這位是巴黎五大的教授。

(4) (Ils sont / C'est) français. 他們是法國人。

(5) (Elle est / C'est) directrice. 她是上司。

(6) (C'est / Il est) Papa. 這位是我爸爸。

(7) (C'est / Elle est) Sandrine. 這位是桑德琳。

(8) (Elles sont / C'est) avocates. 她們是律師。

(9) (Il est / C'est) un acteur italien. 這位是義大利籍的演員。

(10) (Elle est / C'est) une hôtesse de l'air. 這位是名空姐。

C'est 的用法 2

🎧 019.mp3

「這是什麼」、「這是～」用法文怎麼說

上一課已經知道 c'est 以及 ce 的意義，這一課一樣會用到這兩個概念，同時加入新的元素，來學新的文法。本課會加入的新元素是 quoi 和 que，都是「什麼」的意思。

│ 要點 1 │ C'est quoi 的意義 ————————— 🎧 019.mp3

在 **C'est** 後面除了可以接 **qui** 之外，也可以接 **quoi**，是疑問詞「什麼」的意思。因此 **C'est quoi？** 也就是問「這是什麼？」，是當我們看到不知道的東西時，可以這樣問的句型。

法語 C'est quoi？

中文 這是什麼？

不過，表達「這是什麼？」除了可用 C'est quoi？之外，也可用另一種語法比較正式的表達方式：**Qu'est-ce que c'est？**，這也是問「這是什麼？」。不同的是 C'est quoi？是口語用法，而 Qu'est-ce que c'est？格式比較正式。是可用於書寫與口語皆可用的格式。

│ 要點 2 │ Qu'est-ce que c'est？的意義 ——————— 🎧 019.mp3

Qu'est-ce que c'est？ 整句是「這是什麼？」的意思，以下先來了解一下整句的結構與意義。首先，**Qu'est** 是 **Que** 和 **est** 的縮寫，que 是「什麼」的意思，而後面的 c'est 是之前學過的「這是」，以下拆解其意義。

法語 Qu'est-ce que c'est？

$$
\boxed{\begin{array}{c}\textbf{Que}\\\text{什麼}\end{array}} + \underline{\textbf{est-ce que}} + \boxed{\begin{array}{c}\textbf{ce + est}\\\text{這是}\end{array}} ?
$$

要視為疑問句的固定句型

我們要把 Qu'est-ce que c'est？中間的 **est-ce que** 視為一組固定用來**表示疑問的句型**。換言之，法文只要是想造疑問句，皆可以用到 est-ce que（詳細解說請見第 33 課）。

· **Est-ce que** vous êtes français？您是法國人嗎？
· **Est-ce que** tu aimes le cinéma français？你喜歡法國電影嗎？
· Où **est-ce que** vous habitez？ 您住哪呢？

| 要點 3 | 針對 Qu'est-ce que c'est？的回答 ── 🎧 019.mp3

面對「這是什麼？」的回答，中文是用「這是～」，同樣地，法文是用之前學過的 C'est~。

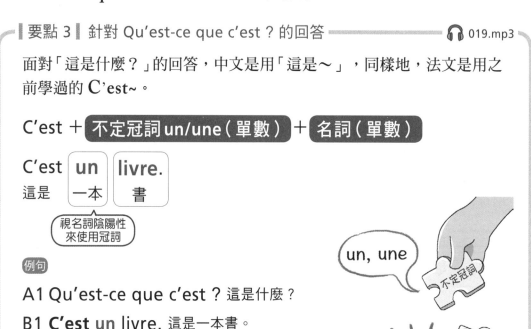

C'est ＋ 不定冠詞 un/une（單數）＋ 名詞（單數）

C'est **un** **livre**.
這是　一本　書
視名詞陰陽性來使用冠詞

例句

A1 Qu'est-ce que c'est？這是什麼？
B1 **C'est** un livre. 這是一本書。

A2 Qu'est-ce que c'est？這是什麼？
B2 **C'est** une table. 這是一張桌子。

un, une
不定冠詞
C'est
名詞（單數）

由以上例句來看，回答時是用之前學過的 **c'est+** 名詞來回答，後面加上事物名詞即可。不過當東西有兩個以上、有好幾個的時候，就要改用複數名詞了，此時 **c'est+** 名詞就要改成 **ce sont+** 名詞，名詞也要改用複數形，翻成中文也就是「**這些是～**」。

être 動詞變化表

主詞	原形 être
Nous	sommes
Vous	êtes
Ils/Elles/ce	sont

Ce sont ＋ 不定冠詞des（複數） ＋ 名詞（複數）

Ce sont **des** **livres**.
這些是　一些　書

> 表示複數的不定冠詞

例句

A1 Qu'est-ce que c'est？這些是什麼？

B1 **Ce sont** des livres. 這些是書。

A2 Qu'est-ce que c'est？這些是什麼？

B2 **Ce sont** des tables. 這些是桌子。

　　請注意例句中有顏色標示的 un, une, des，這些都是冠詞的一種，其名為**不定冠詞**，其中 un, une 等同於英語中的 a/an。不過像是上面的例句不一定要加不定冠詞，也可以改用**所有格**（你的、我的、他的…）或甚至使用**定冠詞**（相當於英文的 the）也是有可能的。例如：

・Qu'est-ce que c'est？這是什麼？
　− C'est **mon** livre. 這是我的書。

・Qu'est-ce que c'est？這是什麼？
　− C'est **le** livre **de** Paul. 這是保羅的書。

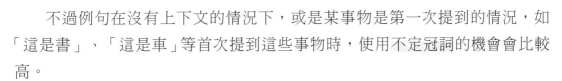

　　不過例句在沒有上下文的情況下，或是某事物是第一次提到的情況，如「這是書」、「這是車」等首次提到這些事物時，使用不定冠詞的機會會比較高。

☞ 由此可知，這裡有個重點，在用到法語的普通名詞時，基本上普通名詞前是須先放冠詞的，並須配合上下文與所要表達的意思，來選擇正確的冠詞。

A1：Qu'est-ce que c'est？這是什麼？

B1：C'est **un** livre. 這是一本書。（不定冠詞 → 沒有特別指定是什麼樣的書）

A：Le livre est à qui? 這本書是誰的？

B：A Paul. C'est **le** livre de Paul. 保羅的。這是保羅的書。（定冠詞 → 再次提到同一本書，並特別指定是保羅的書）

要點 4 不定冠詞（相當於英語的 A/AN/ONE）

如上面例句中提到的 **un, une, des**，這些都稱為不定冠詞（article indéfini），相當於英文的 **a**、**an** 或 **one**，不過與英語不同的地方是，法語的冠詞有陰陽性與單複數之分，請見下表：

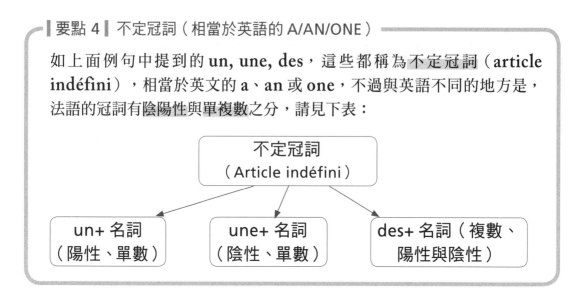

由上表可知，法語的冠詞之所以有陰陽性與單複數之分，是因為冠詞須配合名詞的陰陽性與單複數來使用。

要點 5 不定冠詞與名詞的搭配　　　🎧 019.mp3

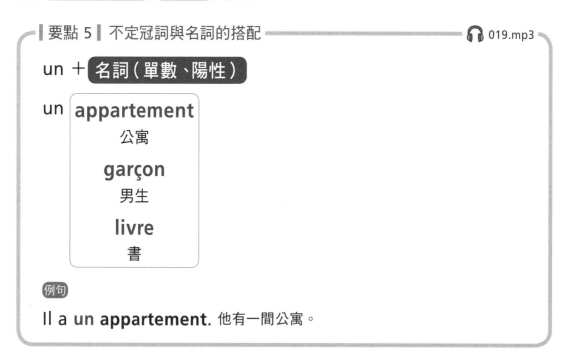

例句

Il a un **appartement**. 他有一間公寓。

une ＋ 名詞（單數、陰性）

une | **maison**
公寓
fille
女生
voiture
車子

des ＋ 名詞（複數）

des | **garçons**
男生們
filles
女生們
voitures
幾部車子

例句

J'ai une **fille de 3 ans**. 我有一個三歲大的女兒。

例句

Elle a **des** sacs noirs. 她有幾個黑色的袋子。

Il y a **des** étudiants. 有學生們。

☞這裡的 **des** 僅告知是一個以上，數量多少不清楚。

簡短對話

🎧 019.mp3

Ⓐ **Qu'est-ce que c'est ?**   這是什麼？
Ⓑ **C'est un livre.**   這是本書。

Ⓐ **C'est quoi ?**   這是什麼？
Ⓑ **Ce sont des fleurs.**   這些是花。

Ⓐ **Qu'est-ce que c'est ?**   這是什麼？
Ⓑ **Tu es très curieux...**   你真是好奇 ...

 練習題

請練習在以下框線中填入不定冠詞 un, une 或 des。

例）Paul as <u>des</u> livres. 保羅有幾本書。

(1) Tu as _____ enfants ? 你有小孩嗎？

(2) Vous avez _____ stylo bleu ? 您有藍筆嗎？

(3) Il y a _____ professeur français. 有一位法籍老師。

(4) J'ai _____ jolie robe. 我有條漂亮裙子。

(5) Ce sont _____ ordinateurs. 這些是電腦。

(6) C'est _____ sac à dos. 這是背包。

(7) Nous avons _____ étudiants espagnols. 我們有西班牙籍的學生。

(8) C'est _____ jolie fleur.
這是一朵漂亮的花。

(9) Ce sont _____ amis français.
這些是法國朋友。

(10) Ils ont _____ petite voiture.
他們有輛小車。

單字表
（ m 表示陽性，f 表示陰性）
enfant m 小孩
stylo m 筆
professeur m 老師
robe f 裙子
ordinateur m 電腦
sac à dos m 背包
fleur f 花
ami m 朋友
amie f 朋友
voiture f 車

◀◀ 解答
(1) des　　(3) un　　(5) des　　(7) des　　(9) des
(2) un　　(4) une　　(6) un　　(8) une　　(10) une

「不是～、不再～、從不～」用法文怎麼說

法語的否定句型有很多種不同的表達方式，本課先介紹幾個比較常見的用法。其中最基本的否定表達方式，就是 ne... pas。

S（主詞）+ ne + V（動詞）+ pas

要點 1 | ne... pas：「不～」的意思 🎧 020.mp3

ne... pas 是法文最常見的否定句型，放在主詞後方，並像夾心餅乾一樣把動詞包住，就是最基本的否定表達。不過要注意的是，動詞部分要隨主詞做動詞變化。以下先來看肯定句的表達：

透過比較肯定句與否定句，可以清楚看出動詞的位置是被夾在 ne 和 pas 中間。以下我們再看看另外兩句子。

🎧 020.mp3

動詞為 être

肯定句　Ils **sont** musiciens. 他們是音樂家。

否定句　Ils **ne sont pas** musiciens. 他們不是音樂家。

動詞為一般動詞

肯定句　Tu **aimes** le café noir. 你喜歡黑咖啡。

否定句　Tu **n'aimes pas** le café noir. 你不喜歡黑咖啡。

☞ 請注意 ne 後面如果遇上 h 或以母音開頭的動詞時，需縮寫成 n'，如例句中的 n'aimes。

從以上例句可知，否定句的動詞可以是 être 動詞或是一般動詞。此外，**être 動詞 +pas** 後面會接續**身分名詞或形容詞**，而**一般動詞 +pas** 後面會接續名詞作為受詞。

· être動詞 Je ne suis pas **musicien**. ☞ 身分名詞

　　　　 Je ne suis pas **français**. ☞ 形容詞

· 一般動詞 Tu n'aimes pas **le café noir**. ☞ 名詞

否定句的標準格式是一定要有 ne 和 pas，但在口語表達時可以捨去 ne，但這僅限於口語中使用。

· Je **suis** pas français.
· Tu **aimes** pas le café noir.
· Ils **sont** pas musiciens.

┃要點 2┃ ne... plus：「不再～」的意思 ━━━━━━━ 🎧 020.mp3

另一個否定句型是 ne... plus。ne 的部分不變，但後面改成 **plus**，表示「不再做～」的意思。一樣是放在主詞後方，並把動詞包住，且動詞部分要隨主詞做動詞變化。以下來看看肯定句、ne... pas 句型，最後再來看看 ne... plus 句型，三者來做比較看看。

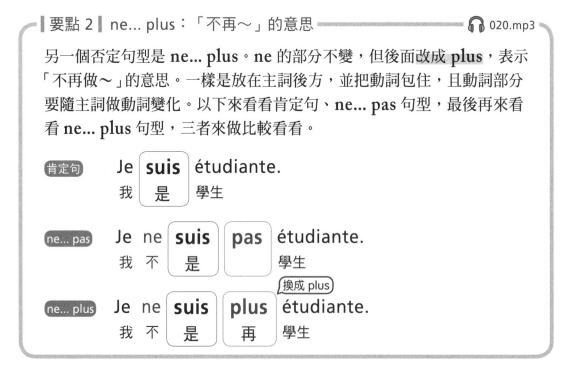

肯定句　Je　suis　étudiante.
　　　　我　　是　　學生

ne... pas　Je　ne　suis　pas　étudiante.
　　　　　我　不　是　　　學生

（換成 plus）

ne... plus　Je　ne　suis　plus　étudiante.
　　　　　我　不　是　再　學生

從以上三者的比較來看可以知道，法文的否定句中，ne 是固定的，會改變的是後面的 pas、plus。透過後面的 pas、plus，可以讓整句話的意思稍有差異。以下我們再看看例句。

動詞為 être

Je **ne** suis **plus** étudiante. 我不再是學生了。

(解說) 以前是學生，但現在不是了。

動詞為一般動詞

Tu n'aimes **plus** le café noir. 你不再喜歡黑咖啡了。

(解說) 以前喜歡，現在不喜歡了。

Ils **ne** fument **plus**. 他們不再抽菸了。

(解說) 以前抽，現在不抽了。

5年後

☞ 口語表達也可以省略 ne，但不用於寫作喔。

　　同樣地，ne... plus 否定句的標準格式是一定要有 ne 和 plus，但在口語表達時可以捨去 ne，但這僅限於口語中使用。

· Je **suis** plus étudiante.

┃要點 3┃ ne... jamais：「從不～」的意思 ━━━━━━ 020.mp3

ne... jamais 這否定句是「從不～」的意思，就跟上面的句型一樣，但主要是把後面原本的 **pas 換成 jamais**。以下就直接來看看例句了。

(換成 jamais)

Je　ne　**fume**　**jamais**
我　　不　　抽菸　　從不

這些年來

Je **ne** fume **jamais**. 我從不抽菸。

Il **ne** parle **jamais** chinois. 他從不說中文。

Elle **ne** travaille **jamais** à l'école. 她從不在學校唸書。

要點 4 | ne... ni... ni：「既不～也不～」的意思 ——————— 🎧 020.mp3

最後這個否定句型，稍微有點不一樣，前面的否定句都是：ne ＋動詞＋
pas/plus ～，但這句型是「ne ＋動詞＋ ni ～ ni ～」，像這樣有兩個
ni，後面各自帶出受詞（或是形容詞、介系詞片語等等），表示「既不～
也不～」的意思。

Je ne **suis** **ni** grand **ni** petit.
我　不　　是　　既不　高　　也不　矮

動詞為 être

Je ne suis ni **grande** ni **petite**. 我不高也不矮。

動詞為及物動詞

Elle n'aime ni **le cinéma** ni **la musique**.

她不喜歡電影，也不喜歡音樂。

動詞為不及物動詞

Tu n'habites ni **à** Paris ni **à** Nice.

你不住巴黎也不住尼斯。

💬 簡短對話　　　　　　　　　　　　　　　　　　　🎧 020.mp3

Ⓐ Excusez-moi... vous parlez anglais ?　　　不好意思 ... 請問您說英文嗎？

Ⓑ Non, désolée, je **ne** parle **pas** anglais.　不，抱歉。我不說英文。

Ⓐ Vous êtes étudiante ? professeure?　　　您是學生？老師？

Ⓑ Non, je **ne** suis **plus** étudiante.　　　不，我不再是學生了。
　 Je **ne** suis **ni** étudiante **ni** professeure.　我既非學生也不是老師。

Ⓐ Vous fumez ?　　　　　　　　　　　　　您抽菸嗎？

Ⓑ Non, je **ne** fume **jamais**.　　　　　　不，我從不抽菸。
　 Les cigarettes sont très　　　　　　　　香菸對健康有損害。
　 mauvaises pour la santé.

練習題

請用否定句型回答以下問句，請注意回答時的動詞變化。

例）Paul est français？保羅是法國人嗎？

Non, Paul _n'est pas français_ (ne pas).

(1) Vous êtes français？您是法國人？

Non, je _____ (ne pas).

(2) Vous aimez la musique classique？您喜歡古典樂嗎？

Non, je _____ (ne plus).

(3) Vous habitez à Paris？您住在巴黎嗎？

Non, je _____ (ne pas).

(4) Vous avez 18 ans？您 18 歲嗎？

Non, je _____ (ne plus).

(5) Vous parlez russe？您說俄語嗎？

Non, je _____ (ne jamais).

(6) Vous êtes avocat？您是律師？

Non, je _____ (ne pas).

(7) Il est grand？petit？他很高？很矮？

Non, il _____ (ne... ni... ni).

(8) Elle a des soeurs ou frères？她有姊妹或兄弟嗎？

Non, elle _____ (ne... ni... ni).

(9) Il y a les stylos de Marie sur le bureau？桌上有瑪莉的筆嗎？

Non, il _____ (ne pas).

(10) Paul voyage souvent？保羅常常去旅行嗎？

Non, il _____ (ne jamais).

定冠詞（article défini）與不定冠詞（article indéfini） 🎧 021.mp3

相當於英文 the、a/an 等的冠詞

關於定冠詞（article défini）與不定冠詞（article indéfini），我們在之前的課程中有時會遇到，如第 19 課的例句 C'est **un** livre. 中的不定冠詞 un，或是第 13 課的例句 Il aime **le** cinéma. 中的定冠詞 le。本課就來好好了解一下這兩者的意義。

▌要點 1 ▌定冠詞／不定冠詞的格式 🎧 021.mp3

先來看一下定冠詞及不定冠詞在形態上的差異，基本上兩者皆有**陰陽性**與**單複數**的形態變化。

	定冠詞	不定冠詞	
陽性單數	**le**	**un**	
陰性單數	**la**	**une**	當後面接的單字是以母音開頭的陰性或陽性的單數名詞時
	l'	---	
陰性和陽性複數	**les**	**des**	

冠詞之所以有陰陽性、單複數的形態，主要是因為名詞本身有陰陽性、單複數的關係，所以就需要**隨名詞來做變化**。

冠詞的位置固定放在**名詞前面**，因此放在**單數、陽性名詞**前的冠詞，須配合此名詞做單數形、陽性形態（即 le 或 un）的變化，請見以下例子。

從以下表格除了可以知道定冠詞是 le、la、les，不定冠詞是 un、une、des 之外，還能夠知道陽性名詞要跟 le、un 搭配；陰性名詞要跟 la、une 搭配；複數要跟 les、des 搭配。

le／un＋單數、陽性

定冠詞	不定冠詞	
le sac	un sac	包包
l'hôtel	un hôtel	旅館

la／une＋單數、陰性

定冠詞	不定冠詞	
la table	une table	桌子
l'école	une école	學校

les＋複數（陰性或陽性）

定冠詞	不定冠詞	
les sacs	des sacs	包包
les tables	des tables	桌子

從上面的 l'hôtel 和 l'école 可以發現，定冠詞都縮寫成 l'，主要是因為當後面接的單字是<u>以母音開頭的單數名詞（陰性或陽性）</u>。

以下是關於法語定冠詞的意義與用法，冠詞在法語中扮演非常重要的角色，因此這部分在學習時要特別注意。

表示獨一無二
有「唯一」意思的人事物名詞，要搭配定冠詞來使用。
· le soleil 太陽
· la lune 月亮
· le petit ami de Marie 瑪莉的男友

☞ 若是使用不定冠詞（如 un），那表示這人事物不止一個：

‧ **un soleil**：表示有一個以上的太陽，此為其中一個
‧ **une lune**：表示有一個以上的月亮，此為其中一個
‧ **un petit ami**：表示有一位以上的男友，此為其中一位

表示雙方都知道的人事物

定冠詞主要用來「明確指稱」某特定人事物，也就是指對話雙方都有共識、都知道的某人或某事物，因此是在有前後文的情況下使用的。如果沒有前後文，就要使用不定冠詞。

上文 J'achète **un** stylo.

我買了一枝筆。

下文 **Le** stylo est cher.

那筆很貴。

☞ 第一句 J'achète **un** stylo. 中，**un** stylo 未指定是哪枝筆，表示任何一枝筆都有可能，因為對話雙方尚未「針對某一支筆」產生共識，只是單純說明買了筆的這動作。

☞ 換言之，如果對話一開始是改用 J'achète **le** stylo.，在沒有上文的情況、雙方還沒有共識，聽者反而會反問是哪枝筆。但因為有上文 J'achète **un** stylo.，並接著下一句 **Le** stylo est cher.，這兩句串在一起便能指出說話者一開始講到的那枝筆。

上文 Je connais **un** café. 我知道一家咖啡廳。

下文 **Le** café est en bas de mon appartement.

（我剛剛說的）那家咖啡廳在我住的公寓下面。

☞ 第一句先用 Je connais **un** café. 先告知對方自己知道一家咖啡廳。如果改成 Je connais **le** café.，那表示聽的人已經知道是哪家咖啡廳了。在沒有上文的情況下，使用定冠詞很容易讓法國人摸不著頭緒喔！

表達喜好

通常搭配動詞 aimer（喜歡）、détester（討厭）、adorer（喜愛）來表達喜好，此時動詞後面會接定冠詞。這裡的定冠詞非「明確指稱」的用意，

而是表示普遍（en général）之意，而且有些是用單數來表示，類似集合名詞。

例句

J'**aime** le cinéma. 我喜歡電影。
Tu **détestes** la musique. 你討厭音樂。
J'**adore** le fromage français. 我超愛法式乳酪。

但不能講：
J'aime **un** cinéma. 我喜歡電影。(x)
Tu détestes **une** musique. 你討厭音樂。(x)
J'adore **un** fromage français. 我愛死法式乳酪。(x)

要點 4 | 如何使用：不定冠詞 un/une/des ────── 🎧 021.mp3

前面介紹的定冠詞可「明確指稱」某特定人事物，相反地，不定冠詞則「沒有指稱」某特定人事物，同時也可用來表示數量。

有數量的意思
不定冠詞的主要用意是表示數量，以 **un/une** 來說就是「一（個）」的意思，等於英文的 one；複數時的 **des** 就類似英文 some 的意思，相當於中文「一些」的意思。

單數時

J'ai **un** euro. 我有一歐元。
Tu as **une** boîte noire. 你有一個黑盒子。

複數時

J'ai **des** stylos. 我有一些筆。
Tu as **des** boîtes noires. 你有一些黑盒子。

要精準使用冠詞並不容易，建議在學習過程中多多觀察法國人如何使用。

簡短對話

Ⓐ C'est l'anniversaire de Mathieu jeudi prochain.   下週四是馬修的生日。

Ⓑ Ah oui ! Qu'est-ce qu'il aime ? Un roman ?   喔對！他喜歡什麼？要不要送他一本小說呢？

Ⓐ Non non, il n'aime pas **les** livres.   不不，他不喜歡書。

Ⓑ **Des** jeux vidéo ?   電動玩具？

Ⓐ Bonne idée ! Il adore **les** jeux vidéo !   好主意！他超愛電動玩具的！

Ⓑ D'accord !   好的！

 練習題

請練習在空格中填寫定冠詞或不定冠詞。

例）Paul aime _____ livres. 保羅喜歡書。

　　Paul aime <u>les</u> livres.

(1) Philippe adore _____ sport.（sport 運動：陽性）
　　Philippe 很喜歡運動。

(2) _____ baguette, s'il vous plaît.
　　（baguette 法國長棍麵包：陰性）　請給我長棍麵包。

(3) Lisa et Anne détestent _____ danse espagnole.
　　（danse 舞蹈：陰性）
　　Lisa 和 Anne 討厭西班牙舞曲。

(4) Il y a _____ livres sur la table.（livre 書：陽性）
　　有幾本書在桌上。

(5) Qu'est-ce que c'est? —C'est _____ stylo de Sylvie.
　　（stylo 筆：陽性）這是什麼？—這是 Sylvie 的筆。

(6) Vous avez _____ crayon rouge ?（crayon 鉛筆：陽性）

請問您有紅色鉛筆嗎？

(7) Valérie, où est _____ chien ? Il n'est pas dans le jardin.（chien 狗：陽性）

法蕾瑞，小狗在哪呢？牠不在花園裡。

(8) Tu as _____ amis français ?（ami 朋友：陽性）

你有法國朋友嗎？

(9) Elle a _____ adresse de Carla ?（adresse 地址：陰性）

她有卡菈的住址嗎？

(10) Excusez-moi, vous avez _____ chambre libre ?

（chambre 房間：陰性）

不好意思，請問您有空房嗎？

134

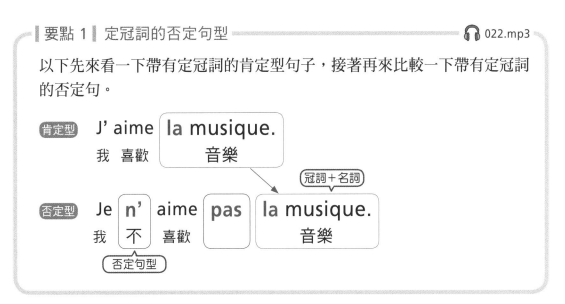

Leçon 22

定冠詞與不定冠詞的否定用法

「我不喜歡～」「這不是～」用法文怎麼說

本課將解釋定冠詞與不定冠詞的否定型。首先來複習一下否定型。

S（主詞） + **ne** + **V（動詞）** + **pas** + 受詞（冠詞＋名詞）

▍要點 1 ▍ 定冠詞的否定句型　　　　　　　　🎧 022.mp3

以下先來看一下帶有定冠詞的肯定型句子，接著再來比較一下帶有定冠詞的否定句。

從以上的比較可知，作為受詞的「冠詞＋名詞」都放在動詞後面、句子的最後，而否定型的 ne... pas 在這樣的直述句中都是**把動詞給包起來**的，而不是連同受詞也包住。

✘ Je n'aime la musique pas. ☞ 請注意這是錯誤寫法。

○ Je n'aime pas la musique.

接下來，來看一下在什麼樣的對話中，會用到**帶有定冠詞的否定型**。

▍要點 2 ▍ 使用時機（定冠詞）　　　　　　　🎧 022.mp3

表示喜好厭惡的情況

問句 Tu aimes **la musique**？

你喜歡音樂嗎？

答句 Non, je *n*'aime *pas* <u>la **musique**</u>.

不，我不喜歡音樂。

表示限定的情況

問句 Tu as <u>**le livre de**</u> Paul ？

你有保羅的那本書嗎？

答句 Non, je *n*'ai *pas* <u>**le livre de**</u> Paul.

沒有，我沒有保羅的那本書。

例句

A : C'est <u>**le portable de**</u> David ？

這是大衛的手機嗎？

B : Non, ce *n*'est *pas* <u>**le portable de**</u> David.

不是，這不是大衛的手機。

　　從以上使用時機我們可以知道，定冠詞的使用時機主要是用在如 aimer 等表示喜好（厭惡）的動詞時。此外，在對話中，上文若有使用到定冠詞（如 Tu as le livre de Paul ？），於否定句時就不會更改其冠詞。

☞ 關於 aimer 等表示喜好（厭惡）的動詞及定冠詞的搭配，可參考第 13 課。

┃ 要點 3 ┃ 不定冠詞的否定句型 ─────────── 🎧 022.mp3

以下一樣先來看一下帶有不定冠詞的肯定型句子，接著再來比較一下帶有不定冠詞的否定句。

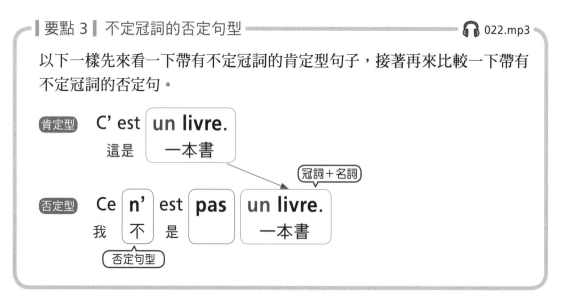

　　同樣地，接在 C'est 之後的「冠詞＋名詞」都放在 être 動詞後面，而否

定型的 ne... pas 也是把 être 動詞給包起來，而不是連同「冠詞＋名詞」也包住。

✖ Ce n'est un livre pas. ☞ 請注意這是錯誤寫法。

○ Ce n'est **pas** un livre.

☞ 關於 C'est 句型及不定冠詞的搭配，可參考第 19 課。

接下來，來看一下在什麼樣的對話中，會用到帶有不定冠詞的否定型。

┃ 要點 4 ┃ 使用時機（不定冠詞） 🎧 022.mp3

說明事物是什麼、某人是誰的情況

問句 C'est un livre？

這是書嗎？

答句 Non, ce **n**'est **pas** un livre.

不，這不是書。

例句

A：C'est une chaise？ 這是椅子嗎？

B：Non, ce **n**'est **pas** une chaise. 不，這不是椅子。

A：C'est un ami？ 這位是朋友嗎？

B：Non, ce **n**'est **pas** un ami. 不，這位不是朋友。

A：Ce sont des photos？ 這些是照片嗎？

B：Non, ce **ne** sont **pas** des photos. 不，這些不是照片。

從以上使用時機我們可以知道，不定冠詞的使用時機主要是用在 C'est、Ce sont 這樣說明、介紹人事物的句型中。此外也請注意，在對話中被問到這是什麼（Qu'est-ce que c'est？），這時用法文回答「這是～」或「這不是～」時，都會用到不定冠詞。

┃ 要點 5 ┃ 不定冠詞的其他狀況 🎧 022.mp3

關於冠詞的否定用法，有一種狀況是既不用定冠詞（le/la/les），也不用不定冠詞（un/une/des），而是使用 de，來表示「完全沒有某某事物」的意思。請看以下對話：

問句 Tu as | un | stylo?

你 有 一支 筆嗎

改用表示「完全沒有」的 de

答句 Non, je *n*'ai *pas* | de | stylo.

沒有，我沒有 　　　 筆

✖不說 Non, je n'ai pas ~~un~~ stylo.

　　以上的用法是用在有人問自己 Tu as un stylo？（你有筆嗎？），若想表達「自己沒有筆」，回答時不會說 Je n'ai pas ~~un~~ stylo.（我沒有一支筆）。如果刻意如此回答，表示我不止有一枝筆，而是有兩枝或更多筆的意思。

· Je n'ai pas **de** stylo. ☞ 表示自己完全沒有筆
· Je n'ai pas **un** stylo. ☞ 表示自己不是只有一支筆，而是有兩支、三支或以上

　　類似這種非**說明**的句型，要表示否定時，其不定冠詞都需改成 **de**（不分陰陽性單複數格式），遇上母音開頭的名詞則需縮寫成 **d'**。請見以下例句：

🎧 022.mp3

縮寫成 **d'** 的情況

A：Vous avez des enfants？您有小孩嗎？

B：Non, je *n*'ai *pas* d'enfant. 沒有，我沒有小孩。

☞ 不說 Non, je n'ai pas ~~un~~ enfant. 這表示可能
　 不是只有＜一個＞小孩，可能有兩個或更多小孩。

動詞為 **avoir** 的情況

A：Tu as un stylo？你有筆嗎？

B：Non, je *n*'ai *pas* **de** stylo. 沒有，我沒有筆。

☞ 自己連一支筆都沒有。

A：Il a une voiture？他有車嗎？

B：Non, il *n*'a *pas* **de** voiture. 沒有，他沒有車。

☞ 他連一台車都沒有。

動詞為 **vouloir** 的情況

A：Vous voulez des sacs ？

　　您想要包包嗎？

B：Non, nous *ne* voulons *pas* de sacs.

　　不，我們不想要包包。

使用 **il y a** 句型的情況

A：Il y a des cartes ？ 有卡片嗎？

B：Non, il *n'*y a *pas* de cartes. 沒有，沒有卡片。

enfant ⓜ 小孩
stylo ⓜ 筆
voiture ⓕ 汽車
vouloir ⓥ 想要
sac ⓜ 包包，袋子
carte ⓕ 卡片

　　換言之，一旦是涉及擁有（而非「是或不是」）意思的情況，那麼否定句型中的冠詞就會轉成 **de**。

💬 簡短對話　🎧 022.mp3

Ⓐ Ah bonjour ma chérie, tu es déjà là ？　　寶貝你好呀，你已經回來了呀？

Ⓑ Oui, maman ! J'ai faim. **Il y a des** biscuits ？　　對呀，媽咪！我肚子餓了。有餅乾嗎？

Ⓐ Ah non... **il n'y a pas de** biscuits mais tu **veux une** pomme ？　　啊！沒有…沒有餅乾了，但你要蘋果嗎？

Ⓑ Non, je **ne veux pas** de pomme.　　不要，我不要蘋果。

Ⓐ Tu **n'aimes pas** les pommes ？　　你不喜歡蘋果嗎？

Ⓑ Non, pas du tout...　　完全不喜歡…

✏️ 練習題　🎧 022.mp3

請練習填寫定或不定冠詞。

例）Paul n'aime pas ＿＿＿＿＿ livres. 保羅不喜歡書。

　　Paul n'aime pas <u>les</u> livres.

(1) Xavier n'aime pas beaucoup _____ sport.
（sport 運動：陽性）扎維耶非常不喜歡運動。

(2) Il n'y a pas _____ étudiants.
沒有學生。

(3) Elle n'a pas _____ portable.（portable 手機：陽性）
她沒有手機。

(4) Ils ne veulent pas _____ gâteaux.（gâteau 蛋糕：陽性）
他們不想要蛋糕。

(5) Ce n'est pas _____ portefeuille de Paul.
（portefeuille 錢包：陽性）這不是保羅的錢包。

(6) Vous aimez _____ livres de français ?
您喜歡法文書嗎？

(7) Je n'ai pas _____ orange à la maison.
（orange 柳橙：陰性）我家裡沒有柳橙了。

(8) Brigitte n'aime pas _____ ordinateurs.
（ordinateur 電腦：陽性）碧姬不喜歡電腦。

(9) Tu n'achètes pas _____ fromage ?
（fromage 乳酪：陽性）你不買乳酪嗎？

(10) Ce n'est pas _____ annviersaire de Roger.
（anniversaire 生日：陽性）這不是羅傑的生日。

▶▶ 解答

(1) le (2) d' (3) de (4) de (5) le (6) les (7) d' (8) les (9) de (10) l'
（第 1, 6, 8. 題：表達喜歡的 aimer 動詞後面名詞要接定冠詞。）

140

「我想要一杯咖啡」用法文怎麼說

vouloir（想要）這動詞的使用率很高，以下先介紹此動詞的用法，再搭配一些量詞的表達，這樣的表達很常用於日常生活中。

│要點 1│ vouloir 動詞變化格式 🎧 023.mp3

主詞	vouloir 想要
Je 我	veux *
Tu 你	veux
Il/Elle 他／她	veut
Nous 我們	voulons
Vous 你們	voulez
Ils/Elles 他們／她們	veulent

* 雖然在表格中對應 je 的動詞變化是 veux，不過在日常生活中，對應主詞 je 的動詞也很常用另一個變化 **voudrais**，這是條件式（le conditionnel）的變化。veux 和 voudrais 兩者意思相同，差別在於「表達口氣」的不同；voudrais 比較客氣有禮，而 veux 為一般的語氣。換句話說，在正式、需要稍微禮貌的場合，建議使用 voudrais。

Je voudrais...　Je veux...

　　以上這個表格是 vouloir 的現在式（présent）動詞變化，其變化是不規則的，但因為使用率高，因此要背熟。

在了解了 **vouloir** 的動詞變化之後，接下來就來看看要怎麼使用此動詞於日常生活中。**vouloir** 後面主要是接續名詞與原形動詞。請先看以下句型。

S+ 　**vouloir 的動詞變化**　+ 　冠詞 + 名詞　 ／ 　原形動詞

需做變化（如 voudrais 或 veux 等）

・後面接名詞

名詞前有冠詞

Je 　**veux**　 　**un café.**
我　　想要　　一杯咖啡

禮貌用法為 voudrais

例句

Je veux/voudrais un café. 我想要一杯咖啡。

Tu veux deux glaces. 你要兩份冰淇淋。

Il veut un chocolat. 他要一杯熱可可。

・後面接原形動詞

Je 　**veux**　**voyager.**
我　　想要　　去旅行

直接接原形動詞

例句

Je veux/voudrais voyager. 我想去旅行。

Nous voulons sortir. 我們想出去。

Vous voulez parler français. 你們想講法語。

Elles veulent habiter à Paris. 她們想住在巴黎。

以上是肯定句的用法，接著來看看否定句的用法。

S+ **ne** + **vouloir 的動詞變化** + **pas** + | **de + 名詞**
| **原形動詞**

・ 接名詞的否定用法

否定的 de

Je **ne** veux **pas** **de** café.
我 不 想要 咖啡

把第一個動詞
vouloir 包住

雖然在肯定句中，名詞前為不定冠詞（**un café**）或數量（**deux glaces**），但改為否定句時，因為並非介紹人事物，而是表示一份都不要，因此不定冠詞（或數量詞）須改為 **de**。

例句

Je **ne** veux/voudrais **pas de café**. 我不想要咖啡。

Tu **ne** veux **pas de glaces**. 你不要冰淇淋。

Il **ne** veut **pas de chocolat**. 他不要熱可可。

☞ 關於否定的 de，可參考第 22 課的要點 5。

・ 接原形動詞的否定用法

Je **ne** veux **pas** **voyager**.
我 不 想要 旅行

把第一個動詞　原形動詞
vouloir 包住

否定句型中的 ne... pas 需把變化的動詞（即主詞後的第一個動詞）包住。

例句

Je **ne** veux **pas** voyager. 我不想旅行。

Nous **ne** voulons **pas** sortir. 我們不想出去。

Vous **ne** voulez **pas** parler français. 你們不想講法語。

Elles **ne** veulent **pas** habiter à Paris. 她們不想住巴黎。

就量詞來說，法語的表達方式比中文容易，只要熟記片語、單字即可。畢竟中文的量詞比較多，對於學習中文的外國人來說反而比較複雜（如一隻、一支、一枝），但法語的話，很多是直接用數字接名詞即可，不須思考其量詞，只須注意名詞陰陽性就好。

冠詞／數字＋名詞

un/une/ 數字 ＋名詞

un chien 一隻狗
un crayon 一枝鉛筆
une armée 一支軍隊
deux portables 兩支手機
trois livres 三本書

這是最基本、常見的量詞表達，唯一要注意的是名詞的陰陽性、單複數。

不過，法語也是有其他量詞的表述，請見以下各表格。

表示某個量的量詞

＿＿＿ **de** ＋名詞

（表示某個量的副詞） （介系詞 de）

beaucoup de 很多的～   例 **beaucoup de** gens 很多人
un peu de 一點點的～   例 **un peu de** sel 一點鹽
assez de 足夠的～   例 **assez d'argent** 足夠的錢
peu de 很少的～   例 **peu de** gens 很少人
trop de 太多的～   例 **trop de** sucre 太多的糖

表示單位的量詞

數字 + ＿＿＿ de + 名詞
（表示單位的名詞）

un kilo de 一公斤的～

例 **un kilo de** pommes 一公斤的蘋果

un litre de 一公升的～

例 **un litre de** lait 一公升的牛奶

表示容量的量詞

數字 + ＿＿＿ de + 名詞
（表示容器或份量的名詞）

une tasse de 一杯的～（瓷杯）

例 **une tasse de** café 一杯咖啡

un verre de 一杯的～（玻璃杯）

例 **un verre d'**eau 一杯水

une bouteille de 一瓶的～

例 **une bouteille d'**huile végétale 一瓶植物油

un morceau de 一塊的～

例 **un morceau de** fromage 一塊乳酪

un paquet de 一包的～

例 **un paquet de** biscuits 一包餅乾

une tranche de 一片的～

例 **une tranche de** jambon 一片火腿

une boîte de 一盒的～

例 **une boîte de** chocolat 一盒巧克力

以上表示量詞的片語後面皆加上名詞（名詞前都會有個介系詞 **de**），如果是可數名詞字尾就加上 s，不可數就不須改為複數格式。而介系詞 de 之後不須加任何冠詞。

要點 5 │ vouloir 動詞搭配量詞的表達：肯定句　　　🎧 023.mp3

S+ **vouloir 的動詞變化** + ＿＿＿ **de** + 名詞
　　　　　　　　　　　　　各量詞表達　介系詞的 de

Je **voudrais** | **beaucoup d'** | **argent.**
我　　想要　　　很多的　　　　錢
隨主詞作變化　　　　　　　　不可數名詞不加 s

· Je **voudrais** beaucoup d'argent. 我想要很多錢。
· Tu **veux** une tasse de café ? 你要一杯咖啡嗎？
· Il **veut** un morceau de fromage. 他要一塊乳酪。
· Nous **voulons** un litre de lait. 我們要一公升的牛奶。

當然，單位前面的數字也可以做變化，像是一公升也可以改成兩公升或三公升：

· Nous voulons **deux** litres de lait.
· Nous voulons **trois** litres de lait.

不過假如是要否定帶有量詞的例句的話，比如被問到「要一杯咖啡嗎？」「要很多錢嗎？」，否定方式可以用「完全都不要」的否定，也就是要用到**否定的 de**：

A : Tu veux **une tasse de** café ? 你要一杯咖啡嗎？

B : Je ne veux pas **de** café. 我不要咖啡。（一杯都不要）

但除了這樣的否定表達，還有另一種表達方式。請見以下的解說。

前面學過 **vouloir** 動詞的肯定句、否定句，也學過 **vouloir** 動詞搭配量詞的肯定句表達，以下來學習**此動詞搭配量詞的否定句表達**。先來比較一下前面學過的句型。

肯定句

Je **veux**　un café.
我　想要　一杯　咖啡

beaucoup d' argent.
很多的　　錢

否定句（完全都不要）

Je **ne** veux **pas** **de** café.
我　不　想要　　咖啡

否定的 de

· Je **ne** voudrais **pas** d'argent. 我不要錢。☞ 連一塊錢都不要
· Tu **ne** veux **pas** de café ？你不要咖啡嗎？☞ 連一滴都不要
· Il **ne** veut **pas** de fromage. 他不要乳酪。☞ 連一塊都不要
· Nous **ne** voulons **pas** de lait. 我們不要牛奶。☞ 連一滴都不要

☞ 以上要注意到當動詞是 vouloir、使用否定，以表示**完全不想要**時，名詞前面的冠詞改成 de。

但如果改成這樣保留量詞的情況，意思會稍微不一樣：

否定句（否定量詞的部分）

Je **ne** veux **pas** beaucoup d' argent.
我　不　想要　　很多的　　　錢

介系詞的 de

Je ne voudrais pas beaucoup d'argent.

我不要很多錢。☞ 表示可能是要一點錢或不用太多

Tu **ne** veux **pas** une tasse de café ?

你不要一杯咖啡嗎？ ☞ 表示不是一杯，而是可能要兩杯或很多杯

Il **ne** veut **pas** un morceau de fromage.

他不要一塊乳酪。☞ 表示不是要一塊，而是可能要兩塊或一整包

Nous **ne** voulons **pas** un litre de lait.

我們不要一公升的牛奶。☞ 表示不是要一公升，而是可能是兩公升或一打

☞ 以上要注意到，名詞前面的 de 是搭配量詞的介系詞 de，而非否定的
   de。

🔊 簡短對話 1   🎧 023.mp3

Ⓐ Bonjour, je **voudrais un café**   您好，我想要一杯咖啡和一
   et **un croissant**, s'il vous plaît.   份可頌。

Ⓑ Oui, c'est tout?   好的！還需要別的嗎？

Ⓐ **Un verre d'eau**, s'il vous plaît, merci. 麻煩再給我一杯水，謝謝！

Ⓑ D'accord.   好的。

🔊 簡短對話 2   🎧 023.mp3

Ⓐ Allô Elisa ! Salut ! C'est Julien.   喂，愛麗莎！嗨，我是朱利安。

Ⓑ Salut Julien ! Tout va bien ?   嗨！朱利安！一切都好嗎？

Ⓐ Oui, tu m'excuses. Je **voudrais**   很好！不好意思。我想知道做法
   savoir les ingrédients pour   式馬鈴薯焗烤的食材。
   faire un gratin Dauphinois.

Ⓑ Pour un gratin Dauphinois, tu dois avoir **un kilo de** pommes
   de terre, **deux verres de lait**, **150 grammes de** fromage rapé,
   50 grammes de beurre, un oeuf, **un peu de sel et de poivre**...
   做法式馬鈴薯焗烤，你必須要有一公斤的馬鈴薯、兩杯牛奶、150 克的乳酪絲、
   50 克的奶油、一顆蛋和少許的鹽和胡椒。

Ⓐ C'est tout ?   就這樣了嗎？

Ⓑ Oui, c'est très facile !   對，非常容易！

✏️ **練習題**

請練習 vouloir 的動詞變化與量詞的運用。

(1) Hugues _____ une _____ de thé.（thé 茶：陽性）
Hugues 想要一杯茶。

(2) Vous _____ un _____ de gâteau.
（gâteau 蛋糕：陽性）您想要一塊蛋糕。

(3) Elle _____ un _____ de poivre.
（poivre 胡椒：陽性）她想要一些胡椒粉。

(4) Ils _____ de jus de citron.
（jus de citron 檸檬汁：陽性）她們想要一杯檸檬汁。

(5) Tu _____ une _____ d'eau minérale?
（eau minérale 礦泉水：陰性）你想要一瓶礦泉水嗎？

(6) Je _____ de livres de français.
（livre 書：陽性）我想要很多法文書。

(7) Lilianne et les enfants _____ de
tomates.（tomate 番茄：陰性）Lilianne 和孩子們想要兩公斤的番茄。

(8) Nous ne _____ pas un _____ de fromage, mais
deux.（fromage 乳酪：陽性）我們不想要一塊乳酪，而是要兩塊。

(9) Luc et toi, vous ne _____ pas de _____ café.
（café 咖啡：陽性）Luc 和你不想要咖啡。

(10) Tu _____ un _____ d'eau.（eau 水：陰性）
你想要一杯水。

解答 ▶▶

(1) veut, une tasse
(2) voulez, un morceau
(3) veut, un peu
(4) veulent un verre
(5) veux, bouteille

(6) veux/voudrais, beaucoup
(7) veulent deux kilos
(8) voulons, morceau
(9) voulez, X（空格句只加 de）
(10) veux, verre

「我要吃一點沙拉」用法文怎麼說

prendre（拿、點、買、吃…）這動詞的意思很多，且其動詞變化不規則，不過因使用率高，並常用於日常生活中，所以請好好學習這個動詞。

要點 1 ┃ prendre 動詞變化格式 🎧 024.mp3

主詞	prendre
Je 我	prends
Tu 你	prends
Il/Elle 他／她	prend
Nous 我們	prenons
Vous 你們	prenez
Ils/Elles 他們／她們	prennent

動詞變化發音

	發音
prends	[prɑ̃]
prends	[prɑ̃]
prend	[prɑ̃]
prenons	[prənɔ̃]
prenez	[prəne]
prennent	[prɛn]

以上這個表格是 prendre 的現在式動詞變化，其變化是不規則的，不過還是可以透過其字尾的 -ds, -ds, -d, -ons, -ez, -nent 來記。

請配合 MP3 掌握 prendre 各變化的發音，基本上字尾的子音（如 ds）都不發音。各變化發音請見右表。

要點 2 ┃ prendre 的用法：肯定句 🎧 024.mp3

在了解 **prendre** 的動詞變化之後，接下來看看要怎麼使用此動詞於日常生活中。**prendre** 這動詞屬於及物動詞，後面直接放名詞。請先看以下句型。

S+ **prendre 的動詞變化** + 冠詞 + 名詞

需做變化（如 prends 或 prenez 等）

Je 我 | **prends** 喝 | **un thé** 一杯茶

名詞前有冠詞

例句

Je prends **un thé**. 我喝一杯茶。

Tu prends **un kilo** de pommes. 你買一公斤的蘋果。

Il prend **une salade**. 他點（吃、買）一份沙拉。

Nous prenons **la rue** de l'Italie. 我們走義大利街。

Vous prenez **le métro**. 你們搭地鐵。

Elles prennent **un taxi**. 她們搭計程車。

以上是肯定句的用法，接著來看看否定句的用法。

要點 3 ｜ prendre 的用法：否定句　　　🎧 024.mp3

prendre 的否定用法就跟之前學過的否定句一樣，用 ne... pas 把動詞包起來即可。唯一要注意的是，如果想表示一份都不要，那麼不定冠詞和量詞都須改為 de，但如果原本是搭配定冠詞則不改。

S+ **ne** + **prendre 的動詞變化** + **pas** + ⎧ **de** + 名詞
　　　　　　　　　　　　　　　　　　　　 ⎩ **le/la/les** + 名詞

例句

Je **ne** prends **pas de thé**. 我不喝茶。

Tu **ne** prends **pas de pommes**. 你不吃（買）蘋果。

Il **ne** prend **pas de salade**. 他不點（吃、買）沙拉。

Nous **ne** prenons **pas la rue** de l'Italie. 我們不走義大利街。

Vous **ne** prenez **pas le métro***. 你們不搭地鐵。

Elles **ne** prennent **pas de taxi**. 她們不搭計程車。

* 表達「搭地鐵」時，métro 一般都與定冠詞 le 做搭配，而非與不定冠詞 un。

prendre 很常跟名詞搭配，是使用率非常高的動詞，也是該熟記的動詞之一。既然很常跟名詞搭配，那麼就會跟冠詞息息相關，請見以下關於冠詞的解說，尤其是跟 prendre 及名詞相關的**部分冠詞**。

🎧 024.mp3

┃ 要點 4 ┃ 部分冠詞（le partitif）

部分冠詞與其他冠詞（定冠詞或不定冠詞）不同，此冠詞主要是強調「**部分**」、「**一些**」之意，也就是像英文的 **some**，表示實際的數量不明確；而定冠詞與不定冠詞則是強調「**完整性、整體性**」之意。請見以下對照圖：

意義	冠詞	陽性單數	陰性單數	陽性、陰性母音開頭	複數（陽性、陰性）
整體性	定冠詞	**le**	**la**	**l'**	**les**
	不定冠詞	**un**	**une**	---	**des**
部分性，實際數量不確定	部分冠詞	**du**	**de la**	**de l'**	**des**

部分冠詞大多用於食物、飲料或抽象名詞，帶有不想精準計量東西質量的用意。在了解部分冠詞之前，我們先來看看目前所學過之冠詞的意義，並比較其差異。

🎧 024.mp3

以下來看不定冠詞、定冠詞、部分冠詞此三種冠詞在意義上的差異。

不定冠詞

Je prends un poisson. 我拿（點、吃、買）一條魚。

☞ 若是於餐廳裡，則可以指「點一份魚」「吃一條魚」的意思。

定冠詞

Je prends le poisson.

我拿（點、吃、買）那隻魚。

☞ le poisson 表示是與對方有共識的那條魚或那一份魚料理。

部分冠詞

Je prends **du** poisson.

我拿（點、吃、買）一部分的魚肉。

☞ 到底是多少份量的魚肉，是幾公克、幾公斤並沒有交代清楚，只提到是一部分的量。

　　透過以上的比較之後，我們可以知道**部分冠詞**的功能是讓後面的名詞變成是**部分性**，某個個體的一部分，其實際數量不確切。

　　poisson 這個單字於法語中可以是動物，也可以是肉的意義，但此單字如果使用**部分冠詞**的話，那就是肉（而非動物）的意思了。這就是法語**部分冠詞**可以把事物變成部分性的功能。

☞ **le** poisson 魚，魚肉　→　**du** poisson 魚肉

　　以下我們再繼續比較冠詞的差異，來了解部分冠詞的意義。

🎧 024.mp3

salade f 沙拉菜

不定冠詞

Tu prends **une** salade. 你拿（點、吃、買）一顆沙拉菜。

☞ 若是於餐廳裡，則可以指「點一份沙拉」「吃一份沙拉」的意思。

定冠詞

Tu prends **la** salade. 你拿（點、吃、買）那顆沙拉菜。

☞ la salade 表示是與對方有共識的那顆沙拉菜或那一份沙拉料理。

部分冠詞

Tu prends **de la** salade. 你吃（點、吃、買）一些沙拉料理。

☞ 到底是多少份量的沙拉料理，是幾公克、幾公斤並沒有交代清楚，只提到是一部分的量。

　　salade 於法語中可以是指用來做沙拉的蔬菜（如萵苣），也可以是料理好的沙拉。但此單字如果使用**部分冠詞**的話，那就是料理好可吃的沙拉料理。

agneau ⓜ 羊

不定冠詞

Il prend un agneau. 他拿（點、吃、買）一隻羊。

☞ 若是於餐廳裡，則可以指「點一份羊肉」「吃一份羊肉」的意思。

定冠詞

Il prend l'agneau. 他拿（點、吃、買）那隻羊。

☞ l'agneau 表示是與對方有共識的那隻羊、那一塊羊肉或那一份羊肉。

部分冠詞

Il prend de l'agneau. 他拿（點、吃、買）一部分的羊肉。

☞ 到底是多少份量的羊肉或羊肉料理，是幾公克、幾公斤並沒有交代清楚，只提到是一部分的量。

agneau 這個單字於法語中可以是動物，也可以是肉的意義，但此單字如果使用**部分冠詞**的話，那就是肉（而非動物）的意思了。

frites ⓕⓟⓛ 薯條

不定冠詞

Vous prenez des frites. 你們拿（點、吃、買）薯條。

☞ 薯條數量不清楚。

定冠詞

Vous prenez les frites. 你們拿（點、吃、買）那些薯條。

☞ les frites 表示是與對方有共識的那份薯條或那些薯條，但數量不清楚。

就複數形的冠詞來說，除了指定（les）與不指定（des）的差別之外，在數量上均看不出有何差異。不過，**部分冠詞的複數**格式與**不定冠詞的複數**格式兩者一樣，所以有語言學家認為，部分冠詞的複數格式是重複的，不須列出。

　　但在傳統的教學法中仍會同時列出這兩者，建議在學習過程中，可以用後面的名詞來判斷意思。例如，當名詞是食物或抽象名詞時，那麼這裡的 des 就是部分冠詞之意。反之，如果是其他事物，如車子、筆、房子之類無法分割或無法強調其部分性的完整性名詞，那麼所使用的冠詞是偏向不定冠詞。總之，這裡不管是部分冠詞或不定冠詞的複數，其意思都是一樣的。

・**des** haricots verts ☞ 部分冠詞
・**des** stylos ☞ 不定冠詞：這裡的筆是須強調其整體性的。

要點 5 ┃ 把含有部分冠詞的句子變成否定句　　🎧 024.mp3

與不定冠詞一樣，要把有部分冠詞的句子改成否定句，以表示完全不要的意義時，那麼要把原本的部分冠詞改成 **de**。

肯定句

Je prends **du** poisson.
Tu prends **de la** salade.
Il prend **de l'**agneau.
Vous prenez **des** frites.

否定句

→ Je **ne** prends **pas** de poisson.
→ Tu **ne** prends **pas** de salade.
→ Il **ne** prend **pas** d'agneau.
→ Vous **ne** prenez **pas** de frites.

💬 簡短對話　　🎧 024.mp3

Ⓐ Ah bonjour Lucie ! Bienvenue !　　露西你好！歡迎來玩！
Ⓑ Bonjour merci !　　你好！謝謝！

Ⓐ Tu veux **du** café ?　　你要喝咖啡嗎？
Ⓑ Non merci, je **ne prends pas** de café avant le dîner.　　不，謝謝！我晚餐前不喝咖啡。

Ⓐ De l'eau ? **Du** jus de fruits ? **Du** coca ?　　白開水？果汁？可樂？
Ⓑ **Du** jus de fruits, merci !　　果汁，謝謝！

 練習題

請在以下空格中練習 prendre 的動詞變化與部分冠詞。

例）Paul _____ café. 保羅喝一點咖啡。

　　Paul *prend du* café.

(1) Régis _____ boeuf.（boeuf：牛肉，陽性）

(2) Ils _____ gâteau.（gâteau：蛋糕，陽性）

(3) Nous _____ sucre.（sucre：糖，陽性）

(4) Tu _____ riz.（riz：飯，陽性）

(5) Liliane _____ eau minérale ?
（eau minérale：礦泉水，陰性）

(6) Je _____ petits pois.
（petits pois：豌豆，陽性複數）

(7) Les enfants _____ frites.
（frites：炸薯條，陰性複數）

(8) Clément et toi, vous _____ glace ?
（glace：冰淇淋，陰性）

(9) Brigitte et les étudiants _____ salade.
（salade：沙拉，陰性）

(10) Nous ne _____ pas _____ porc.
（porc：豬肉，陽性）

▶▶ 解答

(1) prend du
(2) prennent du
(3) prenons du
(4) prends du
(5) prend de l'
(6) prends des
(7) prennent des
(8) prenez de la
(9) prennent de la
(10) prenons, de

Leçon 25

動詞 faire 的用法　　　　　　　　　　　🎧 025.mp3

法文的「做〜」要怎麼說

faire 的意思是「做」，也是個常出現於日常生活中的動詞。

┃要點 1┃ faire 動詞變化格式　　　　　　　　　🎧 025.mp3

主詞	faire
Je 我	fais
Tu 你	fais
Il/Elle 他／她	fait
Nous 我們	faisons
Vous 你們	faites
Ils/Elles 他們／她們	font

動詞變化發音

	發音
fais	[fɛ]
fais	[fɛ]
fait	[fɛ]
faisons	[fəzɔ̃]
faites	[fɛt]
font	[fɔ̃]

以上這個表格是 faire 的現在式動詞變化，其變化是不規則的。

請配合 MP3 掌握 faire 各變化的發音，基本上字尾的子音都不發音。另外要注意到 nous, vous 和 ils/elles 的動詞變化與發音（faisons, faites, font）。各變化發音請見右表。

┃要點 2┃ faire 的用法 1：faire + 名詞　　　　　🎧 025.mp3

在了解 faire 的動詞變化之後，接下來看看要怎麼使用此動詞於日常生活中。faire 這動詞的用法很多、也很常用到，是個須熟記的基本動詞之一。請先看以下句型。

・日常生活

S+ **faire 的動詞變化** + { **le/la+ 名詞**　**un/une+ 名詞** }

Je	fais	une promenade.
我	做	散步

例句

Je fais une promenade.
我散個步。

Tu fais un gâteau.
你做一個蛋糕。

Il fait la cuisine.
他煮菜。

Elle fait la vaisselle.
她洗碗。

單字筆記
promenade **f** 散步
gâteau **m** 蛋糕
cuisine **f** 料理
vaisselle **f** 餐具
sport **m** 運動
tennis **m** 網球
musique **f** 音樂
guitare **f** 吉他

· 休閒活動、運動類、彈奏樂器
此用法大多搭配部分冠詞。

S+ **faire 的動詞變化** + **du / de la+ 名詞**
（運動類、彈奏樂器）

Nous	faisons	du sport.
我們	做	運動

例句

Nous faisons du sport. 我們做運動。

Vous faites du tennis. 你們打網球。

Vous faites de la musique. 你們玩音樂。

Ils font de la guitare. 他們彈吉他。

· 形容天氣
形容天氣時，主詞只能用 il。不過這裡的 il 是非人稱代名詞，與人無關。
☞ 更多關於非人稱的代名詞 il 的介紹，請見第 37 課。

Il fait+ 形容詞（天氣）

Il fait | chaud.
天氣 | 熱

Il fait

例句

Il fait chaud.
天氣熱。

Il fait froid.
天氣冷。

Il fait beau.
天氣好。

Il fait 30 degrés.
氣溫 30 度。

單字筆記
chaud 熱的
froid 冷的
beau 美麗的；（天氣）晴朗的
degré m （溫度計）度
tomate f 番茄
combien 多少
euro m 歐元

・問價錢

問價格或回答價格時，主要是用 ça fait 句型，後面加上 combien（多少）
來問價格；或是後面加上金額，來跟對方說明價格是多少。

Ça fait + 名詞（金額）

Ça fait | **3 euros.**
價格是 | 3 歐元
Ça fait | **combien?**
價格是 | 多少

例句

Les tomates, ça fait combien ？
番茄多少錢？

Ça fait 3 euros.
三歐元。

· 表達尺寸、大小

S + faire 的動詞變化 **+** 名詞（尺寸的數值）

Je fais	du 38.
我尺寸是	38
Je fais	du combien？
我尺寸是	多少

例句

Vous faites du combien？您的尺寸多少？

Je fais du 38. 我的尺寸是 38。

L'appartement fait 30 m². 公寓 30 平方公尺。

單字筆記
appartement m 公寓
partir v 離開
invité m 客人

要點 3 | faire 的用法 2：faire + 原形動詞　　　　🎧 025.mp3

faire 後面除了接名詞之外，也可以接原形動詞，此時這裡的 faire 帶有「促使」「讓」的意義，「促使後面的受詞做某動作」。

S + faire 的動詞變化 + 原形動詞 **+** 受詞（名詞）

Tu	fais	chanter	les enfants.
你	讓	唱歌	孩子們

例句

Le professeur fait travailler les étudiants. 老師讓學生們工作。

☞ 學生的工作是被老師促使的，非學生主動工作的。

Tu fais chanter les enfants. 你讓孩子們唱歌。

☞ 小孩唱歌非主動，是受主詞（你）鼓勵或要求下唱的。

Je fais partir les invités. 我讓賓客們離開。

☞ 賓客非主動離開，是被動離開的，是受主詞（我）的要求之下所做的動作。

faire 也有一些常用的慣用語，像是 **faire la queue** 這樣「**faire+** 名詞」的用法。

例句

Ils font la queue. 他們排隊。

Je fais attention à une voiture. 我注意一台車。

Tu fais la tête. 你臭著一張臉。 ☞ 不高興的意思。

　　faire 的用法非常多，初學者在學習時請先注意日常生活與休閒生活、天氣與問價錢的用法。

💬 **簡短對話**　　　　　　　　　　　　　　　　🎧 025.mp3

Ⓐ Martin, **il fait beau aujourd'hui.** Tu veux **faire du basket** ?　　　馬丁，今天天氣很好。要打籃球嗎？

Ⓑ Non, je n'aime pas trop le basket.　不，我不太喜歡籃球。

Ⓐ Qu'est-ce que tu aimes faire ?　　你喜歡做什麼？

Ⓑ J'aime bien **faire une promenade** au parc.　　我喜歡到公園散步。

Ⓐ D'accord ! Pourquoi pas...　　好啊！為何不…

Ⓑ Après, nous **faisons les courses** au supermarché ?　　之後，我們去超市購物嗎？

✏️ **練習題**

請在空格中練習以下 faire 的動詞變化。

例）Paul _____ sport. 保羅做運動。

　　Paul _fait du_ sport.

(1) David et Paul _____ du ski.（ski 滑雪：陽性）

大衛和保羅滑雪。

(2) Tu _____ les devoirs.（devoir 功課：陽性）你做功課。

(3) Il _____ mauvais.（mauvais 壞的：形容詞）天氣不好。

(4) Nous _____ les magasins.（magasin 商店：陽性）

我們逛街。

(5) Les pommes, ça _____ 6 euros le kilo. 蘋果一公斤 6 歐元。

(6) Elle _____ parler les étudiants. 她讓學生開口說話。

(7) Les étudiants _____ les exercices de maths dans la

salle. 學生們在教室做數學習題。

(8) Cécile et toi, vous _____ la cuisine ensemble.

西希里和你，你們一起做菜。

(9) Il _____ quelle pointure ？他的鞋子穿幾號？

(10) Un café 1,3 €, un thé 2,25 €, un chocolat 3 €, ça _____

6,55 €.

一杯咖啡 1.3 歐元，一杯茶 2.25 歐元，一杯熱可可 3 歐元，總共 6.55 歐元。

▶▶ 解答

(1) font
(2) fais
(3) fait
(4) faisons
(5) fait（ça 是非人稱主詞，指「算」，

這句有第三人稱單數動詞變化）

(6) fait
(7) font
(8) faites
(9) fait
(10) fait

用法文表示「這個，那個」

　　所謂的**指示冠詞**（le démonstratif），也就是**放於名詞前方的冠詞**，有指定的作用，相當於英語的 this, that。既然跟名詞有關，因法語的名詞是有陰陽性、單複數的特性，那麼就跟其他冠詞一樣，指示冠詞也會隨名詞的屬性、數量而有不同格式。☞ 此外，由於學理不同，**le démonstratif** 也有人稱作「**指示形容詞**」，不過這不影響學習，學會如何使用比較重要。

┃要點 1┃ 指示冠詞的意義與格式

如一開始所說的，指示冠詞是指放於名詞前方的冠詞，相當於英語的 **this, that**。

法語	**ce stylo**	**ces stylos**
英語	**this pen**	**these pens**
中文	這枝筆	這些筆

上面看到的 **ce, ces** 這些都稱為指示冠詞，不過與英語不同的地方是，法語的指示冠詞有**陰陽性與單複數**之分，請見下表：

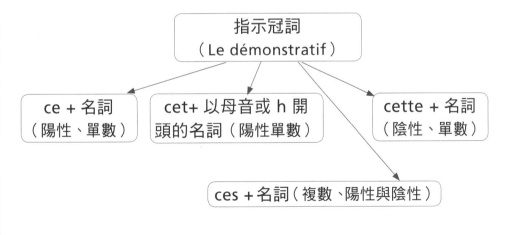

現在就透過上面圖表，來了解如何跟名詞搭配使用。

陽性單數

ce 這　**stylo** 筆

陽性名詞

· **Ce stylo** est rouge. 這枝筆是紅色的。

· J'aime **ce stylo**. 我喜歡這枝筆。

· Il n'aime pas **ce stylo**. 他不喜歡這枝筆。

陽性複數

ces 這些　**stylos** 筆

複數

· **Ces stylos** sont rouges. 這些筆是紅色的。

· J'aime **ces stylos**. 我喜歡這些筆。

· Il n'aime pas **ces stylos**. 他不喜歡這些筆。

陰性單數

cette 這　**maison** 房子

陰性名詞

· **Cette maison** est grande. 這房子很大。

· J'habite dans **cette maison**. 我住在這房子裡。

· Il n'habite pas dans **cette maison**. 他不住在這房子裡。

陰性複數

ces
這些

maisons
房子
複數

· **Ces maisons** sont grandes. 這些房子很大。

· Nous visitons **ces maisons**. 我們參觀這些房子。

· Ils ne visitent pas **ces maisons**. 他們不參觀這些房子。

cet+以母音或 h 開頭的名詞

cet
這

étudiant
學生
以母音 é 開頭

homme
男子
以 h 開頭

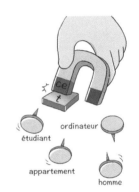

· **Cet étudiant** parle français. 這學生說法語。

· Je travaille avec **cet étudiant**. 我和這學生工作。

· Il ne travaille pas avec **cet étudiant**. 他不和這學生工作。

法語沒有等同於英語「that（那）」的冠詞，但如果要區分「這」和「那」，可以加上 **-ci**（這）或 **-là**（那）。請見以下例句解說。

▌要點 3▌加上 -ci（這）或 -là（那）的用法 ────── 🎧 026.mp3

當說話時要特別區分出眼前的「這（人事物）」和較遠的「那（人事物）」時，只要在名詞後面加上 -ci 或 -là 即可。

ce/cette/cet + 單數名詞 **-ci**

這～（說話者眼前的人事物）

ce/cette/cet + 單數名詞 **-là**

那～（離說話者遠的人事物）

ces + 複數名詞 -ci

這些～（說話者眼前的人事物）

ces + 複數名詞 -là

那些～（離說話者遠的人事物）

這支筆&那隻筆

Ce **stylo-ci** est rouge. 這枝筆是紅色的。

Ce **stylo-là** est bleu. 那枝筆是藍色的。

這間房子&那間房子

J'aime **cette maison-ci**. 我喜歡這間房子。

Je n'aime pas **cette maison-là**. 我不喜歡那間房子。

這學生&那學生

Cet **étudiant-ci** travaille à Paris. 這學生在巴黎唸書。

Cet **étudiant-là** travaille à Nice. 那學生在尼斯唸書。

這些書&那些書

Il prend **ces livres-ci**.

他拿這些書。

Elle prend **ces livres-là**.

她拿那些書。

(●●●) **簡短對話**　　　　　　　　🎧 026.mp3

Ⓐ Papi, regarde **ces photos**!　　　　爺爺，看這些照片！

Ⓑ D'accord. C'est qui sur **cette photo**?　好的。這張照片上是誰？

Ⓐ C'est Robert. C'est mon copain.　　是羅伯。是我朋友。他對我很好。
　 Il est très gentil avec moi.

Ⓑ Et là, **cette fille**?　　　　　　　那麼那張呢？那女孩是誰？

Ⓐ C'est Tiphaine. Elle prend un bâton　是媞凡妮。她手裡拿了根棍子。
　 dans la main.

Ⓑ Ah ce **bâton-là** est un peu bizarre...　那根棍子有點怪…

練習題

請練習在以下的空格中填入指示冠詞。

例）Paul lit _____ livre. 保羅在讀這本書。

　　Paul lit *ce* livre.

(1) Agathe travaille dans _____ école.（école 學校：陰性）
雅卡特在這間學校工作。

(2) Ils veulent prendre _____ gâteau.（gâteau 蛋糕：陽性）
他們想吃這蛋糕。

(3) _____ filles habitent à Dijon.（fille 女孩：陰性）
這些女孩們住在第戎市。

(4) Tu détestes _____ appartement.
（appartement 公寓：陽性）你討厭這間公寓。

(5) _____ ordinateur est cher.（ordinateur 電腦：陽性）
這台電腦很貴。

(6) Je ne veux pas travailler avec _____ garçons.
（garçon 男孩：陽性）我不想跟這些男孩一起工作。

(7) _____ jeunes viennent s'inscrire pour le cours de
français. 這些年輕人來報名法文課。

(8) J'adore _____ thé. 我愛這種茶。

(9) Il y a des clés dans _____ voiture. 在這台車裡有鑰匙。

(10) Tu veux _____ bonbons ? C'est très bon !
你要這些糖果嗎？非常好吃！

「去咖啡廳」用法文要怎麼說

動詞 aller 是「去」的意思，是使用率極高、日常生活中常用的動詞。

┃要點 1┃ aller 動詞變化格式  027.mp3

主詞	aller
Je 我	vais
Tu 你	vas
Il/Elle 他／她	va
Nous 我們	allons
Vous 你們	allez
Ils/Elles 他們／她們	vont

動詞變化發音

	發音
vais	[vɛ]
vas	[va]
va	[va]
allons	[alɔ̃]
allez	[alɛ]
vont	[vɔ̃]

以上這個表格是 aller 的現在式動詞變化，其變化是不規則的，這部分要背熟喔。請配合 MP3 掌握 aller 各變化的發音，各變化發音請見右表。

在了解 aller 的動詞變化之後，接下來看看要怎麼使用此動詞於日常生活中。

┃要點 2┃ aller 的用法 1：加上城市名 027.mp3

aller 屬於不及物動詞（verbe intransitif），無法直接加名詞，需要加上介系詞 **à**。請看以下句型與例句，首先 **aller** 搭配介系詞 **à** 可用來表達「去某某城市或某某國家、地區」。

S + **aller 的動詞變化** + à + **城市／不須加冠詞的國家、地區**

Je	vais	à	Paris.
我	去	到	巴黎

（城市名）

例句

· Je vais à **Paris**. 我去巴黎。

· David va à **New York**. 大衛去紐約。

· Tu vas à **Singapour**. 你去新加坡。

· Il va à **Taïwan**. 他去台灣。

　　aller à 後面可直接放要前往的城市名詞（或不須加冠詞的國家名），**名詞前面不加上冠詞**。但如果是一般普通名詞的話，就會有冠詞問題，因為普通名詞會牽涉到**陰陽性、單複數**，如咖啡廳（le café）。

▌要點 3 ▌ aller 的用法 2：普通名詞 & 合併冠詞的現象　　🎧 027.mp3

aller à 後面如果是**普通名詞**的話，名詞前就要有**冠詞**，即「**aller+à+ 冠詞＋名詞**」。不過，若名詞為陽性時，會有合併冠詞（**article contracté**）的現象。

 陽性名詞　le café 咖啡廳

陰性名詞　la maison 家

↓

加上冠詞

à+陽性名詞　~~à le~~ café 到咖啡廳

　　　　　　　→ **au**

à+陰性名詞　à la maison 到家

☞ 這裡請注意介系詞 à + le 的情況，正確的說法是：au

　　介系詞 à 與冠詞 le 須依文法規定合併成 **au**，文法上稱之為 article contracté（合併冠詞）。也就是說，法語中出現 au 這個字就表示是 à 與 le 的合併字。☞ 更詳細關於合併冠詞的課程請見第 28 課。

🎧 027.mp3

　　透過以上說明，以下來套用句型看看「aller au+ 陽性名詞」、「aller à la+ 陰性名詞」的用法。

S + **aller 的動詞變化** **+ à +** **冠詞 + 普通名詞**

au ＋陽性名詞

Nous allons ~~à le~~ café.

☞ 正確說法：Nous allons **au café**. （café 咖啡廳：陽性）
我們去咖啡廳。

Tu vas ~~à le~~ cinéma.

☞ 正確說法：Tu vas **au cinéma**. （cinéma 電影院：陽性）
你去電影院。

Il va ~~à le~~ musée.

☞ 正確說法：Il va **au musée**. （musée 博物館：陽性）
他去博物館。

à l'＋ 以母音或 h 開頭的名詞
若是以母音或 h 開頭的名詞，此時不論名詞是陽性或陰性，**冠詞都會縮寫成 l'**。

Vous allez à l'**école**.
你們去學校。 （école 學校：陰性，母音 é 開頭）

Il va à l'**hôtel**.
他去飯店。 （hôtel 飯店：陽性，h 開頭）

à la ＋陰性名詞
陰性的單數名詞不合併成 au。

Ils vont à la **maison**.
他們回家。 （maison 房子：陰性）

Elles vont à la **bibliothèque**.
她們去圖書館。 （bibliothèque 圖書館：陰性）

另一個要注意的是，複數名詞的情況。

雖然複數名詞的冠詞是 les，但並非用 à les＋ 複數名詞，而是 aux＋ 複數名詞。換言之，法語的 aux 就是 à 與 les 的合併字。

複數名詞 les toilettes 廁所

加上冠詞

à+ 複數名詞 **à les** toilettes 到廁所

→ aux

☞ 這裡請注意介系詞 à+les，正確的說法是：aux

---

aux ＋複數名詞

介系詞 à 與 les 須合併成 aux，這是合併冠詞的複數格式。

Elles vont à les Puces.

她們去跳蚤市場。 （ puce 跳蚤：陰性 ）

☞ 正確說法：**Elles vont aux Puces.**

Lisa va à les toilettes.

麗莎去洗手間。 （ toilettes 洗手間：陰性 ）

☞ 正確說法：**Lisa va aux toilettes.**

關於合併冠詞，請見以下所整理的圖表：

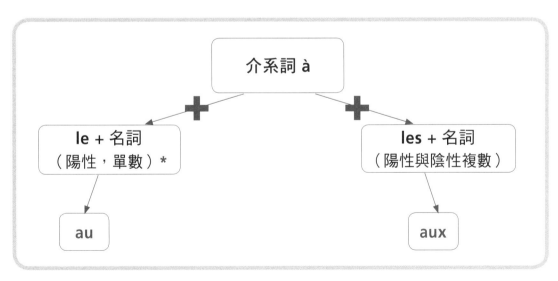

介系詞 à

le ＋名詞
（陽性，單數）＊

les ＋名詞
（陽性與陰性複數）

au

aux

＊ 這邊要注意到，以**母音開頭**或 **h 開頭**的名詞就不需要合併成 au，而是改成 à l'。

前面提到過 aller à 後面可直接加上城市名，城市名前面不加上冠詞，不過若是**國家名**的話則會有**陰陽性、單複數**的問題。請接著看以下解釋。

要點 4 | aller 的用法 3：加上國家名 🎧 027.mp3

以下是 **aller** 後面出現國家名（或區域名）的情況，此時介系詞不是用 à，若是遇到**陽性國家名**時，介系詞用 **au**；遇到**陰性國家名**時，介系詞用 **en**；遇到**複數國家名**時，介系詞則用 **aux**。

S（主詞）＋ **aller 的動詞變化** ＋
- en ＋ 國家或區域名（陰性）
- au ＋ 國家或區域名（陽性）
- aux ＋ 國家或區域名（複數）

Je	vais	en	France
我	去	到	法國

國家名（陰性）

・**陰性國家名**

Il **va en France**.
他去法國。（France 法國：陰性）

Tu **vas en Alsace**.
你去阿爾薩斯省。（Alsace 阿爾薩斯省：陰性）

・**陽性國家名**

Nous **allons au Japon**.
我們去日本。（Japon 日本：陽性）

☞ 陽性國名則用合併冠詞。

不過若是以母音開頭的陽性國家名，介系詞要改用 **en**。

・**陽性國家名（母音開頭）**

Elle **va en Iran**.
她去伊朗。（Iran 伊朗：陽性，以母音開頭）

☞ 雖然是陽性國名，但因為以母音開頭，所以改用 en。

· 複數國家名

Ils vont aux Etats-Unis.

他們去美國。 （Etats-Unis 美國：陽性複數）

總而言之，遇上**陰性**或**母音開頭**的國名或區域名，介系詞都用 **en**。

簡短對話

🎧 027.mp3

Ⓐ Tu **vas** où tout à l'heure ?

你待會要去哪裡？

Ⓑ Je sors avec mes copains. Nous **allons** au cinéma.

我要跟朋友出去。我們要去看電影。

Ⓐ Mais tu ne **vas** pas **au** supermarché ?

但你不去超市了嗎？

Ⓑ Ah oui... pour chercher des céréales...

啊對喔 ... 要買麥片 ...

Ⓐ Il n'y a plus de céréales pour le petit déjeuner.

早餐沒有麥片吃了。

Ⓑ Bon, je **vais** au cinéma et après **au** supermarché... maintenant, je veux **aller aux** toilettes...

那麼，我去電影院之後，再去超市…，現在我要去洗手間。

練習題

請在以下空格中練習 aller（去）的動詞變化以及介系詞 à，並注意後面的冠詞是否需合併。

例）Paul _____ café.

Paul *va au* café.

(1) Vous _____ toilettes.

（toilettes 洗手間：陰性複數）

(2) Je _____ aéroport. （aéroport 機場：陽性）

(3) Elles _____ gare. （gare 車站：陰性）

(4) Tu _____ bureau. （bureau 辦公室：陽性）

(5) Nous _____ Champs-Elysées?

（Champs-Elysées 香榭大道：陽性複數）

(6) Bernard _____ Danemark.

（Danemark 丹麥：陽性）

(7) Julie _____ école. （école 學校：陰性）

(8) Les enfants _____ Tour Eiffel.

（Tour Eiffel 艾菲爾鐵塔：陰性）

(9) Les touristes _____ musée du Louvre.

（musée du Louvre 羅浮宮博物館：陽性）

(10) Frank et toi, vous _____ Milan.

（Milan 米蘭，城市名：無陰陽性）

Leçon 28 介系詞 à 與冠詞的其他用法　

「巧克力慕斯」用法文怎麼說

使用法文時，介系詞 à 很常跟定冠詞（如 le, la, les）搭配，一起使用的機率很高。以下將介紹**介系詞 à 搭配定冠詞**的情況與意義，尤其是針對**合併冠詞**的架構。

▌**要點 1**▌ 表示「在某某地方」　🎧 028.mp3

如同上一課學過的「**aller à** + 冠詞 + 名詞」用法，「**à** + 冠詞」接在動詞之後有類似中文「在哪裡」的意思，相當於英語 **in** 或 **at** 之意，具地方補語的功能。要注意的是「**à** + **le**」會有合併冠詞的現象。

・Je suis **au** (à̶ ̶l̶e̶) **bureau**.

　我在辦公室。

・Il travaille **au** (à̶ ̶l̶e̶) **musée**.

　他在美術館工作。

・Vous voyagez **au** (à̶ ̶l̶e̶) **Portugal**.

　你們在葡萄牙旅行。

・Tu restes **aux** (à̶ ̶l̶e̶s̶) **Pays-Bas**.

　你留在荷蘭。

介系詞 à 在這裡的功能是引導地方補語，此時若名詞是**陽性單數**或是**複數**的地方名，介系詞 à 與冠詞皆須合併成 **au** 或 **aux**。

「à + 冠詞」也可放在兩名詞中間，中文有「帶有某某成份」意義或是「用某某方式」的意思，相當於英語的 **with**，此用法常出現於食物名，中文可翻譯成「某某口味」。

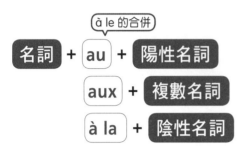

le café	au	lait
咖啡	帶有～成分	牛奶

成份、口味、方式

有合併冠詞的現象

· une mousse au (à̶ ̶l̶e̶) chocolat

　巧克力慕斯 （巧克力口味的慕斯）

· une salade au (à̶ ̶l̶e̶) poulet

　雞肉沙拉 （有雞肉的沙拉）

· un macaron aux (à̶ ̶l̶e̶s̶) fraises

　草莓馬卡龍 （草莓口味的馬卡龍）

其他情況

陰性名詞或以母音開頭的名詞時不會有合併冠詞現象。

· un canard à l'orange ☞ 名詞以母音開頭，冠詞縮寫成 l'

　橘子鴨 （有橘子口味的鴨肉，法國傳統菜）

· une glace à la vanille

　香草冰淇淋 （香草口味的冰淇淋）

· un plat à la française

　一道法式的菜色

例句

・Nous aimons **le café** au (à le) **lait**.

我們喜歡咖啡歐蕾。 （牛奶口味的咖啡）

・C'est **un gâteau** aux (à les) **fruits**.

這是水果蛋糕。 （水果口味的蛋糕）

・Il fait **un homard** au (à le) **four**.

他做了份烤龍蝦。 （用烤箱烹調的龍蝦）

不過有些常見錯誤要提醒各位。

以 un gâteau de chocolat 來說，此句中的介系詞 de 類似英文的 of，但這裡的翻譯不是「巧克力的蛋糕」，而是「蛋糕形狀的巧克力」也就是說，完全都是巧克力，無其他成份，而外型是蛋糕的形狀。

以另一個為例，un thé de lait。這不是指「帶有牛奶口味的茶（簡稱奶茶）」，而是指「茶外型的牛奶」，但這很罕見吧。真正「奶茶」的寫法是 un thé **au** lait。

・巧克力蛋糕：

✖ un gâteau **de** chocolat → 蛋糕形狀的巧克力

O un gâteau **au** chocolat

・奶茶

✖ un thé **de** lait → 茶外型的牛奶

O un thé **au** lait

┃ 要點 3 ┃ 搭配介系詞 à 的其他動詞 ━━━━━━━━ 🎧 028.mp3

前面學過與介系詞 à 的動詞 aller，以下來看看常見的另外兩個動詞。與「**aller à** + 地方」不同，以下兩動詞後面接的大多是人物。

・parler à~ 對~說話

parler à 是指「跟誰講話」之意，相當於英語的 talk to，使用介系詞 à 是因為動詞的關係（表示對~說話）。如果後方的名詞有使用定冠詞 le 或 les，都是須合併的。

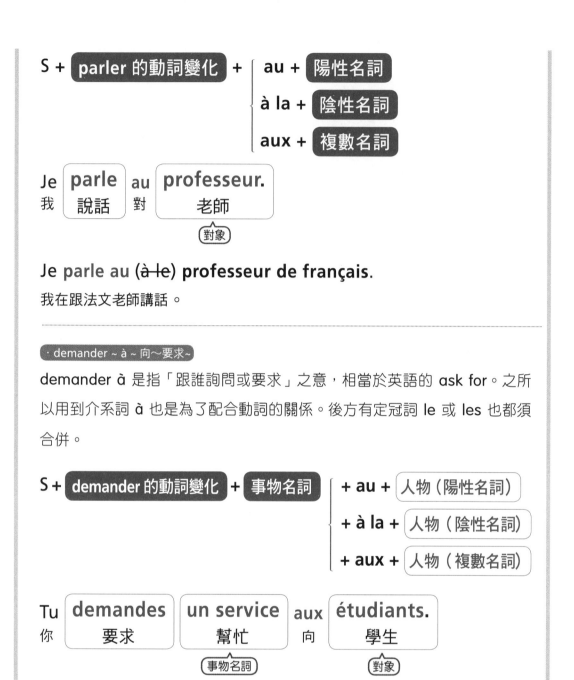

S + parler 的動詞變化 +

- au + 陽性名詞
- à la + 陰性名詞
- aux + 複數名詞

Je 我　parle 說話　au 對　professeur. 老師
（對象）

Je parle au (à le) professeur de français.

我在跟法文老師講話。

・demander ~ à ~ 向～要求～

demander à 是指「跟誰詢問或要求」之意，相當於英語的 ask for。之所以用到介系詞 à 也是為了配合動詞的關係。後方有定冠詞 le 或 les 也都須合併。

S + demander 的動詞變化 + 事物名詞

- + au + 人物（陽性名詞）
- + à la + 人物（陰性名詞）
- + aux + 人物（複數名詞）

Tu 你　demandes 要求　un service 幫忙　aux 向　étudiants. 學生
（事物名詞）　（對象）

Tu demandes un service aux (à les) étudiants.

你向學生尋求協助。

從本課以上的這些要點與例子可知，只要是介系詞 à 遇到後面是定冠詞 le 或 les，不管任何狀況都是要合併的。

簡短對話

Ⓐ Demain, je vais à la fête d'anniversaire de Nicolas. 明天，我要去尼古拉的生日派對。

Ⓑ D'accord. Tu veux apporter quoi ? 好的。你要帶什麼？

Ⓐ Une tarte **aux** pommes ? 蘋果派？

Ⓑ Hmm...Tu sais faire une tarte **aux** pommes ? 嗯…你會做蘋果派嗎？

Ⓐ Non... je demande **aux** autres camarades de la classe. 不會…我問班上其他同學好了。

Ⓑ Bonne chance ! 祝好運！

✏️ 練習題

請在以下空格中練習介系詞 à 搭配冠詞（尤其是合併冠詞）的句型。

例）Paul travaille _____ musée.

　　Paul travaille _au_ musée.

(1) Nous prenons du boeuf _____ carottes.
　　（carottes 紅蘿蔔：陰性複數）我們點紅蘿蔔牛肉。

(2) Je travaille _____ Mexique.
　　（Mexique 墨西哥：陽性國家名）我在墨西哥工作。

(3) Elles font une pizza _____ fromage.
　　（fromage 乳酪：陽性）她們做乳酪口味的披薩。

(4) Tu parles _____ enfants.（enfants 小孩：陽性複數）
　　你跟小孩們說話。

(5) Vous allez _____ Canada ?（Canada 加拿大：陽性國家名）
　　您去加拿大嗎？

(6) Lucas aime le soufflé _____ caramel.

（caramel 焦糖：陽性）

路卡斯喜歡焦糖舒芙雷。

(7) Le professeur conseille _____ étudiants de bien travailler le week-end. 老師建議學生周末要好好唸書。

(8) Lisa et moi, nous allons _____ Pays-Bas.

（Pays-Bas 荷蘭：陽性複數國家名）

麗莎和我，我們去荷蘭。

(9) Je sais faire une salade _____ française.

我會做法式沙拉。

(10) Les amis prennent une tarte _____ légumes.

（légumes 蔬菜：陽性複數）

朋友們點了一個蔬菜派。

「我啊！」「他啊！」用法文要怎麼說

強調人稱代名詞（le pronom tonique）又稱為重音代名詞，是個與主詞不同的代名詞。本課將為各位介紹強調人稱代名詞要如何使用，以下先介紹各人稱。

🎧 029.mp3

▌要點 1▌強調代名詞的人稱格式

主詞	強調人稱代名詞
Je 我	**moi**
Tu 你	**toi**
Il/Elle 他／她	**lui/elle**
Nous 我們	**nous**
Vous 你們	**vous**
Ils/Elles 他們／她們	**eux/elles**

以上這個表格是強調代名詞的人稱，其中主詞 elle、nous、vous、elles 跟其強調人稱代名詞是同形的。請配合 MP3 掌握其發音。

了解了強調人稱代名詞的格式與發音之後，接著來看看其用法與例句。強調代名詞的用法，大致上可歸納出以下四種。

▌要點 2▌用法 1：強調作用，不取代主詞角色　🎧 029.mp3

中文的人稱代名詞（你、我、他等等）可同時具備主詞、受詞功能，無格式區分。但法語不同，每個人稱代名詞的位置需區分出主詞功能或是受詞功能，所以有不同格式。而強調代名詞主要是用來強調主詞，有時也會代班受詞的功能，但不論如何都是無法取代主詞角色喔。

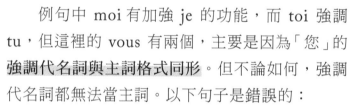

強調人稱代名詞 + **S + V**

| **Moi,**
我啊 | **je** suis étudiant.
我 是 學生 |

搭配主詞

例句

Moi, je suis étudiant.

我啊,是學生。

Toi, tu es avocat.

你啊,是律師。

Vous, vous êtes professeur.

您啊,是老師。

　　例句中 moi 有加強 je 的功能,而 toi 強調 tu,但這裡的 vous 有兩個,主要是因為「您」的 **強調代名詞與主詞格式同形**。但不論如何,強調 代名詞都無法當主詞。以下句子是錯誤的:

 Moi suis étudiant. 無主詞,錯誤寫法。

 Toi es avocat. 無主詞,錯誤寫法。

Vous êtes professeur. 如此寫法不算錯,因為 vous 的主詞與強調代名詞是同一個字。

│要點 3│用法 2:在口語中單獨使用 🎧 029.mp3

第二種用法主要是單獨使用,也就是在沒有主詞、動詞的情況下獨立出 現。

・用於回答

Qui va au supermarché? 誰去超市?

—**Lui.** 他。

☞ 在單獨回答的情況下使用,此時不用主詞 il 回答,因為主詞後面必須要 有變化的動詞。

· 用於強調

Ça va ? 還好嗎？

—Moi, ça va, merci. Et vous?

我啊，還好。謝謝。您呢？

☞ 主要是放在一句話前面，如句中的 ça va 前面，用來強調自己。法文「您」的主詞與強調代名詞都是同一個字 vous。這裡 vous 後面已沒有變化的動詞，所以是強調代名詞的 vous。

英文的「那你呢」是 And you?，但法文在此不用主詞或受詞格式，而是強調代名詞格式，所以要記住強調代名詞。

· 你呢？：

✖ Et tu? 主詞後方必須有變化的動詞喔

○ Et toi?

· 我呢？

✖ Et je? 主詞後方必須有變化的動詞喔

○ Et moi?

━━ 要點 4 ━━ 用法 3：搭配介系詞或介系詞片語 ━━━━ 🎧 029.mp3

第三種用法是搭配介系詞或介系詞片語，在介系詞後面不接主詞或受詞格式，而是**搭配強調人稱代名詞**。

de / à / avec 等介系詞 + 強調人稱代名詞

Le sac est à toi.
這 包包 是 屬於 你 強調人稱代名詞

例句

J'ai besoin **de** lui.

我需要他。 介系詞 de

Le sac est **à** toi.

這包包是你的。 介系詞 à（屬於…）

Tu travailles avec moi.

你跟我一起工作。 介系詞 avec（和⋯）

Il va chez toi.

他去你家。 介系詞（在⋯家）

Elle est à côté de moi.

她在我旁邊。 介系詞片語 à côté de（在⋯旁邊）

| 要點 5 | 用法 4：其他用法　　　　　　　　　🎧 029.mp3

・與 C'est 搭配，用於說明

C'est + 強調人稱代名詞

・**C'est moi.** 是我。

・**C'est toi.** 是你。

☞ 這句已有主詞 ce，所以不能再用 je 或 tu，只能用強調代名詞。

・用於比較級

S（主詞）+ être 動詞變化 **+ plus +** 形容詞 **+ que +** 強調人稱代名詞

・**Il est plus grand que moi.** 他比我高。

・**Elle est plus jolie que toi.** 她比你漂亮。

☞ 比較級的句型（請見第 38 課）中因前面已有主詞 il/elle，所以 que 後面不再放主詞。

💬 **簡短對話**　　　　　　　　　🎧 029.mp3

Ⓐ Bonjour Messieurs-Dames,　　先生女士您好，請問要點什麼？
qu'est-ce que vous prenez ?

Ⓑ Pour **moi**, un thé au citron.　　給我一杯檸檬茶。

Ⓐ Et pour Madame, un thé aussi ? 　　那女士呢？也是茶嗎？

Ⓑ Non, **moi**, je prends une glace 　　不，我要份香草冰淇淋和咖啡。
à la vanille et un café.

Ⓐ Excusez-**moi**, le sac est à **vous** ? 　不好意思，這包包是您的嗎？

Ⓑ Non, je n'ai pas de sac... 　　　　不是，我沒帶包包 ...

練習題

請在以下空格中練習填入強調人稱代名詞。

例）Le sac est à _____. 這包包是我的。

　　Le sac est à _Moi_*.

* 此句為口語的用法，但也有特別強調的用意。一般來說是用所有格來表達
「～是我的／你的」。

(1) _____ , ils travaillent à Tokyo. _____ , je
travaille à Berlin. 他們啊，在東京工作。我呢，我在柏林工作。

(2) Excusez-moi, ce stylo est à _____ ?
不好意思，這枝筆是您的嗎？

(3) Avec qui tu aimes travailler ?
—Avec Lily et Monique. Avec _____ , je travaille bien.
你喜歡跟誰工作？—莉莉和莫妮可。跟她們一起，我工作得不錯。

(4) Qui est-ce ? — _____ ? C'est Jean.
這是誰？—他？是尚。

(5) Je vais au cinéma. Tu viens avec _____ ?
我要去看電影。你要跟我去嗎？（viens → venir 來）

(6) Qui veut ce gâteau ? — _____ ! Nous voulons ce
gâteau. 誰要這蛋糕？—我們！我們要這蛋糕。

(7) Ce week-end, tu viens chez _____ ? Nous dînons
ensemble, toi et moi.
這週末，你要來我家嗎？你跟我，我們一起吃晚餐吧。

(8) Eric, tu vas à Rouen. Je peux aller avec _____ ?

艾瑞克，你要去盧昂。我可以跟你去嗎？（peux → pouvoir 可以）

(9) Mathieu adore Daphné. Il ne peut pas vivre sans _____.

馬修愛死塔芬妮了。他沒有她活不下去。（sans 沒有：介系詞）

(10) Mon chéri, j'ai confiance en _____ .

親愛的，我對你有信心。

「來自巴黎」用法文要怎麼說

　　動詞 venir 是「來」的意思，是不規則變化的動詞，也是日常生活中常用的基礎動詞之一，請背熟其變化。

┃要點 1┃ venir 動詞變化格式　　🎧 030.mp3

主詞	venir
Je 我	viens
Tu 你	viens
Il/Elle 他／她	vient
Nous 我們	venons
Vous 你們	venez
Ils/Elles 他們／她們	viennent

動詞變化發音

	發音
viens	[vjɛ̃]
viens	[vjɛ̃]
vient	[vjɛ̃]
venons	[vənɔ̃]
venez	[vəne]
viennent	[vjɛn]

　　以上這個表格是 venir 的現在式動詞變化，其變化是不規則的。請配合 MP3 掌握 venir 各變化的發音，基本上字尾的子音都不發音。各變化發音請見右表。

┃要點 2┃ venir 的用法 1：加上城市名　　🎧 030.mp3

在了解 venir 的動詞變化後，接下來看看要怎麼使用此動詞。跟 aller 一樣，venir 屬不及物動詞（verbe intransitif），意思相當於英語的 come，無法直接加受詞（名詞），需加上介系詞 de。請看以下句型與例句，venir 搭配介系詞 de 可用來表達「來自某某城市或某某國家、地區」。

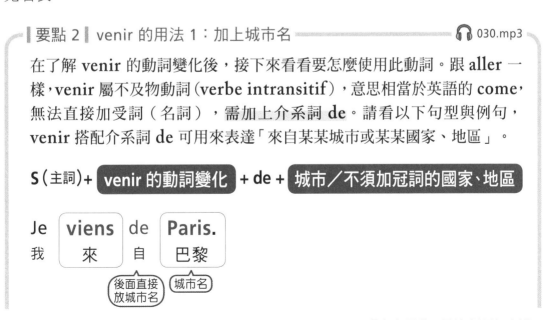

S（主詞）+ **venir 的動詞變化** + de + **城市／不須加冠詞的國家、地區**

Je	**viens**	de	**Paris.**
我	來	自	巴黎

後面直接放城市名　城市名

例句

· Je viens de **Paris**. 我來自巴黎。
· Tu viens de **Singapour**. 你來自新加坡。
· David vient de **New York**. 大衛來自紐約。
· Elle vient de **Taïwan**. 她來自台灣。

正如以上例句，介系詞 de 後面直接放城市名（或不須加冠詞的國家名），**名詞前面不加上冠詞**。

不過，如果是一般名詞的話，就會有冠詞問題，因為普通名詞會牽涉到**陰陽性、單複數**，如咖啡廳（le café）。

┃要點 3┃ venir 的用法 2：普通名詞 & 合併冠詞的現象 ━━━ 🎧 030.mp3

venir de 後面如果是普通名詞，以表示「從某某地方過來」的話，名詞前就要有冠詞，即「**venir + de + 冠詞 + 名詞**」。不過，若名詞為陽性時，會有合併冠詞（article contracté）的現象。請看以下例子說明。

陽性名詞 le cinéma 電影院
陰性名詞 la bibliothèque 圖書館

⬇

加上冠詞

de+陽性名詞 ~~de le~~ cinéma 從電影院
　　　　　　　↳ **du**
de+陰性名詞 de la bibliothèque 從圖書館

☞ 這裡請注意介系詞 de + le 的情況，正確的說法是：du

介系詞 de 與冠詞 le 須依文法規定合併成 **du**，與第 27 課提到的一樣，文法上稱之為 article contracté（合併冠詞）。也就是說，法語中出現 du 這個字就表示是 de 與 le 的合併字。

透過以上說明，以下來套用句型看看「venir du+ 陽性名詞」的用法。

S（主詞）＋ venir 的動詞變化 ＋ de ＋ 冠詞＋普通名詞

du ＋陽性名詞

Vous venez ~~de le~~ **cinéma**. 您從電影院過來。

☞ 正確說法：Vous venez **du cinéma**. （cinéma 電影院：陽性）

Tu viens ~~de le~~ **café**. 你從咖啡廳來。 （café 咖啡廳：陽性）

☞ 正確說法：Tu viens **du café**.

Il vient ~~de le~~ **musée**. 他從博物館來。 （musée 博物館：陽性）

☞ 正確說法：Il vient **du musée**.

　　不過這邊要小心，此合併字 du 與部分冠詞 du 的拼字一模一樣。

　　該如何區分到底是合併冠詞的 du，還是部分冠詞的 du，關鍵在於動詞，此時需要用動詞來分辨。請見以下解說。

▍要點 4 ▍ 區分 du 是「合併冠詞」還是「部分冠詞」　　　🎧 030.mp3

在句子中要區分「合併冠詞」和「部分冠詞」，要先看動詞，如果是及物動詞（verbe transitif），那麼 du 就是部分冠詞；如果動詞是不及物動詞，而且又是配合介系詞 de 的動詞時，此時 de 跟陽性冠詞合併出來的 du 就是合併冠詞。

及物動詞的情況

動詞 ＋ 部分冠詞 du ＋ 陽性名詞

（部分冠詞）
Je **prends** du café.

我喝咖啡。

└▶ prendre（拿）是及物動詞，後面不用介系詞，可直接放名詞。

☞ 既然句中沒有介系詞，因此這句中的 du 就是部分冠詞。du café 表示「一點咖啡」。

不及物動詞的情況

動詞 + 合併冠詞 du（介系詞 de+ 冠詞 le） + 陽性名詞

合併冠詞

Il sort du café.

他從咖啡廳出去。

➤ 當 sortir 的意思是「出去」時，是不及物動詞，須搭配介系詞 de，後面才能接名詞。

☞ 因為有介系詞 de，後面又有陽性冠詞 le，因此這句的 du 就是 de le 的合併冠詞。

接下來，如果遇到**母音開頭**或 **h 開頭**的陽性單數名詞，則不須產生合併冠詞現象，而是冠詞會縮寫成 **l'**。而遇上陰性單數名詞時也不產生合併冠詞現象。

🎧 030.mp3

以母音或 **h** 開頭的名詞

若是以母音或 h 開頭的名詞，此時不論名詞是陽性或陰性，**冠詞都會縮寫成 l'**。

Vous venez de l'école.

你們從學校來。（ école 學校：陰性，母音 é 開頭 ）

Il vient de l'hôtel.

他從飯店來。（ hôtel 飯店：陽性，h 開頭 ）

de la ＋陰性名詞

陰性的單數名詞不合併成 du。

Ils viennent de la maison.

他們從家裡來。（ maison 房子：陰性 ）

Elles viennent de la bibliothèque.

她們從圖書館來。（ bibliothèque 圖書館：陰性 ）

接下來要注意的是，複數名詞的情況。

雖然複數名詞的冠詞是 les，但並非用 de les + 複數名詞，而是 des + 複數名詞。

🎧 030.mp3

複數名詞 **les Puces** 跳蚤市場

↓ 加上冠詞

de+複數名詞 ~~de les~~ Puces 從跳蚤市場
└→ **des**

☞ 這裡請注意介系詞 de les，正確的說法是：des

---

des ＋複數名詞

介系詞 de 與 les 須合併成 des，這是合併冠詞的複數格式。

Elles viennent ~~de les~~ Puces.

她們從跳蚤市場來。（puce 跳蚤：陰性）

☞ 正確說法：**Elles viennent des Puces.**

總而言之，以上的重點主要是，法語的 des 是 de 與複數冠詞 les 的合併字，而 du 是 de 與陽性冠詞 le 的合併字。至於以母音或 h 開頭的單數名詞，則會產生冠詞的縮寫（l'），而陰性單數名詞的也皆不會做合併。

不過同樣地，也要小心合併字 **des** 與不定冠詞 **des** 的拼字一模一樣。該如何區分到底是**合併冠詞的 des**，還是**不定冠詞的 des**，關鍵一樣是在動詞。請見以下解說。

其方式與上述的要點 4 相同，需用動詞來分辨。如果是及物動詞（verbe transitif），那麼 des 就是不定冠詞；如果動詞是不及物動詞，而且又是配合介系詞 de 的動詞時，此時 de 跟複數冠詞合併出來的 des 就是合併冠詞。

及物動詞的情況

動詞 + 不定冠詞 des + 陽性名詞

（不定冠詞）
Je | prends | des frites.

我吃薯條。

▶ prendre（拿）是及物動詞，後面不用介系詞，可直接放名詞。

☞ 既然句中沒有介系詞，因此這句中的 des 就是不定冠詞。

不及物動詞的情況

動詞 + 合併冠詞 des（介系詞 de + 冠詞 les） + 複數名詞

（合併冠詞）
Il | sort | des toilettes.

他從洗手間出去。

當 sortir 的意思是「出去」時，是不及物動詞，須搭配介系詞 de，後面才能接名詞。

☞ 因為有介系詞 de，後面又有冠詞 les，因此這句的 des 就是 de les 的合併冠詞。

關於 de 的合併冠詞，請見以下所整理的圖表：

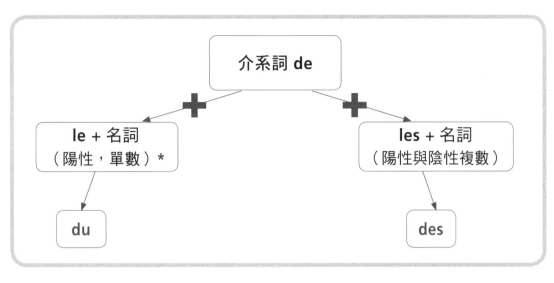

* 這邊要注意到，以**母音開頭**或 h **開頭**的名詞就不需要合併成 du，而是改成 de l'；而後面是陰性名詞的話，也是不合併，直接以 de la 表示。

前面提到過 venir de 後面可直接加上城市名，城市名前面不加上冠詞，不過若是**國家名**的話則會有**陰陽性、單複數**的問題，也就是會牽涉到冠詞。請接著看以下解釋。

┃ 要點 6 ┃ venir 的用法 3：加上國家名 ──────── 🎧 030.mp3

以下是要用 **venir de** 表示「來自某某國家」，當後面出現國家名的情況。此時若遇到**陽性國家名**時，介系詞用 **du**；遇到**複數國家名**時，介系詞則用 **des**，皆為合併冠詞的現象。但遇到**陰性國家名時，不須用冠詞。**

S（主詞）+ **venir 的動詞變化** +
┌ du + 國家名（陽性）
│ de + 國家名（陰性）
└ des + 國家名（複數）

Je	viens	du	Japon.
我	來	自	日本

國家名（陽性）

陽性國家名

遇到**陽性**單數的國家名時，de 需與冠詞合併成 du。

· Je **viens** du Japon.

　我來自日本。（Japon 日本：陽性）

複數國家名

遇到**複數**的國家名（陽性或陰性）時，de 需與冠詞合併成 des。

· Il **vient** des Etats-Unis.

　他來自美國。（Etats-Unis 美國：陽性複數）

陰性國家名／母音開頭的國名

如果遇到**陰性**單數或**母音開頭**單數的國名，只需用介系詞 de，不須用冠詞。

· Il **vient** de France.

　他來自法國。（France 法國：陰性）

· Elle **vient** d'Iran.

　她來自伊朗。（Iran 伊朗：陽性，母音開頭）

┃ 要點 7 ┃ venir 的用法 4：搭配介系詞 à ─────────── 🎧 030.mp3

動詞 venir 也可搭配介系詞 à，此時後面的地方名詞是「目的地」，而非「出發地」。

搭配 de　Il **vient** de Paris.

　　　他來自巴黎。☞ 出發地

搭配 à　Il **vient** à Paris.

　　　他來巴黎。☞ 目的地

---

　　venir 搭配介系詞 à 的用法，與 aller à 相同，詳細的內容請參考第 27 課。

簡短對話

 030.mp3

Ⓐ Ah bonjour! Je m'appelle Martin. Je **viens de** Taïwan.　　您好！我叫馬丁。我來自台灣。

Ⓑ Enchantée ! Moi, je suis Carine. Je **viens de** Toulouse.　　很榮幸認識您！我，我是卡琳。我來自土魯斯市。

Ⓐ Et lui ? Il s'appelle comment ?　　那他呢？他叫什麼名字？

Ⓑ C'est Jean. Il **vient du** Japon.　　他是尚。他來自日本。

Ⓐ Et elle ? Elle aussi ?　　那她呢？她也是嗎？

Ⓑ Non, elle **vient des** Etats-Unis. Elle s'appelle Lisa.　　不，她來自美國。她的名字是麗莎。

練習題

請在以下空格中練習 venir（來）的動詞變化與介系詞 de，並注意後面的冠詞是否需合併。

例）Paul ＿＿＿＿＿＿ café.

　　Paul <u>vient du</u> café.

(1) Tu ＿＿＿＿＿＿＿＿＿＿ Strasbourg ？

　　（Strasbourg 史特拉斯堡：城市名）

(2) Nous ＿＿＿＿＿＿＿＿＿＿ hôtel.（hôtel 旅館：陽性）

(3) Il ＿＿＿＿＿＿＿＿＿ gare.（gare 車站：陰性）

(4) Je ＿＿＿＿＿＿＿＿＿ Allemagne.

　　（Allemagne 德國：陰性國名）

(5) Vous ＿＿＿＿＿＿＿＿＿ école?（école 學校：陰性）

(6) David ＿＿＿＿＿＿＿＿＿ Danemark.

　　（Danemark 丹麥：陽性國名）

(7) Marco et Anna _____ Italie.

（Italie 義大利：陰性國名）

(8) Philippe et moi, nous _____ Pays-Bas.

（Pays-Bas 荷蘭：陽性複數國名）

(9) Les enfants _____ musée d'Orsay.

（musée d'Orsay 奧賽美術館：陽性）

(10) Jean-Paul et lui, ils _____ Espagne.

（Espagne 西班牙：陰性國名）

▶▶ 解答

(1) viens de
(2) venons de l'
(3) vient de la
(4) viens d'
(5) venez de l'
(6) vient du
(7) viennent d'
(8) venons des
(9) viennent du
(10) viennent d'

「談論旅行」用法文怎麼說

使用法文時，介系詞 de 也很常跟定冠詞（如 le, la, les）搭配，而且常出現合併冠詞的現象。以下將介紹**介系詞 de** 搭配定冠詞的情況與意義，尤其是針對**合併冠詞**的架構。

┃要點 1┃ 表示「從某某地方來」的意思　　🎧 031.mp3

如同上一課學過的「**venir de** + 冠詞 + 名詞」用法，「**de** + 冠詞 + 名詞」接在**具移動意義**（如：來、去）的動詞之後，帶有類似中文「從哪裡」的意思，相當於英語 **from** 之意，具地方補語的功能。要注意的是「**de+le**」會有合併冠詞的現象。

（de le 的合併）

S+ 動詞 + [**du**] + 陽性名詞

[**des**] + 複數名詞

[**de la**] + 陰性名詞

- Je sors **du** ~~(de le)~~ **bureau**.
  我從辦公室出來。（sors → sortir 出來：動詞）
- Elle arrive **du** ~~(de le)~~ **musée**.
  她從美術館來。（arrive → arriver 抵達：動詞）
- Vous venez **du** ~~(de le)~~ **Portugal**.
  你們來自葡萄牙。
- Tu viens **des** ~~(de les)~~ **Pays-Bas**.
  你來自荷蘭。

介系詞 de 在這裡的功能是引導地方補語，此時若名詞是**陽性單數**或是**複數**的地方名，介系詞 de 與冠詞皆須合併成 **du** 或 **des**。

「de + 冠詞」也可放在兩名詞中間，具有類似中文「的」的意義，相當於英語的 of，具有名詞補語的功能。

☞ 老師的書

有合併冠詞的現象

· Voilà le livre **du** ~~(de le)~~ **professeur**.

這是老師的書。

· Voilà le portable **du** ~~(de le)~~ **directeur**.

這是主任的手機。

· C'est la voiture **des** ~~(de les)~~ **Vincent**.

這是文森家的汽車。

· C'est la chambre **des** ~~(de les)~~ **enfants**.

這是孩子們的房間。

其他情況

陰性名詞或以母音開頭的名詞不會有合併冠詞現象。

· le crayon **de l'étudiant**   學生的筆

· la marque **de l'ordinateur**   電腦的品牌

· la clé **de la porte**   門的鑰匙

· les cheveux **de la fille**   女孩的頭髮

前面學過與介系詞 de 搭配的動詞 venir，以下來看看其他常見的幾個動詞。與「venir de + 地方」不同，以下動詞後面接的不是地方名詞。

・parler de 談論到有關於…

parler de 是指「談論到～」之意，相當於英語的 talk about，介系詞 de 的使用是因為動詞的關係（表示談論某某話題）。如果後方的名詞有使用定冠詞 le 或 les，都須合併冠詞。

S+ **parler 的動詞變化** + **du** + 陽性名詞

de la+ 陰性名詞

des+ 複數名詞

parler 的動詞變化	
Je	parle
Tu	parles
Il/Elle	parle
Nous	parlons
Vous	parlez
Ils/Elles	parlent

Je **parle** **du** **professeur de français.**
我　　 說話　關於　　　　法文老師

談論主題

Je parle du ~~(de le)~~ professeur de français.
我談到關於法文老師的事。

Il parle du ~~(de le)~~ voyage.
他談到有關於旅行的事。

以下的動詞跟 parler de 屬同一種結構，de 後面加上冠詞與主題即可。

rêver 的動詞變化	
Je	rêve
Tu	rêves
Il/Elle	rêve
Nous	rêvons
Vous	rêvez
Ils/Elles	rêvent

・rêver de 夢到…

Nous rêvons des ~~(de les)~~ filles.
我們夢到女孩們。

・avoir peur de 害怕…

Tu as peur du chien. 你怕狗。

Vous êtes content des notes.

你們對分數感到滿意。

　　除了學到了其他與 de 搭配的動詞之外，從以上例子還要注意到的是，介系詞 de 一旦遇上後面是定冠詞 le 或 les 的情況，都要做合併冠詞，也就是 de le 都須合併成 du，de les 都須合併成 des。

　　不過，du、des 跟部分冠詞、不定冠詞（du、des）的拼字相同，該如何區分而不混淆呢？以下做解說。

┃要點 4┃ 分辨合併冠詞、部分冠詞或不定冠詞 ━━━━━━ 🎧 031.mp3

上一課已解說過「合併冠詞」和「部分冠詞」或「不定冠詞」的區分，以下再來複習區分方式。正如之前提過的，區分方式要先看動詞，如果是及物動詞（verbe transitif），那麼 du 就是部分冠詞。若是不及物動詞（verbe intransitif），此時 de 跟陽性冠詞合併出來的 du 就是合併冠詞。本課學到的 parler de（談論到～）屬於不及物動詞，那麼 parler de+le 合併成的 du 就是合併冠詞，非部分冠詞。

不及物動詞的情況

> 合併冠詞（介系詞 de ＋冠詞 le）

Il |parle|du voyage.

他談到有關於旅行的事。

☞ 表示「談論～」的意思時，**parler** 是不及物動詞，後面要加上 **de**。

> 合併冠詞（介系詞 de ＋冠詞 les）

Nous|rêvons|des filles.

我們夢到女孩們。

└▶ 動詞 **rêver** 是不及物動詞，必須要有 **de** 介系詞才能接名詞，所以這裡的 **des** 是合併冠詞，而非不定冠詞。

及物動詞的情況

反之，如果是不須介系詞即可加名詞的動詞（及物動詞），那就是部分冠詞。

〔部分冠詞〕

Tu veux du thé.

你想喝茶。

→ vouloir 是及物動詞，不需要介系詞，所以 du 是部分冠詞。

〔不定冠詞〕

Vous avez des crayons?

您有鉛筆嗎？

→ avoir 是及物動詞，不須介系詞，所以 des 是不定冠詞。

簡短對話
031.mp3

A Salut Louise ! Bienvenue chez moi !　　路易斯你好！歡迎來我家玩！

B Merci !　　謝謝！

A Tu viens chez moi pour la première fois ? Tu veux visiter l'appartement ?　　你第一次來我家吧？你要參觀公寓嗎？

B Oui avec plaisir.　　好，很樂意。

A Voilà **la chambre des enfants**. Et c'est la cuisine et **la salle de bains**...　　這是小孩的房間。
這是廚房和浴室…

B C'est grand et confortable!　　很大又舒服！

A N'est-ce pas ? Allez, c'est **l'heure du dîner**. Tu veux du vin rouge ou du vin blanc ?　　對吧？走，晚餐時間到了。
你要紅酒還是白酒？

 **練習題**

請練習在以下空格中填入介系詞 de，並注意是否需合併。

例）Paul vient _____ café.

　　Paul vient _du_ café.

(1) Nous visitons l'appartement _____ voisins.

　　我們參觀鄰居們的公寓。　（voisin 鄰居：陽性）

(2) Elles parlent _____ l'école.

　　她們談論到有關於學校的事。　（école 學校：陰性）

(3) Pauline est contente _____ voyage.

　　寶琳對於旅行很滿意。　（voyage 旅行：陽性）

(4) C'est l'heure _____ déjeuner.

　　現在是午餐時間。　（déjeuner 午餐：陽性）

(5) Vous êtes responsable _____ voiture.

　　你們負責那台車子。　（voiture 汽車：陰性）

(6) Je sors _____ aéroport.

　　我從機場出來。　（aéroport 機場：陽性／ sors → sortir 出來）

(7) Philippe, tu as la clé _____ appartement ?

　　菲力普，你有公寓的鑰匙嗎？（appartement 公寓：陽性）

(8) Martine et Louisa viennent _____ bureau.

　　馬汀妮和露易莎從辦公室來。　（bureau 辦公室：陽性）

(9) C'est l'entrée _____ halles.

　　這是大廳入口。　（halles 大廳：陰性複數）

(10) Je parle _____ Jean-Marc.

　　我在談有關於尚馬克的事。

口語表達法

　　法語的問句有三種格式，本課先介紹最簡單的問句格式，此格式僅適用於口語表達，不適合於寫作。

▎要點 1 ▎問句的種類　　 032.mp3

就跟英文一樣，法文的問句種類主要可分為以下兩種：

封閉式的問句（**question totale**）

此問句指的是，回答方式僅限於 **oui** 或 **non**（相當於英文 **Yes** 或 **No** 問句）的疑問句，稱之為封閉式的問句。以下先想想會怎麼回答 **oui** 或 **non**。

先思考回答方式

| 回答 oui | 是的，我是法國人。 |
| 回答 non | 不，我不是法國人。 |

問句是

問句　**Tu es** français ?

　　　你是法國人嗎？

☞ 此時，僅能回答 Oui 或 Non：

Oui, je suis français.

Non, je ne **suis** pas français.

例句

Vous aimez le français ?　　您喜歡法語嗎？

Il habite à Taipei ?　　他住台北嗎？

開放式的問句（**question partielle**）

此問句指的是帶有疑問詞（如哪一個？什麼？哪裡？）的問句，且回答方式不能回答 **oui** 或 **non**，答案是開放式、無限定的，稱之為開放式的問句。以下先看看有哪些疑問詞與問句。

哪一個（quel, quelle 等）
什麼（quoi 等）　　　　　　疑問詞
哪裡（où）

問句是

問句 **Quelle est ta nationalité ?**

你的國籍是哪裡？

☞ 此時，可以回答的內容很廣泛：
Je suis français/américain/ japonais....

例句

Vous aimez quoi ?　　　您喜歡什麼？

Elle habite où ?　　　　她住哪裡？

接下來依序來看看這兩種問句的實際用法。

| 要點 2 | 封閉式問句（口語表達法：「直述句＋問號」）　🎧 032.mp3

法國人在口語中要表達像是「你是學生嗎？」等的 oui 或 non 疑問句時，很常這樣表達：
① 直接用**直述句**的語序。
② 句尾音調上揚，讓對方知道這是問句。

①

直述句 **Tu es étudiant.**

你是學生。

② 加上問號，語氣上揚

疑問句 **Tu es étudiant ?**

你是學生嗎？

由於講話時不會有字幕，看不到句尾的問號，所以語調很重要喔。

以下來看看其他例句，此類問句造法都是直接用直述句語序來改成問句的，要注意的是句尾語調要上揚。

直述句 **Tu es** étudiant.

改成問句 **Tu es** étudiant ?

你是學生嗎？

☞ 回答：
- **Oui**, je suis étudiant. 是的，我是學生。
- **Non**, je ne suis pas étudiant. 不是，我不是學生。

直述句 **Vous parlez** français.

改成問句 **Vous parlez** français?

您說法語嗎？

☞ 回答：
- **Oui**, je parle français. 是的，我說法語。
- **Non**, je ne parle pas français. 不，我不說法語。

直述句 **Il habite** à Taipei.

改成問句 **Il habite** à Taipei ?

他住在台北嗎？

☞ 回答：
- **Oui**, il habite à Taipei. 是的，他住在台北。
- **Non**, il n'habite pas à Taipei. 不，他不住在台北。

┃ 要點 3 ┃ 開放式問句（口語表達法：「直述句＋問號」）━━━━ 🎧 032.mp3

法國人在口語中要表達像是「在哪裡？」等的疑問句時，句中都會有疑問詞，且疑問詞皆可放在句首或句尾（大多放句尾），如以下表達方式：

① 直接用直述句的語序。

② 在句首或句尾加上疑問詞。

①

直述句 **tu** habites　你住

⬇

②加上疑問詞&問號

疑問句 **Tu** habites <u>où</u>(?)

<u>Où</u> **tu** habites?　你住在哪呢？

法語的口語表達規則，其實比較沒那麼嚴格，只要用直述句、並在句首或句尾加上疑問詞即可。以下來看看有哪些疑問詞以及相關的例句。

où 哪裡

[直述句] tu habites

[改成問句] Tu habites **où** ?

Où tu habites ? 你住哪裡？

☞ 回答：J'habite à New York. 我住在紐約。

comment 如何

[直述句] tu vas à Taipei

[改成問句] Tu vas à Taipei **comment** ?

Comment tu vas à Taipei ? 你如何去台北？

☞ 回答：Je prends la voiture. 我開車。

quand 何時

[直述句] vous venez

[改成問句] Vous venez **quand** ?

Quand vous venez ? 你們何時來？

☞ 回答：Je viens ce soir. 我今晚來。

quoi 什麼

[直述句] tu aimes

[改成問句] Tu aimes **quoi** ?

Quoi tu aimes ? 你喜歡什麼？

☞ 回答：J'aime la cuisine. 我喜歡美食。

qui 誰

[直述句] c'est

[改成問句] C'est **qui** ?

Qui c'est ? 這是誰？

☞ 回答：C'est Pauline. 是寶琳。

pourquoi 為何

直述句 il va à Paris

改成問句 Il va à Paris pourquoi ?

Pourquoi il va à Paris ? 為何他去巴黎?

☞ 回答：**Parce qu'il travaille.** 因為他要工作。

本課提到的疑問句造法，屬於口語形式，初學者可以馬上學會應用。

簡短對話

🎧 032.mp3

Ⓐ Regarde ! Il y a les photos de Linda.　看！有琳達的照片。

Ⓑ Linda ? **C'est** qui ?　誰是琳達？

Ⓐ C'est la tante Linda.　琳達阿姨。

Ⓑ **Elle fait** quoi comme travail ?　她是從事哪個行業？

Ⓐ Professeur de français.　法語老師。

Ⓑ Où **elle habite** ?　她住哪裡？

Ⓐ A Tours.　都爾市。

Ⓑ Elle a des enfants ?　她有小孩嗎？

Ⓐ Oui, trois.　有，三個。

練習題

請練習在以下空格中造問句，並根據底線提示造相對應的疑問句。以下為回答，請寫出最適當的問句。

例）Oui, je parle français.

　　Vous parlez français ? 或 Tu parles français ?

(1) Oui, j'aime le français.（是，我喜歡法語。）

(2) Non, il est informaticien.（不，他是資訊工程師。）

_____

(3) Nous allons à Paris.（我們去巴黎。）

_____

(4) Je travaille demain.（我明天工作。）

_____

(5) Parce qu'elle aime voyager.（因為她喜歡旅行。）

　　　　　　　　　　　　　　　apprendre le français?

(6) C'est Marie.（是瑪莉。）

_____

(7) Ça va bien.（很好。）

_____

(8) Non, je ne vais pas au cinéma.（不，我不去電影院。）

_____

(9) Oui, ils aiment beaucoup les bonbons.（是的，他們很喜歡糖果。）

Les enfants _____

(10) Parce que c'est très intéressant.（因為很有趣。）

　　　　　　　　　　　　　　　　　　　　ce film?

▶▶ 解答

(1) Tu aimes le français?（你喜歡法語嗎？）
(2) Il est médecin?（他是醫生嗎？）
(3) Vous allez où? 或 Où vous allez?（你們去哪裡？）
(4) Quand tu travailles? 或 Tu travailles quand?（你們何時工作？）
(5) Pourquoi elle veut apprendre le français?（為何她想學法語？）
(6) C'est qui? 或 Qui c'est?（是誰？）
(7) Comment ça va?（過得還好嗎？）
(8) Tu vas au cinéma?（你去電影院嗎？）
(9) Les enfants aiment beaucoup les bonbons?（小孩很喜歡糖果嗎？）
(10) Pourquoi tu veux voir ce film?（為何你想看這部影片？）

搭配 **est-ce que** 的問句句型

上一課介紹了法語口語形式的問句，本課將介紹第二種問句形式：est-ce que。這種形式可同時應用於口語表達中與寫作中。而在第 19 課時有先提到 Qu'est-ce que c'est？此問句，是「這是什麼？」的意思，這句中的 est-ce que 也是表達問句的基本句型。關於 est-ce que 的用法，其基本句型如下：

· **Est-ce que +** ⎡S（主詞）⎤ **+** ⎡V（動詞）⎤

· ⎡疑問詞⎤ **+ est-ce que +** ⎡S（主詞）⎤ **+** ⎡V（動詞）⎤

┃要點 1 ┃ est-ce que 的基本介紹 ──────── 🎧 033.mp3

上一課介紹了口語形式的問句，本課介紹的 est-ce que 為表達完整問句的句型，所以以後聽到 est-ce que 的句子就是問句。est-ce que 後面直接接續一直述句即可。

封閉式的問句

口語格式 **Vous êtes français ?**

同樣是直述句語序

est-ce que 格式 **Est-ce que vous êtes français ?**

☞ 與口語格式的句子意思相同，只是有 est-ce que 的句子語法比較完整，故可用於說或寫。

開放式的問句

口語格式 **Où vous habitez ?** 您住哪裡？

也是直述句語序

est-ce que 格式 **Où est-ce que vous habitez ?**

把疑問詞放在前面

在對話的口語表達中，造問句時無論有沒有 est-ce que 皆可，但在書寫的格式中要放 est-ce que。

不過，既然是問句，同樣會有封閉式與開放式的兩種問句，以下依序來看此兩類問句型態。

| 要點 2 | 封閉式問句（搭配 est-ce que） 🎧 033.mp3

也如同第 **32** 課所提到的，封閉式問句即像是「你是學生嗎？」等的 oui 或 non 疑問句。只不過，問句前面會搭配 est-ce que 來表達。

① 直接用直述句的語序。
② 在前面加上 est-ce que。
③ 句尾音調上揚。

①

口語格式 **Il est** professeur de musique ？

他是音樂老師嗎？

② 加上 est-ce que

③ 加上問號，語氣上揚

est-ce que 格式 **Est-ce qu'il est** professeur de musique**（?）**

他是音樂老師嗎？

當使用了 est-ce que 之後，聽者或讀者馬上就能知道這是問句，而不需要等到後面的問號。不過說話時語調還是要上揚。

以下來看看一些例句，此類問句造法都是直接用直述句語序，再加上 est-ce que 來改成問句的。

口語格式 **Il est** professeur de musique ？

est-ce que 格式 **Est-ce qu'il est** professeur de musique ？

他是音樂老師嗎？

☞ 回答：
Oui, il est professeur de musique.

是的，他是音樂老師。

Non, il n'est pas professeur de musique.

不，他不是音樂老師。

口語格式	**Elle travaille** à Paris ？
est-ce que 格式	**Est-ce qu'elle travaille** à Paris ？

她在巴黎工作嗎？

☞ 回答：

> **Oui**, elle travaille à Paris.
>
> 是的，她在巴黎工作。
>
> **Non**, elle ne travaille pas à Paris.
>
> 不，她沒有在巴黎工作。

口語格式	**Paul aime** le cinéma français ？
est-ce que 格式	**Est-ce que Paul aime** le cinéma français ？

保羅喜歡法國電影嗎？

☞ 回答：

> **Oui**, il aime le cinéma français.
>
> 是的，他喜歡法國電影。
>
> **Non**, il n'aime pas le cinéma français.
>
> 不，他不喜歡法國電影。

以上會發現到像是 **qu'il** 這樣，que 和主詞 il 縮寫的情況，這是因為 que 後方遇上母音開頭的主詞時需縮寫。此類問句的回答方式僅限於用 oui/non 來回應，所以句首以 est-ce que 開頭，與開放式問句的疑問詞（quand, pourquoi...）不同。以下就來看看以疑問詞開頭的開放式問句。

┃ 要點 3 ┃ 開放式問句（搭配 est-ce que） 🎧 033.mp3

如同第 **32** 課所提到的，開放式問句即像是「在哪裡？」等的疑問句，句中會有疑問詞。此時，在搭配 **est-ce que** 的情況下，疑問詞要放在句首，**est-ce que** 放於疑問詞後方。請見以下表達方式：

① 確定疑問詞。
② 在疑問詞後面直接用**直述句的語序**（即口語格式）。
③ 在疑問詞與直述句之間插入 est-ce que。

〔疑問詞〕 **Où** 哪裡

〔口語格式〕 Tu vas où ？（或 Où tu vas ？）②

③ 插入 est-ce que

〔est-ce que 格式〕 Où **est-ce que** tu vas ？

你去哪裡？

以下來看各類疑問詞的造句法與回應方式。

🎧 033.mp3

où 哪裡

〔口語格式〕 Tu vas où ？（或 Où tu vas ？）

〔est-ce que 格式〕 Où **est-ce que** tu vas ？

你去哪裡？

☞ 回答：Je vais **au cinéma**. 我去電影院。

comment 如何

〔口語格式〕 Il va comment ？（或 Comment il va ？）

〔est-ce que 格式〕 Comment **est-ce qu'**il va ？

他過得好嗎？

☞ 回答：Il va **très bien**. 他很好。

quand 何時

〔口語格式〕 Vous partez quand ？（或 Quand vous partez ？）

〔est-ce que 格式〕 Quand **est-ce que** vous partez ？

您何時出發？

☞ 回答：Je pars **demain**. 我明天出發。

〔partir 出發；離開〕

avec qui 和誰

口語格式 **Avec qui** tu voyages ？（或 Tu voyages **avec qui**？）

est-ce que 格式 **Avec qui est-ce que** tu voyages？你跟誰一起旅行？

qui 前面也常搭配介系詞，如 avec、à 等

☞ 回答：Je voyage avec Louis et Denise.

我跟路易和丹尼絲一起旅行。

pourquoi 為何

口語格式 **Pourquoi** tu veux apprendre le français？（或 Tu veux apprendre le français **pourquoi**？）

est-ce que 格式 **Pourquoi est-ce que** tu veux apprendre le français？你為何想學法語？

☞ 回答：Je veux apprendre le français **parce que** j'aime le français. 我學法語是因為我喜歡法語。

apprendre 學習

💬 **簡短對話**　　　　　　　　　　🎧 033.mp3

Ⓐ Valérie, **qu'est-ce que tu fais** après le Bac ?　　法萊瑞，高中會考後你要做什麼？

Ⓑ Je veux voyager un peu, Monsieur.　　老師，我想去旅行一下。

Ⓐ **Pourquoi est-ce que tu veux voyager ?**　　為何想旅行？

Ⓑ **Parce que** je voudrais élargir ma vision du monde.　　因為我想擴展世界視野。

Ⓐ **Où est-ce que tu veux voyager ?**　　你想去哪裡旅行呢？

Ⓑ En Europe, peut-être.　　也許歐洲吧。

Ⓐ **Est-ce que tu veux voyager** seule ?　　你是想一個人去嗎？

Ⓑ Hmm non, je préfère voyager avec une copine.　　嗯…不是的。我比較喜歡跟朋友旅行。

練習題

請練習在以下空格中用 **est-ce que** 造問句,並根據底線提示造相對應的疑問句。以下為回答,請寫出最適當的問句。

例) Oui, je parle français.

Est-ce que vous parlez français ? 或 _Est-ce que tu parles français ?_

(1) Non, ce n'est pas un sac.(不,這不是個包包。)

_____

(2) Elle habite <u>avec ses parents</u>.(她跟父母住。)

_____

(3) Oui, nous allons <u>à Tokyo</u>.(是,我們去東京。)

_____

(4) Il ne travaille pas <u>aujourd'hui</u>.(他今天不工作。)

_____

(5) <u>Parce qu'elle n'a pas le temps</u>.(因為她沒時間。)

_____

(6) J'aime <u>Lisa</u>.(我喜歡麗莎。)

_____

(7) Je suis <u>ingénieur</u>.(我是工程師。)

_____

(8) Il vient chez nous <u>demain après-midi</u>.(他明天下午來我們家。)

_____

(9) Elle va très bien.（她很好。）

_____

(10) Nous parlons à Paul.（我們在跟保羅談話。）

_____

◀◀ 解答

(1) Est-ce que c'est un sac?（這是不是包包呢？）

(2) Avec qui est-ce qu'elle habite?（她跟誰同住呢？）

(3) Est-ce que vous allez à Tokyo?（你們去東京嗎？）

(4) Quand est-ce qu'il ne travaille pas?（他何時不工作呢？）

(5) Pourquoi est-ce qu'elle ne vient pas?（為何她不來呢？）

(6) Qui est-ce que tu aimes?（你喜歡誰？）

(7) Qu'est-ce que vous faites comme métier?（您做哪一行的呢？）

(8) Quand est-ce qu'il vient chez nous?（他何時來找我們呢？）

(9) Comment est-ce qu'elle va?（她過得如何？）

(10) À qui est-ce que vous parlez?（你們在跟誰說話呢？）

Leçon 34
主動詞顛倒的問句句型

前面兩課介紹了口語表達以及搭配 est-ce que 的兩種問句形態，本課要介紹法語的第三種問句格式，是比 est-ce que 問句更講究的正式格式，可稱 **主動詞顛倒格式**，或是倒裝格式。雖然也是說與寫皆可用，但寫作時較常見。

▌ 要點 1 ▌ 基本概念　　　　　　　　　　　🎧 034.mp3

封閉式的問句：être 動詞

〔口語格式〕　**Vous êtes français ?**

〔倒裝格式〕　**Etes-vous français ?** 您是法國人嗎？

☞ 此時動詞 êtes 被提到句首，而且會加上連結號。

封閉式的問句：一般動詞

〔口語格式〕　**Tu prends un café ?** 你要喝杯咖啡嗎？

〔倒裝格式〕　**Prends-tu un café ?**

☞ 此時動詞與主詞的位置交換，句中也沒有 est-ce que，而且加上連結號。

〔est-ce que 格式〕 **Est-ce que tu prends un café ?**

☞ 如果用 est-ce que，主詞和動詞位置不能交換位置。

開放式的問句

〔口語格式〕　**Vous habitez où ?** 您住哪裡？

〔倒裝格式〕　**Où habitez-vous ?**

☞ 此時動詞與主詞的位置交換，句中也沒有 est-ce que，而且會加上連結號。

> est-ce que 格式 **Où est-ce que vous habitez ?**

☞ 如果用 est-ce que，主詞和動詞位置不能交換位置。

| 要點 2 | 封閉式問句（主動詞顛倒） 🎧 034.mp3

要表達像是「你是學生嗎？」等的問句，主動詞顛倒的問句的造句法其實很單純，只要把動詞放句首，主詞放在其後，並加上連字號即可。

① 找到口語格式中的**動詞**。
② **動詞**與主詞的位置交換，**動詞**放在句首。
③ 動詞與主詞之間加上**連字號**。

口語格式 **Vous travaillez à l'hôpital ?**

② 動詞與主詞的位置交換

倒裝格式 **Travaillez-vous à l'hôpital ?**

您在醫院工作嗎？

　　主動詞顛倒的表達法因為動詞在前、主詞在後，聽者或讀者也是能馬上知道這是問句，而不需要等到後面的問號。不過語調還是要上揚，來讓問句的意義更明確。以下來看看其他例句與回答方式。

🎧 034.mp3

口語格式 **Vous travaillez à l'hôpital ?**

倒裝格式 **Travaillez-vous à l'hôpital ?**

您在醫院工作嗎？

☞ 回答：

Oui, je travaille à l'hôpital.
是的，我在醫院工作。

Non, je ne travaille pas à l'hôpital.
不，我不在醫院工作。

口語格式 **Elle** aime sortir ?

倒裝格式 ~~Aime-elle~~ sortir ? → **Aime-t-elle** sortir ?

她喜歡出門嗎？ 加上 t 之後，唸 aime 和 elle 時會比較順。

☞ 回答：
> **Oui**, elle aime sortir.
> 是的，她喜歡出門。
> **Non**, elle n'aime pas sortir.
> 不，她不喜歡出門。

口語格式 **Il habite** à New York ?

倒裝格式 ~~Habite-il~~ à New York ? → **Habite-t-il** à New York ?

他住紐約嗎？ 加上 t 之後，唸 Habite 和 il 時會比較順。

☞ 回答：
> **Oui**, il habite à New York.
> 是的，他住在紐約。
> **Non**, il n'habite pas à New York.
> 不，他沒有住在紐約。

發音筆記

Aime-t-elle
[ɛm tɛl]

Habite-t-il
[abit til]

以上會發現到像是 Aime-t-elle 這樣，動詞與主詞之間出現 t 的情況，這是因為動詞與主詞在交換位置之後，**aime 的字尾 e 與 elle 的字首 e 兩字母相撞會不太好唸**，所以加上子音 t，來讓 t 與 elle 連音，這樣唸起來比較順。因此要注意到，**如果主詞是 il 或是 elle**（或是 on ☞ 關於 on 請見第 39 課），**且動詞又是母音結尾，在造倒裝格式的問句時，就須加上 t 來調整其發音。** ☞ 連音方式請見上面的發音筆記。

以上此類問句的回答方式僅限於用 oui/non 來回應，所以問句的句首以動詞開頭，而沒有疑問詞。以下就來看看以疑問詞開頭的開放式問句。

要點 3 開放式問句（主動詞顛倒） 🎧 034.mp3

要表達像是「你在哪裡呢？」等有疑問詞的問句，其問句的造句法也很單純，疑問詞要放在句首，接著一樣是要交換動詞與主詞的位置，並加上連字號。請見以下表達方式：

① 確定疑問詞。
② 動詞與主詞的位置交換，動詞放在疑問詞之後。
③ 動詞與主詞之間加上連字號。

①

疑問詞 **Où** 哪裡

口語格式 Tu **travailles où**?

↓ ② 動詞與主詞的位置交換

倒裝格式 **Où travailles-tu**？

③

以下來看各類疑問詞的造句法與回應方式。

🎧 034.mp3

où 哪裡

口語格式 Tu **travailles où**？

倒裝格式 **Où travailles-tu**？ 你在哪裡工作？

☞ 回答：Je travaille **au cinéma**. 我在電影院工作。

comment 如何

口語格式 Elle **est comment**？

倒裝格式 **Comment est-elle**？ （你覺得）她如何／怎麼樣呢？

☞ 回答：Elle est **jolie et très gentille**. 她漂亮又善良。

quand 何時

口語格式 Vous **dînez quand**？

倒裝格式 **Quand dînez-vous**？ 您何時吃晚餐？

☞ 回答：Je dîne **quand je veux**. 當我想吃晚餐時我就吃。

quel âge 幾歲

(口語格式) Elle a quel âge ?

(倒裝格式) Quel âge a-t-elle ?

她幾歲？

☞ 回答：Elle a seize ans. 她 16 歲。

以上是以疑問詞開頭的問句，而後面的結構同樣保持倒裝格式，以**動詞 – 主詞**順序來表達。但要注意的依然是動詞和主詞之間的順序及發音，尤其如果主詞是 il 或是 elle（或是 on ☞ 關於 on 請見第 39 課），且動詞又是母音結尾，在造倒裝格式的問句時，就須加上 t 來調整其發音。以下來看看開放式問句，若改用 est-ce que 來表達會是如何呈現。

・**Où est-ce que** tu travailles ? 你在哪裡工作？

・**Comment est-ce qu'**elle est ? 她如何呢？

・**Quand est-ce que** vous dînez ? 您何時吃晚餐？

・**Quel âge *est-ce qu'***elle a ? 她幾歲？

☞ 請注意此句用 est-ce que 造問句，語法雖然沒錯，但幾乎沒人會用。

語言中有些格式雖然依文法來說是沒錯的，但實際用法卻不一定會有人使用，所以學習過程中，盡量用常見句子來表達比較不會有問題。

簡短對話
🎧 034.mp3

Ⓐ Bonjour, Madame. Je voudrais m'inscrire au cours de français, niveau 2. | 女士您好，我想報名法語課第二級。

Ⓑ D'accord. **Comment vous appelez-vous**, s'il vous plaît ? | 好的。請問貴姓大名？

Ⓐ Je m'appelle Philippe Legrand. | 我是菲力浦・樂恭。

Ⓑ **Quel âge avez-vous** ? | 您幾歲？

Ⓐ J'ai vingt ans.　　　　　　　　　20 歲。

Ⓑ Quel est votre numéro de
téléphone ?　　　　　　　　　　您的電話幾號？

Ⓐ 06-32-56-98-78.　　　　　　　　0632569878.

 練習題

請練習在以下空格中用**主動詞顛倒法**來造問句，並根據底線提示造相對應的
疑問句。以下為回答，請寫出最適當的問句。

例) Oui, je parle français.

Parlez-vous français ? 或 Parles-tu français ?

(1) Oui, je voudrais travailler <u>en France</u>.（是的，我想在法國工作。）

_____

(2) Parce qu'elle est malade.（因為她生病了。）

Pourquoi ne _____ à l'école?

(3) Non, nous ne travaillons pas demain.（不，我們明天不工作。）

_____

(4) Il prend <u>le métro</u>.（他搭地鐵。）

_____ au travail?

(5) Il prend un café avec <u>Paul et David</u>.（他跟保羅與大衛喝咖啡。）

_____

(6) Oui, nons sommes étudiants.（是，我們是學生。）

_____

(7) Je viens chez vous <u>demain soir</u>.（我明晚會來你們家。）

_____

(8) Parce que je veux pratiquer le français.（因為我想要練習法語。）

_____ en France?

(9) C'est mon professeur.（這是我的老師。）

_____

(10) Il veut une voiture rouge.（他要一輛紅色的車。）

_____

法文表示「什麼」的 3 個分身

quoi、que 還有 qu'est-ce que 在法語中，都是表示「什麼」的疑問詞，主要用來指事物，也就是相當於英文的 what。我們稱此三者為同一字的分身，因為負責的任務不同。

│要點 1│ quoi 的用法 🎧 035.mp3

quoi 表示「什麼」時，為疑問詞功能，主要出現在動詞或介系詞後面。基本的句型如下：

S（主詞） + ┌ **V（動詞）** + **quoi** ?

└ **V（動詞）+prep.（介系詞）** + **quoi** ?

prep.（介系詞） + **quoi** + **S（主詞）** + **V（動詞）** ?

Tu	**fais**	**quoi** ?
你	做	什麼

（接在動詞後）

Tu	**parles de**	**quoi** ?
你	說　　關於	什麼

（接在介系詞後）

例句

· **Tu fais** quoi ?—Je regarde la télé.

你在做什麼？—我在看電視。

· **Il aime** quoi ?—Il **aime** le thé vert.

他喜歡什麼？—他喜歡綠茶。

- **Tu parles de quoi ?**—Je **parle de** l'école.

  你在說什麼？─我談有關於學校的事。

  ☞ 要表達「談論～某某事情」的意思時，parler 要搭配介系詞 de。

- **Avec quoi tu manges ?**—Je **mange avec** une fourchette.

  你用什麼東西吃？─我用叉子吃。

這邊請注意到，quoi 常用於口語格式，並放在動詞後面的位置。不過 quoi 也可單用，用作訝異時的驚嘆語，有搭配介系詞時，介系詞放置於句首。

- Je veux manger 10 kilos de pommes ! ─ Quoi !!!

  我要吃 10 公斤的蘋果！─什麼！！！

- De quoi tu parles ?!

  你在說什麼？！

雖然口語常見，但也勿濫用，如果用太多會讓人覺得像是青蛙般聒噪。

理解了 quoi 的用法之後，我們先來看看以下關於 que 的例句，接著再跟 quoi 的例句做比較：

Que	Quoi
Que fais-tu ? 你在做什麼？ ←→	Tu fais **quoi** ? 你在做什麼？
Qu'aime-t-il ? 他喜歡什麼？ ←→	Il aime **quoi** ? 他喜歡什麼？

┃要點 2┃que 的用法 　　　　　　　　　　🎧 035.mp3

從以上述例子來看，que 也是「什麼」意思的疑問詞，但只能放在句首，而且語順必須是「**Que- 動詞 - 主詞**」的順序（主詞與動詞顛倒擺放）。que 一般用於寫作，雖然用於口說也是可以，但只會讓人聽起來比較優雅。初學者可先理解此句型，實際在口語表達時建議用最簡易的口說格式。基本的句型如下：

Que + V（動詞）- S（主詞）

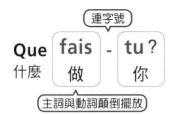

Que fais - tu ?
什麼　做　你

連字號

主詞與動詞顛倒擺放

例句

Que prends-tu ?—Je **prends** un chocolat.

你點什麼？—我點了杯可可。

Que fait-il ?—Il **travaille** dans le bureau.

他在做什麼？—他在書房工作。

Qu'est-ce?—C'est un portable.

這是什麼？—這是手機。

　　que 除了用作「什麼」意思的疑問詞之外，也有作為**連接子句**（從句）的**連接詞**功能，相當於英語關係代名詞 that 的功能，用於複雜句中。由於不是疑問詞的範圍，因此在此簡單舉例說明。

que 的連接詞用法

連接詞功能的 que 出現於動詞後面，連結另一個句子，所以稱為子句連接詞（此時的 que 不是疑問詞喔）。既然不是疑問詞，也就沒有「什麼」的意思。

S + V+ que + 子句（S + V）**.**

・Je pense que Brigitte travaille trop.
　我認為碧姬工作過量。☞penser 想，認為

・Il dit que la professeur ne vient pas aujourd'hui.
　他說老師今天不來。☞ dire 說

表示「什麼」意思的另一個分身，也是相當於英文疑問詞 **what** 的，正是 **Qu'est-ce que**，要注意的是，此片語也是僅放於句首。我們在第 **19** 課有學過 **Qu'est-ce que c'est**？（這是什麼），在第 **33** 課有學過表示疑問句的 **est-ce que** 格式，因此不難理解 **Qu'est-ce que** 句型是由表示「什麼」的 **Que** 和表示疑問句的 **est-ce que** 所縮寫組合成的。

Qu'est-ce que + S（主詞） **+** V（動詞） **?**

Qu'est-ce que ‖ tu ‖ fais **?**
　　　　　什麼　　你　　做

是 Que 和
est 的縮寫

Qu'est-ce que tu prends ?—Je **prends** une glace.

你點什麼？—我點了個冰淇淋。

Qu'est-ce qu'il aime ?—Il **aime** la danse espagnole.

他喜歡什麼？—他喜歡西班牙舞。

Qu'est-ce que tu manges ?—Je **mange** une poire.

你在吃什麼？—我吃梨子。

　　請仔細看，qu'est-ce que 是 que + est-ce que 所縮寫組合成的，我們已於前面幾課中提及三種問句格式：口語格式、**est-ce que** 格式與主動詞顛倒擺放格式。因此 qu'est-ce que 屬於 est-ce que 的疑問句句型。

以下將透過學過的例句，來比較 **quoi**、**que** 以及 **qu'est-ce que** 的三種用法。

口語格式　　　　Tu **prends** quoi ?

倒裝格式　　　　Que **prends**-tu ?

est-ce que 格式　Qu'est-ce que tu **prends** ? 你點什麼？

☞ 回答：Je prends une glace. 我點了個冰淇淋。

口語格式	Elle **fait** quoi？
倒裝格式	Que **fait**-elle？
est-ce que 格式	Qu'est-ce qu'elle **fait**？她在做什麼？

☞ 回答：Elle fait la vaisselle. 她在洗碗。

口語格式	Tu fais **quoi** comme métier?
倒裝格式	Que **fais**-tu comme métier？
est-ce que 格式	Qu'est-ce que tu **fais** comme métier?

你是做哪一行的？

☞ 回答：Je suis ingénieur. 我是工程師。

以上會發現到，疑問詞 quoi 在口語格式時是 Tu fais quoi... ?，但在搭配 est-ce que 時是 Qu'est-ce que tu fais... ?，主要是因為 quoi 僅能放在動詞後面，不能放在句首當作疑問詞。此時會需要表示「什麼」的疑問詞 que 放在句首來跟 est-ce que 連接，而因為 est 是母音開頭，因此字首連接的 que 會縮寫成 qu'。

總而言之，quoi 用於口語的表達、que 用於主詞動詞顛倒的句型中，屬於比較正式的句型，而 qu'est-ce que 屬於 est-ce que 的問句格式，主動詞不能顛倒，是通用於口說與寫作的句型。此三者皆是相當於英文疑問詞 what 的意思，只是句型結構、使用場合不同。

簡短對話

🎧 035.mp3

Ⓐ Linda, **qu'est-ce que** tu **regardes**？　　琳達，你在看什麼？
Ⓑ Les photos de mon ami.　　我男友的照片。

Ⓐ Quoi？C'est ton petit ami？　　什麼？他是妳男友？
Ⓑ Oui.　　是呀。

Ⓐ Il **fait** quoi comme travail？　　他從事哪個行業？
Ⓑ Professeur de français.　　法語老師。

Ⓐ Qu'est-ce qu'il **aime**？　　他喜歡什麼？
Ⓑ Il aime la danse espagnole.　　他喜歡西班牙舞。

 **練習題**

請練習依句型需求在空格中填入 Quoi、qu'est-ce que 或是 que。

例）Il fait _____ comme travail ?—Professeur de français.

Il fait <u>quoi</u> comme travail ? —Professeur de français.

(1) _____ Paul achète au supermarché ?—Il achète un paquet de biscuits.

保羅在超市買什麼？—他買一盒餅乾。（acheter 買）

(2) Vous voulez _____ au restaurant ?

—Je veux du poulet rôti. 在這餐廳您想要什麼？—我想要烤雞。

(3) Il y a _____ dans le sac ? Il y a des livres.

包包裡有什麼？—有書。

(4) _____ lit-il ?—Il lit un magazine de mode.

他在讀什麼？—他在看一本時裝雜誌。（lit→lire 閱讀）

(5) De _____ tu as besoin ?—J'ai besoin d'un stylo bleu. 你需要什麼？—我需要一枝藍色原子筆。（avoir besoin de 需要）

(6) _____ aimez-vous ? —J'aime les gâteaux français.

您喜歡什麼？—我喜歡法式蛋糕。

法文表示「哪一個」的疑問詞

　　quel 為法語的疑問詞，但也有人稱之為疑問形容詞，原因是因為 quel 後面也會接名詞，是類似英語 which (one) 的疑問詞。而名詞因為有陰陽性與單複數，也因此在使用 quel 時須配合名詞的陰陽性與單複數來做形態變化，即以下這四種不同形態：quel（陽性單數）、quelle（陰性單數）、quels（陽性複數）、quelles（陰性複數）。請參考下表：

	陽性	陰性
單數	quel	quelle
複數	quels	quelles

　　了解形態之後，接著來看看 quel 的用法。

┃要點 1┃ 用法 1－與所有格搭配　🎧 036.mp3

此用法多與 **être** 動詞與所有格搭配使用。請先看以下例句。

以上此句子中的 quel 為陽性單數，主要是因為搭配的名詞 nom（姓）為陽性單數。接著看看以下 quel 不同形態的例句。

例句

Quel 陽性單數

Quel est votre nom？

您貴姓？　☞ 搭配 nom（姓）：陽性單數

Quelle 陰性單數

Quelle est votre nationalité ？

您是哪一國人？ ☞ 搭配 nationalité（國籍）：陰性單數

Quels 陽性複數

Quels *sont* vos centres d'intérêt ？

您的興趣是什麼？

☞ 搭配 centres d'intérêt（興趣）：陽性複數

Quelles 陰性複數

Quelles *sont* vos qualités ？

您的優點是什麼？ ☞ 搭配 qualités（優點）：陰性複數

看完了以上的例句之後，除了要注意到 Quel 的陰陽性單複數變化之外，也要注意到 Quels 和 Quelles 搭配的 être 動詞是 sont，而非 est。此外，votre, vos 都是 vous 的所有格，當後面接的名詞是單數時要搭配 votre 使用，是複數時搭配 vos 使用。

▎要點 2 ▎用法 2 – 放於名詞之前 　　　　　　　　　🎧 036.mp3

quel 也用於名詞之前，就像是形容詞一樣做修飾，要注意的是 quel 也是會配合名詞的陰陽性單複數做變化。不過此用法的句型結構多樣，取決於造問句時的問句方式（口語格式或是倒裝格式）。

Quel + N（名詞） + **V** + **S**

Quels films aimes-tu?
哪一個 電影 　　你喜歡

（隨後面的名詞性別、數量做變化）

哪一個
Quel/Quelle + 名詞（單數）
Quels/Quelles + 名詞（複數）
哪些

以上此句子中的 quels 為陽性複數，主要是因為搭配的名詞 films 為陽性複數。

例句

Quel 陽性單數

Il fait **quel temps**？

天氣如何？ ☞ 搭配 temps（天氣）：陽性單數

Quelle 陰性單數

Le film se passe dans **quelle salle**？

電影在哪一個廳上演？ ☞ 搭配 salle（廳，室）：陰性單數

Quels 陽性複數

Quels films aimes-tu？

你喜歡哪些影片？ ☞ 搭配 films（影片）：陽性複數

Quelles 陰性複數

Quelles couleurs voyez-vous？

您看到哪些顏色？ ☞ 搭配 couleurs（顏色）：陰性複數

　　以上介紹了 quel 造兩種疑問句的用法，接下來看看比較特別的用法。雖然 quel 是疑問詞，但也可搭配名詞變成感嘆語句來使用，此時就跟問句就無關了。

要點 3 | 用法 3 – 感嘆句　　　　　　　🎧 036.mp3

此用法主要會搭配形容詞與名詞，或是單純搭配名詞。

Quel+Adj.（形容詞）+ N（名詞） ！

Quel + N（名詞） ！

| **Quelle** 多麼 | **bonne idée** 好的　主意 |

隨後面的名詞性別、數量做變化

Quel beau **temps** !	多麼好的天氣啊！
Quelle bonne **idée** !	多麼好的主意啊！
Quels beaux **paysages** !	好美的風景啊！
Quelles jolies **photos** !	好漂亮的照片啊！
Quel **dommage!**	好可惜！

簡短對話　🎧 036.mp3

Ⓐ Bonjour ! Je voudrais un rendez-vous avec Docteur Leschamps.　您好！我想跟萊尚醫生約診。

Ⓑ D'accord, **quel est votre nom ?**　好，請問您貴姓？

Ⓐ Ferro.　菲歐。

Ⓑ Quand voulez-vous un rendez-vous ?　您想約何時？

Ⓐ Vendredi matin, à 11 heures, c'est possible ?　星期五早上 11 點，可能嗎？

Ⓑ Oui. **Quel est votre numéro de téléphone ?**　可以。您的電話號碼幾號？

Ⓐ C'est le 06-65-98-01-98.　是 0665980198。

練習題

請練習在空格中填入 quel, quelle, quels 或是 quelles。

例）＿＿＿＿＿＿＿＿ films aimes-tu?

　　Quels films aimes-tu?

(1) ＿＿＿＿＿＿＿＿ est votre prénom ?

　　您的名字是什麼？（prénom 名字：陽性）

(2) Vous habitez dans ＿＿＿＿＿＿ ville en France ?

您住在法國的哪個城市？（ville 城市：陰性）

(3) ＿＿＿＿＿＿ est votre saison préférée ?

您最愛的季節是哪一個？（saison 季節：陰性）

(4) ＿＿＿＿＿＿ beau bébé !

好可愛的寶寶！（bébé 嬰兒：陽性）

(5) ＿＿＿＿＿＿ heure est-il ?

現在幾點鐘？（heure 點鐘：陰性）

(6) Vous avez ＿＿＿＿＿＿ âge ?

您貴庚？（âge 年紀：陽性）

(7) Il fait ＿＿＿＿＿＿ temps ?

天氣如何？（temps 天氣：陽性單數）

(8) Regarde! ＿＿＿＿＿＿ belles fleurs !

看！好美的花！（fleurs 花：陰性複數）

(9) Voulez-vous voir ＿＿＿＿＿＿ film ?

您想看哪部影片？（film 影片：陽性）

(10) Il y a deux cartes postales. Tu préfères ＿＿＿＿＿＿ carte postale ?

有兩張明信片。你喜歡哪一張？（carte postale 明信片：陰性）

◀◀ 解答

(1) Quel
(2) quelle
(3) Quelle
(4) Quel
(5) Quelle

(6) quel
(7) quel
(8) Quelles
(9) quel
(10) quelle

37 相當於英文的虛主詞 it

　　法語的第三人稱 il，用於某些句型時並非用來指稱人物，並非「他」的意思，也不是用來替代其他事物，而是相當於英文的虛主詞 it，所以稱為**非人稱代名詞**（le pronom impersonnel），又稱中性代名詞。不過要注意到，此非人稱代名詞沒有複數格式，固定都是單數。請見以下用法：

▌要點 1 ▌ 表示天氣　　　　　　　　　　　🎧 037.mp3

相當於英文的 **It rains.**（下雨），法語表達天氣時，大多會使用非人稱代名詞 **il** 搭配天氣的動詞（如下雨、下雪）。

Il + 天氣的動詞（配合 **il** 做變化）.

Il pleut.
下雨

> 表示天氣的動詞，
> 並配合 il 做變化。

> 單字筆記
> beau 美的；（天氣）晴朗的
> chaud 熱的
> froid 冷的
> soleil ⓜ 太陽
> nuage ⓜ 雲

例句

Il pleut.　　在下雨。☞ 原形 pleuvoir

Il neige.　　在下雪。☞ 原形 neiger

Il vente.　　起風。☞ 原形 venter

Il tonne.　　在打雷。☞ 原形 tonner

Il fait beau/chaud/froid.　　天氣很好／熱／冷。☞ fait 的原形為 faire

Il y a du soleil/des nuages.　　有陽光／多雲。

　　透過以上例句，只要跟天氣相關的，主詞都要用非人稱代名詞 il，且動詞隨 il 做變化。另外，我們在前面第 25 課學過 faire 的用法，其中的一個

用法「Il fait + 天氣形容詞」正是跟天氣有關。此時要注意，表達天氣的用法，有「Il+ 天氣的動詞」以及「Il+fait + 天氣形容詞」☞ 關於 il fait 用法可參考第 25 課。

┃要點 2┃表示必須：falloir 🎧 037.mp3

下一個常用的表達是「必須～」，也是搭配非人稱代名詞 **il** 來使用的用法。

Il + 表示必須的動詞：**falloir** **+** **V₀(動詞原形)** .

Il **faut** **partir**.
　　　必須　　離開

> 配合 il 變化成 faut。　☞ 原形 falloir

例句

Il faut partir.
必須離開。

Il faut travailler.
必須工作／用功念書。

使用 **Il faut~** 時，如 Il faut partir.（必須離開）雖然句子中沒有你我他等的對象，但要依對話的情境來判斷是在對誰說話，由對話的上下文來決定對象是誰。不過不管對象是誰，句子的主詞一律用**非人稱代名詞 il**。

┃要點 3┃表示關於：s'agir de 🎧 037.mp3

另一個常用的表達是「有關於～」，也要搭配非人稱代名詞 **il** 來使用。

Il + 表示關於的表達：**se + agir + de** **+** **N.(名詞)** .

Il **s'agit d'** **un livre important**.
　　　有關於　　　一本重要的書

> 配合 il 變化成 agit。

> 單字筆記
> projet m 計畫
> avenir m 未來
> important 重要的

例句

Il s'agit de votre projet d'avenir.

有關於您的未來計畫。

Il s'agit d'un livre important.

有關一本重要的書。

s'agir de 是表示「有關於～」的片語，由反身代名詞 se、動詞 agir、介系詞 de 組成，主詞也是只能用 il，跟人稱無關。

│ 要點 4 │ 表示時間 ──────── 🎧 037.mp3

非人稱代名詞 **il** 很常使用在時間上的表達。此時的 **il** 是非人稱，為表達時間的主詞，與「他」無關。

表達幾點

Il + ▐être 動詞▌ **+** ▐數字 + heure(s)▌ **.**

Il est ▐**12 heures.**▌
　　是　　　12 點

例句

Il est une heure (pile).

現在 1 點（整）（1:00）。☞pile 可以加或不加，強調一點整。

Il est une heure cinq.

現在 1 點 5 分（1:05）。

Il est une heure quinze.

現在 1 點 15 分（1:15）。

問時間幾點

若是要表達問句，問「現在幾點了」，也是搭配非人稱代名詞 il 來表達。主要有以下兩種表達方式：

· **Il est quelle heure ？** ☞ 口語表達

· **Quelle heure est-il ？** ☞ 主動詞顛倒問句

　　現在幾點了？

常使用非人稱代名詞 **il** 當作主詞的，還有以下這幾個動詞與片語。

il y a ＋名詞

il y a 可以用來描述「有～」，等同於英文的 there is, there are，後面只接名詞。

Il y a un sac sur la table.

桌上有個袋子。

il se passe ＋名詞

se passer 為反身動詞，搭配非人稱的 il 可表示發生什麼事。

Il se passe quelque chose dans ce parc.

這公園有事發生。

il reste ＋名詞

動詞 rester（留下）雖然也可以搭配其他人稱，但這裡搭配的 il 是跟人無關，是「剩下」的意思。

Il reste assez de pain pour demain?

明天麵包夠嗎？

il arrive ＋名詞

動詞 arriver 原本是「抵達」的意思，不過在這裡指有事發生在人身上。

Il arrive quelque chose à mon enfant.

有事發生在我孩子身上（我的小孩發生事情）。

il suffit de ＋動詞／名詞

動詞 suffire 原本是「滿足、足夠」的意思，搭配 il、後面接介系詞 de 是「只需要做～就夠了」的意思。介系詞 de 後面可接名詞，可接原形動詞。

Il suffit de prendre le métro.

搭地鐵就夠了。

　　事實上還有其他許多動詞也是這樣搭配**非人稱代名詞 il** 來使用的，未來遇到這些動詞時要注意，並記誦下來。

Ⓐ Bonjour Tiphaine! Il fait froid aujourd'hui.　　提凡妮你好！今天天氣很冷。

Ⓑ Oui oui...il **va** pleuvoir.　　對對…快下雨了。

Ⓐ Il **ne** faut **pas oublier** ton parapluie...　　不能忘記帶你的傘喔…

Ⓑ Ah...　　啊…

Ⓐ **Qu'est-ce qu'il y a** ?　　怎麼了？（發生什麼事？）

Ⓑ Mon parapluie est cassé...　　我的傘壞了…

練習題

請練習依提示及中文翻譯在底線填入動詞。

例）Il _____ une heure pile. 現在 1 點整。

　　Il _est_ une heure pile.

(1) Il _____ (faire) 30°C.

天氣溫度 **30** 度。

(2) Il y _____ (avoir) trois étudiants dans la salle.

有三位同學在教室。

(3) Il _____ (être) 20H30.

現在晚上八點三十分。

(4) Il va _____ (tonner) ce soir.

今晚要打雷了。

(5) Qu'est-ce qu'il _____ (se passer) ?

發生什麼事？

(6) Il _____ (suffire) de dormir.

睡覺就足夠了。

(7) Il _____ (falloir) dormir tôt.

必須早睡。

(8) Il _____ (rester) un peu de café. Tu veux ?

還剩一點咖啡。你要嗎？

(9) Il _____ (s'agir) de ton examen.

有關於你的考試問題。

(10) Il _____ (arriver) un accident.

發生一個意外。

比較級（le comparatif）的用法 038.mp3

「我比瑪莉高」用法文怎麼說

法文的比較級（le comparatif）句型，相當於英文的 more than 或 less than，會需要用到 plus、moins、aussi（autant）等副詞。請見以下解說。

│要點 1│ 形容詞的比較級 搭配 être 動詞 038.mp3

假設現在有不同年齡的三個人（**Marie**、**David**、**Philippe**），我們會怎麼做比較呢？中文是不是通常會說「A 比 B 年輕」、「B 比 A 年長」或「A 跟 B 一樣大」這樣的表達呢？

· Marie a **20 ans.** 瑪莉 20 歲。
· David a **30 ans.** 大衛 30 歲。
· Philippe a **20 ans.** 菲利浦 20 歲。

此時我們可以知道，**瑪莉**比**大衛**年輕，而**大衛**沒有**瑪莉**年輕。像這樣「比～年輕」、「沒有比～年輕」的法文該怎麼說呢？此時我們會用到形容詞「年輕（jeune）」。關於形容詞的比較級，其基本句型為：

比～多

S + être 的動詞變化 **+** plus **+** Adj.（形容詞）**+** que

Marie	est	plus	jeune	que	David.
瑪莉	是	更	年輕	比	大衛

表示更多

比～少

S + être 的動詞變化 **+** moins **+** Adj.（形容詞）**+** que

David	est	moins	jeune	que	Marie.
大衛	是	更少	年輕	比	瑪莉

表示更少

例句

Marie **est plus jeune** que David. 瑪莉比大衛年輕。

David **est moins jeune** que Marie. 大衛沒有瑪莉年輕。

Philippe **est aussi jeune** que Marie. 菲利浦和瑪莉一樣年輕。

從以上例句，我們可以學到表示「比～更」會用到 plus，「沒有比～更」會用到 moins，而「跟～一樣～」會用到 aussi。

接著我們再來比較三個人的身高。

🎧 038.mp3

此三個人（**Marie**、**David**、**Philippe**）的身高為：

・Marie mesure **1m65**. 瑪莉 165 公分高。
・David mesure **1m75**. 大衛 175 公分高。
・Philippe mesure **1m75**. 菲利浦 175 公分高。

此時我們可以知道，**瑪莉比大衛矮**，而**大衛沒有瑪莉矮**。此時我們會用到形容詞「矮小（petit）」或是「高（grand）」。在看以下例句之前，可以先練習套用上面學過的句型 plus ~ que、moins ~ que 說說看。

例句

Marie **est plus petite** que David. 瑪莉比大衛矮。

David **est moins petit** que Marie. 大衛沒有瑪莉矮。

Philippe **est aussi grand** que David. 菲利浦和大衛一樣高。

以上在練習比較時，要注意到形容詞的陰陽性變化要隨主詞來改變形態。
☞ 關於形容詞的陰陽性變化請參考第 4 課。

雖然表達比較，大多的規則都是套用 plus ~ que、moins ~ que 來表達，但有些情況並非這樣直接套用。像是「比較好」的法文不是 ~~plus bon~~。而是要改用 **meilleur**。

法文沒有 **plus bon** 的用法，兩者無法並列，須合併成 **meilleur**，才能表示「比較好」的意思，是帶有比較級的形容詞。

~~plus+ bon~~ = meilleur

Les pommes | **sont** | **meilleures** | **que** | **les poires.**
蘋果 | 是 | 更好 | 比 | 梨子

不用 plus，因為是 plus 和 bon 的合併。

例句

Le fromage français **est** meilleur (=plus bon) que le fromage anglais.
法國乳酪比英國乳酪好吃。

Les pommes **sont** meilleures (=plus bonnes) que les poires.
蘋果比梨子好。

請注意第二句，因句中的蘋果（pommes）是陰性複數，所以修飾蘋果的形容詞（bonnes），也須轉成陰性複數，合併成 meilleur 之後也須跟著變化成**陰性複數**寫法。

另外要提醒各位的是，moins 或 aussi，後面若要加上 bon 不須合併。

· meilleur (=plus bon)

· moins bon

· aussi bon

接下來看看修飾副詞的比較級。副詞也就是修飾動詞的詞類，像是早睡、晚睡的「早」「晚」。

以下先來假設 Marie、David、Philippe 此三人不同的睡覺時間。

· Marie dort **à minuit.** 瑪莉晚上 12 點睡覺。

· David dort **à une heure du matin.** 大衛清晨一點睡覺。

· Philippe dort **à une heure du matin.** 菲利浦清晨一點睡覺。

此時我們可以知道，**瑪莉**比**大衛早睡**，而**大衛沒有瑪莉**那麼**早睡**。我們會用到動詞「睡（dormir）」、「早（tôt）」、「晚（tard）」等。在看以下例句之前，可以先練習套用上面學過的句型 plus ~ que、moins ~ que 說說看。

例句

Marie dort **plus tôt** que David. 瑪莉比大衛早睡。

David dort **moins tôt** que Marie. 大衛沒有瑪莉早睡。

David dort **aussi tard** que Philippe.

大衛和菲利浦一樣晚睡。

與形容詞的比較級不同的是，形容詞的比較級是搭配 être 動詞與形容詞，而副詞的比較級是搭配一般動詞（如 dormir）與副詞（如 tôt），但基本的結構是一樣的。

接下來看看氣溫的比較，此時會用到非主詞人稱 il。

🎧 038.mp3

先假設以下三個城市與其溫度。

· Il fait 28 ℃ à Taipei. 台北氣溫 28 度。
· Il fait 20 ℃ à Paris. 巴黎氣溫 20 度。
· Il fait 28 ℃ à Tokyo. 東京氣溫 28 度。

此時我們可以知道，**台北**天氣比**巴黎**熱，而**巴黎**天氣**沒有台北**熱。我們會用到像是天氣的表達「il fait」、「熱（chaud）」等。在看以下例句之前，可以先練習套用學過的句型 plus ~ que、moins ~ que 說說看。

例句

Il fait **plus chaud à Taipei** qu'à Paris. 台北天氣比巴黎熱。

Il fait **moins chaud à Paris** qu'à Taipei. 巴黎天氣沒有台北熱。

Il fait **aussi chaud à Taipei** qu'à Tokyo. 東京天氣和台北一樣熱。

因為比較的對象是城市間氣溫的差異，所以城市名詞前要用 à 接續。

法文在表示「飯煮得很好」、「舞跳得很好」中的副詞「好」是用 bien，但當要用 bien 來做比較時，法文沒有 plus bien 的用法，兩者無法並列，須合併成 mieux 來表示「比較好」的意思，是帶有比較級的副詞。

~~plus+~~ ~~bien~~ = mieux

Marie	cuisine	mieux	que	David.
瑪莉	料理	更好	比	大衛

不用 plus，因為是 plus 和 bien 的合併。

例句

Marie **cuisine** mieux que David.

瑪莉煮菜煮得比大衛好。☞ cuisiner 做菜，料理

David **danse** mieux que Marie.

大衛跳舞跳得比瑪莉好。☞ danser 跳舞

　　副詞 mieux 是不變化形態的，因為不是形容詞，所以不須隨名詞的陰陽性、單複數做變化。

與以上形容詞、副詞的比較不同，在做名詞的比較時，需使用到介系詞 de。

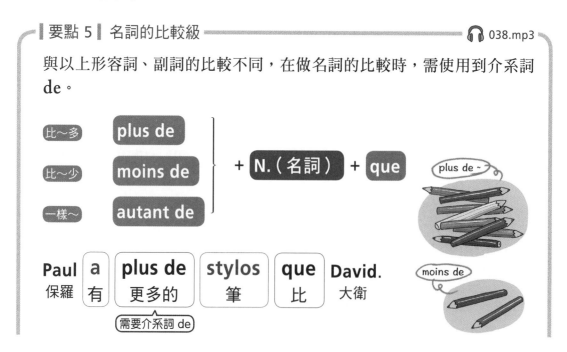

比～多	plus de
比～少	moins de
一樣～	autant de

+ N.（名詞）+ que

plus de ~

moins de

Paul	a	plus de	stylos	que	David.
保羅	有	更多的	筆	比	大衛

需要介系詞 de

例句

Paul **a plus de stylos** que David. 保羅的筆比大衛的多。

David **a moins de livres** que Paul. 大衛的書沒有比保羅的多。

Marie **a autant de sacs** que Lisa. 瑪莉的包包跟麗莎的一樣多。

以上學習到比較級句型皆明確提到比較的對象，如上面提到的「que David、que Paul、que Lisa」，但如果上文已經提到過這些比較對象，不想重複這些對象時，**que 及比較對象可以省略**喔。

Marie est **plus petite** *que David*. 瑪莉比大衛矮。

☞ Marie est plus petite. 瑪莉比較矮。

Marie dort **plus tôt** *que David*. 瑪莉比大衛早睡。

→ Marie dort plus tôt. 瑪莉比較早睡。

Paul a **plus de stylos** *que David*. 保羅的筆比大衛的多。

→ Paul a plus de stylos. 保羅的筆比較多。

🗨 **簡短對話**　　　　　　　　　　🎧 038.mp3

Ⓐ Il fait froid à Paris...　　　　　巴黎好冷⋯。

Ⓑ En Espagne, **il fait** plus chaud qu'en France.　　西班牙的天氣比法國熱。

Ⓐ Tu es encore au bureau ?　　你還在辦公室嗎？

Ⓑ Bien sûr ! Chez nous, **on travaille** plus tard qu'en France...　　當然！我們這裡比法國還晚上班。

Ⓐ Ce soir tu **dors** aussi tard que moi ?　你今晚要跟我一樣晚睡嗎？

Ⓑ Non, je vais **dormir** plus tôt ce soir.　不，我今晚要比較早睡。

 **練習題**

請依題目提示及中文翻譯在以下底線填入 plus 或 moins 等詞彙，以練習比較級的句型。

例）Il fait 28 ℃ à Taipei. Il fait 20 ℃ à Paris.

  → Il fait <u>plus</u> chaud à Taipei qu'à Paris. 台北天氣比巴黎熱。

⑴ Lisa rentre à la maison à dix-huit heures. Agathe rentre à la maison à dix-neuf heures.

  → Lisa rentre à la maison ＿＿＿＿＿＿＿ tard qu'Agathe.

  麗莎比阿卡特早回來。☞rentrer 回家

⑵ Le Pont Neuf（新橋）:**1604**；

le Pont Royal（皇家橋）:**1632**

  → Le Pont Neuf est ＿＿＿＿＿＿＿ ancien que le Pont Royal.

  新橋比皇家橋還古老。☞ ancien 舊的：形容詞

⑶ Olivier chante bien mais Evelyone chante **très très bien**.

  → Evelyone chante ＿＿＿＿＿＿＿ qu'Olivier.

  愛福琳唱歌比奧利佛好聽。

⑷ L'hôtel A: **300 €**；

L'hôtel B: **300 €**

  → L'hôtel A est ＿＿＿＿＿＿＿ cher que l'hôtel B.

  旅館 A 跟旅館 B 一樣貴。☞cher 貴：形容詞

⑸ Mon frère a **trois bonbons**. Ma soeur a aussi **trois bonbons**.

  → Mon frère a ＿＿＿＿＿＿＿ de bonbons que ma soeur.

  我弟弟跟我妹妹的糖果一樣多。☞bonbon 糖果：陽性名詞

⑹ Le restaurant A est **très très bon**. Le restaurant B est bon.

  → Le restaurant A est ＿＿＿＿＿＿＿ que le restaurant B.

  餐廳 A 比餐廳 B 還要好。

⑺ David et Paul: **30 ans**. Marie: **28 ans**.

  → David et Paul sont ＿＿＿＿＿＿＿ jeunes que Marie.

  大衛與保羅沒有瑪莉年輕。

246

(8) Les parents se couchent à minuit. Les enfants se couchent à neuf heures du soir.

→ Les enfants se couchent _____ tôt que les parents.

小孩們睡得比父母早。☞ se couchent → se coucher 上床睡覺

(9) Luc prend **trois pommes**. Paul prend **quatre pommes**.

→ Luc prend _____ de pommes que Paul.

路克拿的蘋果比保羅少。

(10) Hugues est très gentil. Victor est aussi très gentil.

→ Hugues est _____ gentil que Victor.

裕克和維多一樣善良。

▶▶ 解答

(1) moins
(2) plus
(3) mieux
(4) aussi
(5) autant
(6) meilleur
(7) moins
(8) plus
(9) moins
(10) aussi

「現在幾點了」用法文怎麼說

　　法語在時間、日期上的表達跟中文不太一樣，因此要特別注意用法。以下將分成「時間」和「日期」兩部分做解說。**時間的表達**大致分為正式與非正式，兩種皆常用，不過建議在工作時用正式的表達方式，私下則用非正式的表達方式。

　　首先我們來看看關於問時間、回答時間的句型及表達方式。

▌要點 1 ▌問時間：「現在幾點鐘？」 🎧 039.mp3

關於法語問時間的方式，法語跟英文類似。

英文 　**What** time **is it**？

法文 　**Quelle** heure **est-il**？

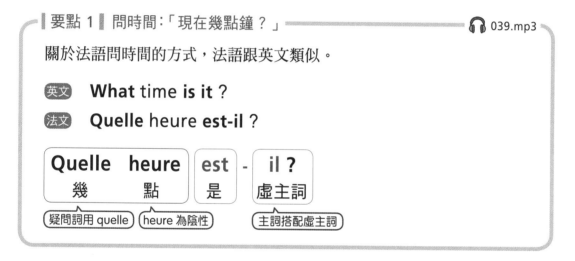

Quelle	heure	est	-	il ?
幾	點	是		虛主詞

疑問詞用 quelle　heure 為陰性　主詞搭配虛主詞

　　在用法文問時間幾點時，主詞的 il 是非人稱主詞，與人稱主詞「他」無關。

　　另外，上面的問句格式 Quelle heure est-il？是「主動詞顛倒問句」，如果想用「口語表達」可改用不倒裝的 Il est quelle heure？。

　　如果不確定他人是否有手錶、是否可告知時間，那麼可用以下的表達，也都是問幾點的意思：

· Vous avez l'heure？
· Est-ce que vous avez l'heure？
· Avez-vous l'heure？

Il est 數字（小時）＋ **heure(s)** ＋數字（分鐘）.

Il	est	une	heure	cinq
虛主詞	是	一	點	五（分）

在 heure 前面加上數字 1~24 即可。

heure 後面的數字表示分鐘，可用 1~60。

不過，在回答時間時，有分正式與不正式兩種表達。正式的表達方式會以 24 小時來計時。

正式的表達：24 小時制

數字表達	法文表達
01:00	Il est une **heure (pile)** *.
01:05	Il est une **heure** cinq.
01:15	Il est une **heure** quinze.
01:30	Il est une **heure** trente.
01:40	Il est une **heure** quarante.
01:55	Il est une **heure** cinquante-cinq.
02:00	Il est deux **heures** **.
12:20	Il est douze **heures** vingt.
13:35	Il est treize **heures** trente-cinq.
20:50	Il est vingt **heures** cinquante.
23:10	Il est vingt-trois **heures** dix.

* pile 可以加、也可以不加，主要是強調「～點整」，une heure pile 表示「一點整」。
* * 「一點」之後的 heure 都要改為複數形態：heures。

　　在法語的時間表達中，主要是用 heure 來表示小時（～點），後面再加上數字來表示分鐘。由於 heure 是陰性詞，因此「一點」的法文要用陰性的數字 une，而「一點」以上時，heure 要改為複數形態，所以 heure 需加 s （heures）。在 24 小時制的表達中，除了要熟悉句型的用法之外，也要記住數字的表達，基本上最起碼要知道 1~60 的法文表達。

✗ Il est **un** heure.　　　　　　✗ Il est **deux heure**.
○ Il est une heure. ☞ 注意陰陽性　　○ Il est **deux heure**s. ☞ 注意單複數

此外，我們中文常用冒號（：）來表示時間，而法國人則用 H 來簡寫時間的表達，大小寫皆可。例如：

1:00 → **1H00** 或是 **1h00**　　　　　**13:30** → **13H30** 或是 **13h30**
11:15 → **11H15** 或是 **11h15**

接下來看看 12 小時制的表達方式，此時在小時的部分只會用到 1~12 的數字，因此要加入「早上、中午、下午、晚上」等詞彙，以提醒是早上的時間，還是下午或晚上的時間。

🎧 039.mp3

非正式的表達：12 小時制

數字表達	法文表達	中文翻譯
早上 1:00	Il est **une heure du** matin.	早上一點鐘；凌晨一點。
中午 12:05	Il est **midi cinq**.	中午 12 點 5 分。
下午 01:15	Il est **une heure** et quart * **de** l'après-midi.	下午一點一刻（下午一點 15 分）。
晚上 6:30	Il est **six heures** et demie ** **du soir**.	晚上六點半。
晚上 12:30	Il est **minuit et demi**.	晚上十二點半（半夜十二點半）。

* quart 是「一刻；15 分鐘」的意思。
** demi 是「一半；30 分鐘」的意思。

透過以上的表格可以知道，法文表達時間不一定要用數字，也可以用其他單字來表示某個時間或某個分鐘的概念，如 midi（中午 12 點）、minuit（午夜 12 點）、quart（15 分）、demi（30 分）。而且還會搭配如 matin（早上）、l'après-midi（下午）、soir（晚上）來表示是白天還是晚上，這些是 12 小時制用法會使用到的詞彙。

關於時間的表達，要請注意在使用 24 小時制的正式用法時，不要與 12 小時制的非正式用法混和使用。因此「晚上八點 15 分」請勿說：

✗ Il est **vingt** heures **et quart**. <del>（二十點一刻）</del>

○ Il est vingt heures quinze.（二十點 15 分）

○ Il est huit heures et quart du soir.
（晚上八點一刻）

單字筆記
matin Ⓜ 早上
midi Ⓜ 中午 12 點
quart Ⓜ 一刻鐘
après-midi Ⓜ 下午
demi Ⓕ 一半；半點
soir Ⓜ 晚上
minuit Ⓜ 午夜

─────

▌要點 3 ▌ 搭配 moins 的時間表達 🎧 039.mp3

上面的表格中有用到 **moins** 的表達方式，**moins** 是「減去～，差～」的意思，在時間的表達上是「還差幾分鐘就是～點」的說法，通常用於 30 分之後。請先看以下句型。

Il est ＋ 數字（整點時間）＋ **heure(s)** ＋ **moins** ＋ 數字（剩下幾分鐘）.

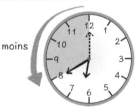

Il est | **sept heures** 七　　　點〔還沒到的整點時間〕 | **moins vingt.** 差　　20（分）〔剩下的分鐘數〕 | moins

以上例句表示，還差 20 分鐘就要七點，言下之意是「六點 40 分」的意思。因此，不能一聽到 sept heures 就馬上斷定現在是「七點」，一旦聽到 moins 和數字，就要知道 sept heures 是「還沒到的整點時間」，moins vingt 就表示「差 20 分鐘」，所以整句就是差 20 分鐘才會是七點（即六點 40 分）

例句

晚上 6:40	Il est **sept heures** moins vingt **du** soir.	差 20 分就晚上七點（晚上六點 40 分）。
晚上 7:45	Il est **huit heures** moins le quart **du** soir.	差 15 分就晚上八點（晚上七點 45 分）。
晚上 10:50	Il est **onze heures** moins dix **du** soir.	差 10 分就晚上十一點（晚上十點 50 分）。

若想要表達「～點做什麼事」，這時在時間點前面需搭配介系詞 **à** 或 **vers**。

ⓐ 表示準時的時間

表示準時在～點

ⓥ 表示大約時間

表示大約～點

例句

Vous prenez le petit déjeuner à (vers) **quelle heure**s ?

A (Vers) **quelle heure** prenez-vous le petit déjeuner ?

A (Vers) **quelle heure** est-ce que vous prenez le petit déjeuner ?

您準時幾點（大約幾點）吃早餐？

Je prends le petit déjeuner à **huit heures du matin**.

我早上八點吃早餐。

Tu travailles à **neuf heures et demie**.

你九點半工作。

Vous allez au cinéma à **vingt heures vingt**.

你們二十點 20 分（晚上八點 20 分）去看電影。

Elle rentre chez elle **vers** **dix-sept heures (cinq heures de l'après-midi)**.

她大約十七點（下午五點）回家。

Nous dormons vers minuit.

我們大約晚上十二點睡。

Ils viennent à la maison vers sept heures du soir.

他們大約晚上七點來家裡。

　　接下來我們來看看法語日期的表達，包含問日期的方式以及回答的方式。

　　在問日期的表達中，一樣是用疑問詞 quel 的句型結構。而要回答時要注意到，法文的日期表達順序與中文相反，是從最小的星期開始表達到最大的年份：星期 → 日 → 月份 → 年份。

┃ **要點 5** ┃ 日期的問法：「今天日期幾號」　　　　　　　🎧 039.mp3

關於法語問日期的方式，會有以下幾種表達。

方法 1 **Quelle est la date d'aujourd'hui?** 今天日期幾號？

方法 2 **Nous sommes quel jour aujourd'hui ?** 今天幾號？

類似的表達

Quel jour sommes-nous aujourd'hui ?

On est quelle date aujourd'hui ?

On est quel jour aujourd'hui ?

Quel jour est-on aujourd'hui ?

從以上會發現，quel 或 quelle 是問日期句型中的主要疑問詞。不過還有一個重點是 on，問日期或回答日期，法語習慣用主詞 on 或是 nous，這和中文、英文不同。主詞 on 是法語的一個特殊主詞，有「我們（nous）、大家、一般人」的意思，在問日期的句型中，是「我們」的意思。不過，意思雖相同，但須注意動詞變化。on 當主詞時，動詞需放第三人稱單數的動詞變化，跟 il/elle 是一樣的變化。

而在回答對方今天幾月幾號，一樣是要套用主詞 on（或是 nous）的句型，因此要注意 on 的動詞變化。

法語日期的表達順序與中文相反，要從單位最小的（星期）開始表達。而最前面通常會加上 le ，但有時會省略。所以完整的日期表達為：

· Nous sommes **le mercredi 24 mars 2021.**
· On est **le mercredi 24 mars 2021.**
今天是 2021 年三月 24 日，星期三。

除了星期和月份之外，日子和年份是數字，而數字的念法為：

le mercredi <u>24</u> mars <u>2021</u>
　　　　　　 (vingt-quatre)　 (deux mille vingt et un)

要點 7 星期（les jours de la semaine）的表達 ━━━ 🎧 039.mp3

以下先來學習一周裡面關於星期的單字。

星期一	**lundi**	星期五	**vendredi**
星期二	**mardi**	星期六	**samedi**
星期三	**mercredi**	星期日	**dimanche**
星期四	**jeudi**		

　　以上可以發現星期一至星期六都是 -di 結尾，唯獨星期日（dimanche）不太一樣，需特別注意。

而在日期的表達中，被放在最前面的位置，且不使用任何介系詞：

・le <u>mercredi</u> 24 mars 2021

　　在一般的表達之中，星期前面也不加介系詞，直接擺在動詞後面：

・Il travaille <u>lundi</u>.

他星期一工作。☞ 指離說話當時最近的星期一

但是如果星期前面有 le（定冠詞），便表示「每週一」，帶有規律性的意思：

・Il travaille <u>le lundi</u>.

每個星期一他都要工作。

要點 8 日期的表達 ━━━━━━ 🎧 039.mp3

　　關於日子的表達，用一般數字來唸即可，如「20 號」就是 vingt，「3 月 20 號」就是 vingt mars。唯獨要注意到每個月的**一號**，需用**序數**，也就是 **premier**。但其他像是 11 號、21 號則繼續用一般數字即可。

le 1er avril
　一號　四月
（用序數）

例句

・le jeudi 1er avril 2021

（唸成 le jeudi premier avril deux mille vingt et un）

2021 年四月 1 日星期四

· le **21** septembre 1980

（唸成 le **vingt et un** septembre mille neuf cent quatre-vingts）

1980 年九月 **21** 日

要點 9 ┃ 月份（les mois）的表達 🎧 039.mp3

以下來學習關於 **12** 個月份的單字。

一月	janvier	七月	juillet
二月	février	八月	août **
三月	mars *	九月	septembre
四月	avril	十月	octobre
五月	mai	十一月	novembre
六月	juin	十二月	décembre

*請注意到 mars 字尾的 s 要發音：[mars]。

**請注意 août 的念法，其字尾的 t 也要發音：[ut]。

在日期的表達中，被放在日子後面的位置，且不使用任何介系詞：

· le 24 mars

在一般的表達之中，月份前面會加介系詞 en，或是用 au mois de 來表達：

· Il va à Paris en **juillet**. 他七月去巴黎。☞ 使用 en

· Il va à Paris au mois de **juillet**. 他七月去巴黎。☞ 使用 au mois de

---

要點 10 ┃ 年份 (année) 的表達 🎧 039.mp3

關於年份的表達，也是用一般數字來唸即可，不過是要用千位、百位、十位的方式來唸。在日期中表達時，放在最後的位置，前面不須加上介系詞。

le mercredi 24 mars **2001**

唸法為：deux mille un

不過，在一般的表達之中，年份前面會加介系詞 en：

・Je suis née en <u>2001</u>.

　我 2001 出生。☞ 唸成 deux mille un

・Il a travaillé en <u>1999</u>.

　他 1999 年工作。☞ 唸成 mille neuf cent quatre-vingt-dix-neuf

簡短對話 1　🎧 039.mp3

Ⓐ Bonjour Thomas, **il est quelle heure ?**　湯瑪斯你好，現在幾點了？

Ⓑ **5 heures et demie.** Pourquoi tu es pressée ?　現在五點半。為何這麼趕？

Ⓐ Parce que j'ai un rendez-vous avec Virginie **vers six heures.**　因為我跟維吉尼雅約六點左右。

Ⓑ Tu rentres **vers quelle heure ?**　你大約幾點回家？

Ⓐ **Vers huit heures.**　大約八點。

簡短對話 2　🎧 039.mp3

Ⓐ **On est quelle date d'aujourd'hui ?**　今天幾號？

Ⓑ **Le premier septembre.**　九月一日。

Ⓐ D'accord.　好的。

Ⓑ Pourquoi tu demandes ça ?　為何你問這個呢？

Ⓐ Fiona part en Belgique **le 15 septembre.**　菲歐娜九月 15 日要出發去比利時。

Ⓑ C'est vrai ? Elle revient quand ?　真的喔？她何時回來呢？

Ⓐ **En 2023.**　2023 年。

練習題

請將以下中文翻譯成法文，來練習用法文表達幾點幾分以及日期幾月幾號。

(1) 凌晨三點二十五分。

_____

(2) 中午十二點三十分。

_____

(3) 晚上九點五十六分。

_____

(4) 下午三點四十五分。

_____

(5) 他大約晚上七點三十五分出門。

_____

(6) 我晚上六點整吃晚餐。

_____

(7) Thomas 幾點跟 Virginie 有約？

_____

(8) 您幾點下班？

_____

(9) 學生們半夜十二點才睡覺。

_____

(10) 他們早上九點上班。

_____

(11) 2021 年七月十四日星期三。

_____

(12) 今年是 2021 年。

_____

(13) 保羅十二月旅行（voyager）。

_____

(14) 我們每星期三去看電影（aller au cinéma）。

_____

(15) 現在是八月。

_____

(16) 2022 年六月一日。

_____

(17) Luc 十月出生。

_____

(18) 我每週三不上班。

_____

解答 ◀◀

(1) Il est trois heures vingt-cinq du matin.
(2) Il est douze heures trente. 或是 Il est midi et demi.
(3) Il est vingt et une heures cinquante-six. 或 Il est dix heures moins quatre du soir.
(4) Il est quinze heures quarante-cinq. 或是 Il est quatre heures moins le quart de l'après-midi.
(5) Il sort vers dix-neuf heures trente-cinq. 或是 Il sort vers huit heures moins vingt-cinq du soir.
(6) Je dîne (dîner) à dix-huit heures pile. 或是 Je dîne à six heures pile du soir.
(7) Thomas a rendez-vous avec Virginie à quelle heure ?
(8) Vous finissez le travail à quelle heure ?

(9) Les étudiants se couchent à minuit
(10) Ils travaillent à neuf heures du matin.
(11) Nous sommes (On est) le mercredi 14 juillet 2021. (le mercredi quatorze juillet deux mille vingt et un)
(12) Nous sommes (On est) en 2021.
(13) Paul voyage en décembre. (au mois de décembre)
(14) Nous allons (On va) au cinéma le mercredi.
(15) Nous sommes (On est) au mois d'août.
(16) Nous sommes (On est) le premier juin 2022 (deux mille vingt-deux).
(17) Luc est né en octobre. 或 Luc est né au mois d'octobre.
(18) Je ne travaille pas le mercredi.

所有格（le possessif）的用法

🎧 040.mp3

「我的～、你的～、他的～」用法文要怎麼說

跟冠詞類似，法語的所有格（le possessif）格式須根據所**搭配的名詞陰陽性與單複數**來決定，而不是擁有者的性別。以下先以簡單的例子來了解一下。

┃要點 1┃基本概念 🎧 040.mp3

假設有一位叫利亞的女生，以及利亞的**爸爸**，但為了不要像「『利亞』的**爸爸**」這樣一直重複『利亞』的名字，中文可以使用「『**她**』的爸爸」來簡化表達。

中文 利亞的爸爸 → 她的爸爸

法文 le père de Léa → **son père**

☞ 以上這是女生「利亞的」改成「她的」的例子，接下來看看男生「凱文的」的例子。

中文 凱文的爸爸 → 他的爸爸

法文 le père de Kévin → **son père**

從以上「利亞的」和「凱文的」的例子來看，雖然中文是改為「她的爸爸」以及「他的爸爸」會因為性別而用「她」以及「他」，但法文都是 son père，所有格皆為 **son**。主要是因為，**法文的所有格與擁有者（如利亞、凱文）的性別無關**，所有格的格式會**根據後面名詞的陰陽性與單複數而變化**，因 père 是陽性單數，所以所有格須搭配陽性單數的 son。

接下來，先來看所有格的格式。

| 要點 2 | 所有格的格式 |

主詞	陽性單數	陰性單數	陰陽性複數
Je 我	mon *	ma	mes
Tu 你	ton *	ta	tes
Il/Elle 他／她	son *	sa	ses
Nous 我們	notre	notre	nos
Vous 你們	votre	votre	vos
Ils/Elles 他們／她們	leur	leur	leurs

* 陰性單數的名詞，若以母音開頭的話，「我的」「你的」「他的／她的」也用 mon、ton、son。

　因為法文的名詞有陰性、陽性、複數的這些屬性，因此所有格便有這些格式。大致了解了以上的所有格格式之後，接下來就來看看其用法。

| 要點 3 | 所有格的用法 　　　　　　　　　　　🎧 040.mp3

以下我們就拿家族成員來練習上面學到的所有格。首先，所有格在和名詞搭配時，其語順跟中文一樣是「我的＋爸爸」這樣的順序。另外，因為爸爸（père）是陽性單數，因此「我的」「你的」「他的／她的」用 **mon**、**ton**、**son**，而媽媽（mère）因為是陰性單數，因此「我的」「你的」「他的／她的」用 **ma**、**ta**、**sa**。

所有格 ＋ **名詞**

mon 我的	père 爸爸
ton 你的	père 爸爸

（陽性單數名詞）

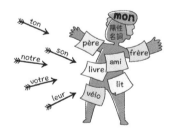

père 爸爸 ☞ 陽性單數名詞

- 我的爸爸：**mon père**
- 你的爸爸：**ton père**
- 他／她的爸爸：**son père**

- 我們的爸爸：**notre père**
- 您的／你們的爸爸：**votre père**
- 他們／她們的爸爸：**leur père**

mère 媽媽 ☞ 陰性單數名詞

- 我的媽媽：**ma mère**
- 你的媽媽 **ta mère**
- 他／她的媽媽：**sa mère**

- 我們的媽媽：**notre mère**
- 您的／你們的媽媽：**votre mère**
- 他們／她們的媽媽：**leur mère**

parents 父母 ☞ 陽性複數名詞

- 我的父母：**mes parents**
- 你的父母：**tes parents**
- 他／她的父母：**ses parents**

- 我們的父母：**nos parents**
- 您（們）的／你們的父母：**vos parents**
- 他們／她們的父母：**leurs parents**

soeurs 姊妹們 ☞ 陰性複數名詞

- 我的姊妹們：**mes soeurs**
- 你的姊妹們：**tes soeurs**
- 他／她的姊妹們：**ses soeurs**

- 我們的姊妹們：**nos soeurs**
- 您（們）的／你們的姊妹們：**vos soeurs**
- 他們／她們的姊妹們：**leurs soeurs**

此外，由所有格接續的名詞在句子中可以當作主詞，也可以當作受詞。

`mes parents`

Mes parents habitent à Nice. 我父母住在尼斯。

J'adore **mes parents**. 我愛我的父母。

`leurs soeurs`

Leurs soeurs travaillent à l'hôpital. 他們／她們的姊妹在醫院工作。

Je connais **leurs soeurs**. 我認識他們／她們的姊妹。☞connaître 認識

有個例外狀況是，當名詞是陰性單數但以母音開頭時，為方便連音，因而用陽性單數的格式。正如上面要點 2 表格中標上星號者（＊）即為這裡要說的例外狀況。例如：

école 學校 ☞ 陰性單數名詞，以母音開頭

~~ma~~ école 　　→ mon école

正確説法

~~ta~~ école 　　→ ton école

~~sa~~ école 　　→ son école

amie 女性友人 ☞ 陰性單數名詞，以母音開頭

~~ma~~ amie 　　→ mon amie

正確説法

~~ta~~ amie 　　→ ton amie

~~sa~~ amie 　　→ son amie

　　雖然 école、amie 都是陰性單數名詞，但因為是以母音開頭，為了發音，而不用 ma，改用 mon。不過 notre（我們的）、votre（你們的）、leur（他們／她們的）的格式則不受影響。

💬 **簡短對話** 　　　　　　　　　　　　　　　　🎧 040.mp3

Ⓐ J'ai un frère. Il fait **ses** études en France.

我有個弟弟。他在法國留學。

Ⓑ Ah bon! **Mes** deux soeurs font **leurs** études à Tokyo.

真的呀！我的兩個妹妹在東京唸書。

Ⓐ Le cousin de Kévin travaille à New York.

凱文的表哥在紐約工作。

Ⓑ **Son** cousin s'appelle comment ?

他的表哥叫什麼名字呢？

Ⓐ André. Et toi, tu as un cousin ?

叫安卓。那你呢？也有表哥嗎？

Ⓑ Non, j'ai une cousine. **Ma** cousine habite à Berlin.

沒有，我有個表妹。我表妹住在柏林。

☞ 法語的 frère 可以是哥哥或弟弟，soeur 可以是姊姊或妹妹，cousin 可以是堂哥、堂弟、表哥、表弟，而 cousine 可以是堂姊、堂妹、表姊、表妹，如要明確區分仍需解釋。

✏️ **練習題**

請在以下底線中填入正確的所有格。

例） _____ parents habitent à Nice. 我父母住在尼斯。

Mes parents habitent à Nice.

(1) Nous avons un appartement. _____ appartement est grand.

我們有一間公寓。我們的公寓很大。（appartement：陽性）

(2) Ils ont une grand-mère. Ils adore _____ grand-mère.

他們有個祖母（外婆）。他們很愛他們的祖母（外婆）。

(3) Tu as une adresse d'email ? Quelle est _____ adresse d'email?

你有電子信箱住址嗎？你的電子信箱住址是什麼？（adresse 地址：陰性）

(4) Lisa a un vélo bleu. Je n'aime pas _____ vélo. Je déteste le bleu.

麗莎有台藍色腳踏車。我不喜歡她的腳踏車。我討厭藍色。（vélo：陽性）

(5) Les étudiants de Madame Dupont sont dans la salle B. _____ étudiants sont sages.

杜彭女士的學生在 B 教室裡。她的學生們很乖。

(6) Monsieur et Madame Bernard ont deux filles. Je connais _____ filles.

伯納先生與柏納女士有兩位女兒。我認識他們的女兒們。

(7) Victoria travaille dans une école. ＿＿＿＿＿＿＿ école est près de chez moi.

維多利亞在學校工作。她的學校在我家附近。（école：陰性）

(8) Ils ont beaucoup d'amis. ＿＿＿＿＿＿＿ amis sont très chaleureux.

他們有很多朋友。他們的朋友很熱情。（ami：陽性）

(9) Vous avez deux voitures. ＿＿＿＿＿＿＿ voitures sont rouges.

您有兩輛汽車。您的汽車都是紅色的。（voiture：陰性）

(10) Tu as deux soeurs. ＿＿＿＿＿＿＿ soeurs travaillent à Paris.

你有兩個姊姊（妹妹）。你的姊姊（妹妹）在巴黎工作。

▶▶ 解答

(1) Notre
(2) leur
(3) ton *
(4) son
(5) Ses

(6) Leurs
(7) Son
(8) Leurs
(9) Vos
(10) Tes

* adresse 雖是陰性名詞，但因以母音開頭，情況如陽性所有格。

英文的 it、they 用法文要怎麼說

當遇到像是「書本」「電視」「筆」等事物時，英語會用 it 或 they 來代替這些事物名詞，也就是相當於中文的「它（們）」，但法語沒有像英語這樣用一個 it（或 they）來代稱所有事物。那麼無生命的事物主詞，該用哪個代名詞呢？由於法語的普通名詞（包括事與物）皆有陰陽性，因此無法像英文那樣使用單一個字來代稱，而是用**第三人稱**的**陰性代名詞、陽性代名詞**來代稱。

━━ ▌要點 1▐ 代稱事物的代名詞 1：il/elle、ils/elles ━━

當我們談論到某個東西，如「書」「車」等時，為了不要在接下來的對話中一直重複這些名詞，英文會用「**it**」來代稱，若是複數會用 **they**。而法文名詞有陰陽性的情況，因此要特別注意名詞是陰性還是陽性，來使用如 **il** 還是 **elle** 的代名詞。

英文
$$\left\{ \begin{matrix} \text{book 書, car 車} \\ \text{pen 筆, TV 電視} \end{matrix} \right\} \rightarrow \text{it}$$

法文
livre（書）　　→ il
voiture（車子）→ elle
stylo（筆）　　→ il
télé（電視）　 → elle

有了以上的基本概念後，我們來看看如何用此代名詞於句子之中。

livre 書 陽性單數名詞

Où est mon **livre**? 我的書在哪？

— **Il** est sur la table. 它在桌上。

☞ *mon* livre（書）因為是陽性，所以代名詞用 il。

voiture 車子 陰性單數名詞

Je voudrais acheter la **voiture** rouge. **Elle** est chère.

我想買這台紅色的車。它很貴。

☞ *la* voiture（汽車）是陰性，所以代名詞用 elle。

rideaux 窗簾 陽性複數名詞

Tu vois ces **rideaux**. **Ils** sont jolis.

你看這些窗簾。它們很漂亮。

☞ *ces* rideaux（窗簾）是陽性複數，因為是複數，所以代名詞用 ils。

tomates 番茄 陰性複數名詞

Vous voulez les **tomates**？您要番茄嗎？

— Oui, **elles** sont bonnes. 好啊，它們很好吃。

☞ *les* tomates（番茄）是陰性複數，因為是複數，所以代名詞用 elles。

　　透過以上的舉例，我們可以知道用來代稱事物名詞的代名詞，主要是用第三人稱的主詞人稱代名詞（il, elle, ils, elles）。因此法語的第三人稱代名詞，除了可以代替人物外，也可以用來代替事與物喔。

　　不過，除了以上這些主詞人稱代名詞之外，法文還會用 ça 或 cela 來代稱事與物，請見以下解說。

┃要點 2┃代稱事物的代名詞 2：ça－用於主詞時 🎧 041.mp3

ça（或是 cela）也可用來代稱事與物，但與上述 il, elle 等不同的是，ça（或是 cela）不限於當主詞用，也可以當做受詞，有「這個」的意思。日常生活中最基本的句型為：

名詞 , ça + **coûter** 的動詞變化 + **combien ?**

Les poires,	**ça**	**coûte**	**combien ?**
梨子	這	值	多少

（代稱前面的名詞）

Ça + **coûter** 的動詞變化 + 金額數字 .

ça	**coûte**	**4,2 euros.**
這	值	4.2 歐元

例句

Un ordinateur, ça coûte combien? 電腦怎麼賣？

— **Ça coûte 1000 euros.** 1000 歐元。

☞ ordinateur（電腦）是陽性名詞。

Une petite maison, ça coûte combien? 小房怎麼賣？

— **Ça coûte 300,000 euros.** 30 萬歐元。

☞ maison（房子）是陰性名詞。

Des avocats, ça coûte combien? 酪梨怎麼賣？

— **Ça coûte 3 euros les quatre.** 四個 3 歐元。

☞ avocats（酪梨）是陽性名詞，在這裡是複數。

Des poires, ça coûte combien? 梨子怎麼賣？

— **Ça coûte 4,2 euros le kilo.** 每公斤 4.2 歐元。

☞ poires（梨子）是陰性名詞，在這裡是複數。

　　ça 除了用在問價錢、回答價錢時代稱物品名詞的用法之外，也可以用來代稱事情的用法。

V₀ (動詞原形) , ça ＋ **V₁ (動詞變化)** .

Partir en France, ça me plaît.

去法國（這件事）讓我很開心。

☞ Partir en France（出發去法國）是一個動作，可用 ça 來代稱。

ça 除了當主詞之外，也可當受詞。請繼續看下面的解說。

│ 要點 3 │ ça －用於受詞時 ────────── 041.mp3

ça 在當受詞時，其位置擺放在動詞後面。

... **S ＋ V₁ (動詞變化)** ＋ ça.

| **Le thé au citron ?** | **J' aime** | **ça.** |
| 檸檬茶？ | 我　喜歡 | 這 |

（代稱最前面的名詞）

例句

Le thé au citron? J'aime ça.

檸檬茶？我喜歡（這）。

☞ ça 在這句指檸檬茶。

Travailler le dimanche, je n'aime pas ça.

星期天工作，我不喜歡（這件事）。

☞ ça 在這句指星期天工作這件事。

　　除了主詞的位置，ça 擺在動詞後面當作受詞時，也可指前面提到的事與物。總而言之，不限名詞的陰陽性、單複數，甚至是動作，只要是先前提到過的事與物，ça 皆可取代。但要注意的是，**ça 當主詞時，其動詞要用第三人稱單數的動詞變化喔**。

cela 與 ça 在意思和用法上皆相同，差別在於 ça 比較常用於非正式，在口語中較常見；而 cela 則用於比較正式的情況，常見於書寫格式，所以在寫作的時候用 cela。因此，要點 2、要點 3 例句中的 ça 皆可用 cela 取代。

· Partir en France, **cela** me plaît.
· Le thé au citron ? J'aime **cela**.
· Travailler le dimanche, je n'aime pas **cela**.

接下來，我們來看看長得有點像、也容易搞混的兩個單字 ce 與 ça。之所以會搞混的原因是，ce 和 **ça** 都可以當主詞使用，且也都有相當於英文 this 的意義。此外，ce 還有前面學過的指示冠詞功能（☞ 請見第 26 課），即後方加上名詞如 **ce** crayon（這支鉛筆）等的用法，指示冠詞是會隨所搭配名詞的陰陽性單複數產生變化的詞。

但以下要分辨的是，皆能當作主詞使用的 ce 和 ça 的用法差異。

在第 18 課時，我們有提到過可當主詞用的 ce 的用法，即相當於英語 This is ~ 的 C'est ~ 用法。但與 ça 的不同的是，ce 在句子中不能當受詞，而 ça 可當主詞也可當受詞。

〇 J'aime ça.

✘ J'aime ~~ce~~.

最主要的差別是 ce 與 ça 後方的動詞，**ce 後方一定接 être**，而 **ça 後方可以接其他動詞**。

Ça + 【 V₁（第三人稱動詞變化）】 .

Ce + 【 être 的第三人稱動詞變化 】 .

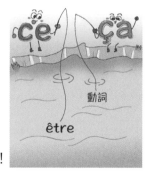

例句

Les tomates, **c'est** bon! 番茄，（這）好吃！

Les tomates, **ça** coûte cher! 番茄，（這）好貴！

Le thé au citron, **ce** n'est pas bon. 檸檬茶，（這）不好喝。

Le thé au citron, **ça** n'a pas l'air bon.

檸檬茶，（這）看起來不好喝。

Travailler, **c'est** important. 工作，（這）很重要。

Travailler, **ça** permet de gagner de l'argent.

工作，（這）可以賺錢。

　　請注意看 ce 與 ça 後面的動詞，ce 後面要接 être（變成 c'est 或 ce n'est pas），而 ça 後面接其他的一般動詞。在翻譯成中文時一般可以不翻出「這」，這裡寫出來是為了讓讀者清楚這裡的「這」是用來代稱前面的事與物。

　　不過相同點是，當主詞時 ce 與 ça 在意思上是類似的，且沒有陰陽性、單複數上的問題，可代稱前面任何名詞（單複數皆可），並都以第三人稱單數格式（即與 il/elle 的動詞變化相同）呈現。

　　但有個情況請注意，請見以下兩例句：

🎧 041.mp3

動詞是 être 但不用 ce 的情況

・Tu veux voir un film ou dîner au restaurant ?

你要看影片還是去餐廳吃晚餐呢？

－ Ça **m'**est égal. 對我來說都可以。

・Ça **y** est? 好了嗎？

　　以上會發現雖然動詞是 être 但主詞不用 ce，主要因為有 **m'**（me 的縮寫），以及 y 在 est 前面，所以主詞用 ça。此時不說：✕ ~~Ce~~ y est? 以及 ✕ ~~Ce~~ m'est égal.。

　　不過總而言之，只要 ça 不直接跟 est（être）相接觸就可以用。如果沒有 me 或 y，那麼主詞只能用 **ce**。以下整理一個表格來幫大家做個複習：

主詞		動詞
ce	✚	est
ça	✚	一般動詞（如 coûte）
		me, y 等詞彙 ✚ est

☞ce 與 ça 在意思上並沒有差別，但 ce 一定要用 est（être），如果 est 前面有其他字區隔就可用 ça。也就是說 ce 不能搭配其他動詞。與其他動詞搭配的主詞是 ça。

簡短對話　🎧 041.mp3

Ⓐ Bonjour Monsieur ! Les pommes, ça **coûte** combien ?　先生您好！蘋果怎麼賣？

Ⓑ Ça **coûte** 3 euros le kilo.　一公斤三歐元。

Ⓐ C'est cher !　好貴！

Ⓑ Oui, c'est cher mais c'est très bon!　貴是貴，但很好吃喔！

Ⓐ D'accord, j'achète.　好吧！我買這個 ...

Ⓑ Ça **fait** trois euros.　總共三歐元。

練習題

請在以下底線中填入正確的主詞代名詞。

例）Les tomates, _____ est bon ! 番茄，好吃！

　　Les tomates, _c'_ est bon !

(1) Les examens, _____ est dur. 考試好難。

(2) Visiter le musée du Louvre, _____ m'intéresse.
（intéresser 使感興趣）

參觀羅浮宮博物館，這讓我有興趣。

(3) Nous allons voir un film américain. _____ te dit ?

我們去看部美國片。有興趣嗎？

(4) J'ai une voiture rouge. _____ est très jolie.

我有一輛紅色的車。它（車）很好看。

(5) Les fruits ne sont pas chers. _____ est génial !

水果都不貴。這很棒！

(6) J'ai un ordinateur. _____ ne marche pas.

我有台電腦。它（電腦）壞了。

(7) Où sont mes clés ? − _____ sont dans la voiture.

我的鑰匙在哪？－在車裡。

(8) Faire le tour du monde, _____ est une bonne idée.

環遊世界，這是個好主意。

(9) Manger à volonté, j'adore _____ . 吃到飽，我好愛。

(10) Le livre sur la révolution française, _____ a l'air intéressant.

有關於法國大革命的書，看起來有趣。

「這是～、那是～」用法文要怎麼說

voici 與 voilà 是常用來宣告或是介紹人、事、物的介紹詞。請看以下介紹。

要點 1 基本概念：內含動詞的介紹詞 🎧 042.mp3

voici 與 **voilà** 兩個詞的組合是來自 **voir**（看）的命令式，再加上 **ci** 與 **là** 所組成的。

vois+ci → **voici**（這是）

☞ 字面上的意思為「看這」

vois+là → **voilà**（那是）

☞ 字面上的意思為「看那」

voici 與 voilà 皆已內含動詞，所以後面直接放要介紹的人事物即可。

要點 2 voici、voilà 的用法 🎧 042.mp3

voici ／ voilà ＋ 名詞（人名／事物）

Voilà	**mon bureau.**
那是	我的　辦公室。

例句

Voici Paul. 這是保羅。

Voici le livre de mon professeur. 這是我老師的書。

Voilà mon bureau. 那是我辦公室。

Voilà l'homme en noir. 那是穿黑衣的男子。

搭配代名詞

除此之外，也可以用代名詞，但需放在 **voici ／ voilà** 前面。

| 代名詞 | ＋ **voici ／ voilà** |

| **Te**
你 | **voici**
這 |

例句

Te voici. 你在這；你到了；你來了。

Me voilà. 我在那；我到了；我來了。

用 voici、voilà 時，句子中都不再加動詞了喔。

│ 要點 3 │ voici 與 voilà 的不同之處 🎧 042.mp3

一般已不太區分此兩者差別，但生活當中 **voilà** 的使用率比 **voici** 高。但如果要講究的話，仍有其區別。兩者差異為：

差異一

voici 用來介紹比較靠近說話者的人事物，我們可翻成「這是」。

voilà 用來介紹離說話者比較遠的人事物，我們可翻成「那是」。

· **Voici mon livre, voilà ton stylo.**

　這是我的書，那是你的筆。

除此之外，voici 與 voilà 還有以下的差異。

🎧 042.mp3

差異二

voici 用來提示聽者即將（à venir）要介紹或討論的東西。

voilà 用來總結剛剛講完或之前已講（ce qui précède）的話。

Voici la présentation du livre.

字面上的意思　這就是這本書的介紹內容。

☞ 開始介紹前會說的（**au début d'une présentation**）

Voilà la présentation du livre.

字面上的意思 那就是這本書的介紹內容。

☞ 介紹完最後會說的（à la fin d'une présentation）

　　雖然有以上這些差異，但於非正式或不講究的情形下，大都已不做這樣的區別了。此外，在為人做介紹時，通常除非有另一人要介紹，不然一般都用 voilà，不太單用 voici。

· Voici Paul. Voilà Marie. 這位是保羅，那位是瑪莉。

· Voilà Paul. 這位是保羅。

voilà 的另一功能還有總結以上說的話：

· Je voudrais un café et un gâteau. Voilà, c'est tout.
　我想要一杯咖啡和一份蛋糕。就這樣，其他不需要了。

簡短對話

🎧 042.mp3

Ⓐ Bonjour ! Je suis la nouvelle stagiaire, Sandrine Ducas.

您好！我是新來的實習生，桑堤妮杜卡。

Ⓑ Soyez la bienvenue ! Je suis le secrétaire, Monsieur Tipaut. **Voici** votre document pour le stage. **Voilà** votre bureau.

歡迎！我是提波先生，是這裡的祕書。這是您的實習文件，那是您的辦公桌。

Ⓐ Je vous remercie.

感謝您。

Ⓑ Vous commencez aujourd'hui ?

您今天開始（實習）嗎？

Ⓐ Oui.

是的。

Ⓑ Ah Monsieur Bernard. Vous **voilà**. Sandrine, **voilà** le directeur du personnel...

啊，伯納先生您來了。
桑堤妮，那是（這是）人事主任。

練習題

請練習在底線填入 voici/voilà。

例） _____ Paul. 這是保羅。

   <u>Voilà</u> Paul.

(1) Nous allons travailler sur le vocabulaire. _____ les mots, regardez bien!

我們來研究單字。來，這些單字請看好。

(2) _____ ton stylo. _____ mon livre.

這是你的筆。那是我的書。

(3) Je vous présente mon collègue. _____ Jacques Dupont.

我來介紹我的同事。這位是傑克杜朋。

(4) Ça vous fait 10 euros. _____ vos pommes.

總共十歐元。這是您的蘋果。

(5) Il y a deux chambres. _____ ma chambre. _____ la chambre de mon frère.

這裡有兩間房間。這是我的房間，那是我兄弟的房間。

(6) Vous travaillez bien. _____ votre récompense.

您做得很好。這是您的獎勵。

(7) Je suis là. Me _____ ! 我來了，我在這！

(8) Regarde ma nouvelle voiture ! _____ !

看我的新車！在這！

(9) _____ les mots du professeur! Ecoutez bien!

這是老師要說的話！聽好！

(10) Je prends un café avec un gâteau au chocolat. _____ , c'est tout. 我點一杯咖啡和一份巧克力蛋糕。就這樣，其他不需要了。

◀◀ 解答

(2) Voici, Voilà   (4) Voilà   (6) Voilà   (8) Voilà   (10) Voilà

(1) Voici   (3) Voilà   (5) Voici, Voilà   (7) Voilà   (9) Voici

「我們唱歌吧」用法文要怎麼說

　　法語的祈使句又稱作命令式（impératif）。與以往學習的**直陳式**（indicatif）不同的是，**命令式「無主詞」**，且「**說話的語氣**」是強烈的。另外，因為命令式等同於是在下命令，或是要求、拜託對方做某事，因此是「**當下**」、「**立即性**」的，而**直陳式**有不同時態（過去式、現在式、未來式）來作為陳述使用，也因此要有主詞來搭配不同時態的動詞變化。

　　首先，以下我們先來看看直陳式和命令式的差異。

┃要點 1┃ 基本概念：直陳式和命令式的差異

我們都知道法語的直陳式是有主詞的，比如「你拿書」的「你」、「我吃麵包」的「我」，但法語的祈使句格式是無主詞的。不過雖然祈使句格式無主詞，但仍有下命令的對象，其對象可能是對「你」、對「您」、對「你們」、對「我們」這些有在現場的人下命令。

直陳式　**Tu prends les livres.** 你拿書。

↓

命令式　~~Tu~~ **Prends les livres.** （你）去拿書！

　　　　格式上無主詞，但仍有命令的對象。

　　因此，若被命令的對象（如「他」）不在現場的話，便無法對其要求做什麼，或者說話者也不會命令自己，所以法語命令式**沒有第三人稱與第一人稱的格式**，只有 **tu（你）, vous（您）, nous（我們）** 三種對象。因此命令式會有這三種人稱的動詞變化。

┃要點 2┃ 動詞變化（conjugaison）

因為有這三個對象，所以有其**動詞變化**，法語命令式正是依據這三者的動詞變化，來知道是在對誰下命令。例如：

對象是 tu　Prends les livres.（你）去拿書！

> prends 是 tu 的動詞變化，
> 因此是對 tu 拜託事情

對象是 vous　Prenez les livres.（你們）去拿書！

> prenez 是 vous 的動詞變化，
> 因此是對 vous 拜託事情

動詞變化

了解了命令的對象後，接下來就來找出此三位對象（人稱）的動詞現在式變化。

主詞（sujet）	prendre 現在式動詞變化
Tu 你／妳	prends
Nous 我們	prenons
Vous 你們／您／您們	prenez

　　先前提到法語命令式是依據這三者人稱的動詞變化，來知道是在**對誰下**命令，因此接著我們就來練習去掉人稱、透過動詞變化來學習命令式。

🎧 043.mp3

直陳式

Tu prends les livres. 你拿書。

Nous prenons les livres. 我們拿書。

Vous prenez les livres. 你們拿書；您拿書。

拿掉主詞，變成命令式

Prends les livres! 去拿指定的那些書吧！

☞ 命令的對象是 tu（你）

Prenons les livres! 一起去拿指定的那些書吧！

☞ 命令的對象是 nous（我們）（包含說話的我）

Prenez les livres! 請您（你們）去拿指定的那些書吧！

☞ 命令的對象是 vous（您；你們）

透過以上練習，請記住因為法語的祈使句是有對象的，所以雖然祈使句去掉主詞，但仍有配合該主詞的動詞變化。

除了有肯定的命令式，也有否定的命令式，同樣是要做動詞變化。

否定的命令式

其用法與之前直陳式一樣，把 ne ~ pas 放在變化動詞的兩側就可以了，只是沒有主詞而已。

Ne ＋ **V₁（動詞變化）** ＋ **pas** **（＋受詞）**

Ne <u>prends</u> **pas** les livres!（你）不要去拿那些書！

Ne <u>prenons</u> **pas** les livres!（我們）都不要去拿那些書！

Ne <u>prenez</u> **pas** les livres! 請您（你們）不要去拿那些書！

┃ 要點 3 ┃ 例外狀況：第一組動詞（er 結尾的動詞） ━━━━ 🎧 043.mp3

不過命令式在第一組動詞中，有個例外要提醒各位。我們以下先以 er 結尾的動詞 chanter（唱歌）為例來看一下三個主詞的動詞變化。

主詞（sujet）	chanter 現在式動詞變化
Tu 你／妳 Nous 我們 Vous 你們／您／您們	chantes chantons chantez

拿掉主詞，變成命令式

<u>Chante**s**</u>!（你）唱歌！

　　　↖ 字尾的 s 去掉

<u>Chantons</u>!（我們）一起唱歌！

<u>Chantez</u>! 請您／你們一起唱歌！

由此可知，凡是 er 結尾的動詞，主詞 tu 的動詞變化，於命令句型時字尾的 s 都要去掉。而否定句亦然。

否定的命令式

Ne chante<u>s</u> **pas!** （你）不要唱歌！

字尾的 s 去掉

Ne <u>chantons</u> **pas !** （我們）都不要唱歌！

Ne <u>chantez</u> **pas !**
請您／你們不要唱歌！

　　在第一組動詞（er 結尾的動詞）的變化規則前提下，動詞 aller（去）卻是個例外。雖然 aller 有著 er 結尾的外貌，但實際上是個不規則變化，也就是不屬於第一組動詞。雖然不屬於第一組動詞，但同樣地也是要在命令句時去掉第二人稱變化時的字尾 s。請注意這個狀況。

　　以下先來看一下 aller 的動詞變化。

▌ 要點 4 ▌ 不規則動詞 aller 的動詞變化　　　　　🎧 043.mp3

主詞（sujet）	aller 現在式動詞變化
Tu 你／妳 Nous 我們 Vous 你們／您／您們	**vas** **allons** **allez**

拿掉主詞，變成命令式

<u>**Va**s</u> **au supermarché!** （你）去超市！

字尾的 s 去掉

<u>**Allons**</u> **au supermarché!** （我們）一起去超市！

<u>**Allez**</u> **au supermarché!** 請您／你們去超市！

否定的命令式

Ne <u>vas</u> **pas au supermarché!** 不要去超市！

字尾的 s 去掉

N'<u>allons</u> **pas au supermarché!** （我們）都不要去超市！

N'<u>allez</u> **pas au supermarché!** 請您／你們不要去超市！

總而言之，只有 er 結尾的第一組動詞與 aller，在命令句的第二人稱動詞變化時要去掉字尾 s，其他的動詞在做命令式時需保留 s 喔。

| 要點 5 | 其他不規則動詞 | | | 🎧 043.mp3 |

以下動詞為常用不規則的命令式動詞變化，要請各位熟記。

	être（是）	avoir（有）	savoir（知道）	vouloir（想要）
Tu	sois	aie	sache	
Nous	soyons	ayons	sachons	
Vous	soyez	ayez	sachez	veuillez

💬 簡短對話   🎧 043.mp3

Ⓐ Les enfants, ne restez pas **dehors**, il fait chaud !　　　　　　小朋友們，不要待在外面，天氣很熱！

Ⓑ Maman, j'ai très chaud et j'ai soif.　　　媽媽，我好熱又渴。

Ⓐ D'accord, Ben, **prends du jus de fruits frais!**　　　　好，班尼，喝點新鮮果汁吧！

Ⓑ Cést très bon! Anna, du jus de fruits frais!　　　　好好喝！安娜，有新鮮果汁！

Ⓐ N'oubliez* pas **de vous laver les mains...**　不要忘了洗手。

Ⓑ D'accord !　　　　好的！

*oublier 忘記

✏️ 練習題

請練習在以下底線中填入正確的命令式動詞變化。

例）«＿＿＿＿＿＿ au supermarché !»（我們）一起去超市！

<u>Allons</u> au supermarché !

(1) Votre ami dit : « J'ai grossi après le nouvel an chinois... ».
Vous lui dites : « _____ (faire) du sport et _____
(manger) moins.»

您的朋友說：「我農曆年過後變胖了」。

您回他：「做運動、吃少點」

(2) «Excusez-moi, Monsieur, _____ (répéter) s'il vous
plaît, merci!»

「先生，不好意思，麻煩請重複，謝謝！」

(3) « La semaine prochaine, vous allez avoir un examen.
_____ (travailler) bien et _____ (être) à
l'heure et n'_____ (avoir) pas peur !»

「下週你們有考試。好好念書，要準時，不要害怕！」

(4) «Salut les amis, nous partons au château de Versailles
demain. _____ le train à neuf heures dix, d'accord?»

「嗨朋友們，我們明天去凡爾賽宮。搭 9 點 10 分的火車，好嗎？」

(5) «Au feu, au feu! _____ (sortir) vite de la salle! C'est
très dangereux! »

「失火了，失火了！（你們）快點出教室！非常危險！」

(6) Votre soeur dit : «Je suis très fatiguée!»
Vous lui dites : « _____ (prendre) une semaine de
vacances!»

您的妹妹說：「我好累喔！」

您回她說：「去渡一個星期的假吧！」

(7) Vous dites à votre fils : «Charles, _____ (mettre) ton
manteau, on va sortir.»

您跟兒子說：「Charles，穿上大衣，我們要出門了」。

(8) Dans un jardin, vous dites à vos enfants : «Ne _____ (courir) pas, vous allez tomber!»

在花園裡，您跟小孩們說：「不要跑，你們會跌倒！」

(9) Elle dit à son ami Dominique : « _____ (venir) dîner à la maison. On va fêter mon anniversaire.»

她跟自己的朋友多明尼克說：「來家裡吃晚餐。我們要慶祝我的生日。」

(10) Les parents de Lydia lui disent : « _____ (oublier) pas de fermer la porte et les fenêtres avant de sortir.»

莉蒂亞的父母跟她說：「出門前不要忘記關門窗。」

▶▶ 翻譯

(1) Fais, mange
(2) répétez
(3) Travaillez, soyez, ayez
(4) Prenons
(5) Sortez
(6) Prends
(7) mets
(8) courez
(9) Viens
(10) N'oublie

反身動詞（les verbes pronominaux）　🎧 044.mp3

以「se+ 反身動詞」組成的動詞

　　法語的動詞種類有分一**般動詞**與**反身動詞**。本書在前面幾課已介紹過動詞的分類，也就是以動詞變化為基礎分為三大類：1) 第一組為 er 結尾的規則動詞，2) 第二組為 ir 結尾的規則動詞，以及 3) 所有無法分類而歸於第三組的不規則動詞。而反身動詞與一般動詞不同的是，在動詞前面多了一個**代名詞**，但其動詞變化跟一般動詞相同，因此先前學過的動詞變化規則要好好熟記。以下先來了解反身動詞的基本概念。

┃要點 1┃ 基本概念

在中文或英語的語言中，表達動作時大多是直接用動詞（搭配受詞）就可以表達了，像是：

中文 洗澡

英文 **take a bath (shower)**

但在法語的邏輯中，在表達一些動作時，不只是用到動詞，還會用到代名詞才能清楚表達意思，不然有可能會會錯意或表達不完全。請先看左邊的一般動詞。

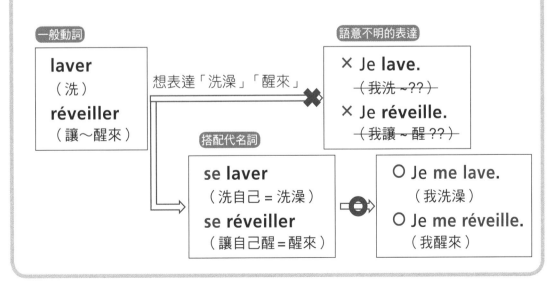

透過上表可以知道，法語的某些動詞是需要搭配如 se 這樣的反身代名詞（類似受格角色），來和動詞搭配成為〈反身動詞〉，才能明確表達出與中文或英文相對應的正確意思。這些動詞稱為反身動詞，即比一般動詞多了一個 se（表示自己）的動詞。換句話說，法語動詞夾帶 se 時為反身動詞，無 se 時為一般動詞。

因此要請注意，**一般動詞與反身動詞的意思不同，各有不同意思**，不能混淆喔。查字典時，請先找一般動詞意思，再找反身動詞的意思。

| 要點 2 | 反身動詞的定義：主詞與受詞為同一人 ────── 🎧 044.mp3

那麼我們要怎麼認定這個動詞是反身動詞還是一般動詞呢？以下以 **appeler**（打電話；呼喊）為例。

一般動詞的情況

> S（主詞） + appeler 的動詞變化 + 受詞

受詞是名詞

J'appelle Paul. 我呼叫保羅；我打電話給保羅。

Tu appelles le professeur. 你打給老師。

☞ 此時會發現，動詞 appeler 的受詞是 Paul 與 le professeur。

受詞是代名詞

但如果受詞不是專有名詞或普通名詞，而是代名詞時，就不能放於動詞後方（這與中文與英文相反）。**法語的受詞代名詞需放在動詞前面。** 舉例來說，me 是 je 的受詞，te 是 tu 的受詞，想表達「我打給你」「你打給我」時：

✕ J'appelle *te*. → ○ Je *t'*appelle.
（我打給你。）

✕ Tu appelles *me*. → ○ Tu *m'*appelles.
（你打給我。）

☞ 此時 appeler 的受詞是 te（你）與 me（我），皆與主詞不一樣，不是指同一個人。

此時，上面用法中的動詞原形 appeler 是「打電話給～」的意思，而且每個例句中主詞與受詞所指稱的人都是不同人，即**主詞≠受詞**。

Je（我）↔ Paul（保羅）　　　　　Je（我）↔ te（你）

Tu（你）↔ professeur（老師）　　Tu（你）↔ me（我）

但是如果**受詞與主詞都是同一人**，即**主詞 = 受詞**，那麼在這樣的架構下，句子中的動詞就是**反身動詞**。

🎧 044.mp3

反身動詞的情況

| S（主詞） | + | 受詞（代名詞）+ appeler 的動詞變化 |

| **Je** 我 | **m'** 我自己 | **appelle** 稱呼 |

| **Tu** 你 | **t'** 你自己 | **appelles** 稱呼 |

此時的動詞 m'appelle、t'appelles，其原形動詞是 s'appeler，但其意思字面上為「叫自己」，通常翻譯為「自稱～」，是介紹自己名字時會用的動詞。

Je m'appelle Liliane. 我的名字是莉莉安。

Tu t'appelles Zac. 你的名字是札克。

☞ 此時主詞、受詞為同一人（皆指「我」「你」），那麼這裡的動詞稱反身動詞，其動詞原形皆含有 se。

總而言之，上面用法中的動詞原形是 s'appeler（動詞會含有反身代名詞 se），是「自稱」的意思，與一般動詞的 appeler（打電話給～）的意思與用法皆不同。

另外，反身動詞因含有反身代名詞 se，所以除了動詞要配合主詞做變化之外，反身

appeler
（打電話給～）

s'appeler
（名叫～）

代名詞 se 也要配合主詞做變化，例如主詞是 je 的話，se 也要變成 me。請見以下變化。

要點 3 動詞變化（conjugaison） 🎧 044.mp3

主詞	se laver（洗澡）	se réveiller（醒來）
Je 我	me lave	me réveille
Tu 你	te laves	te réveilles
Il/Elle/On 他／她／我們	se lave	se réveille
Nous 我們	nous lavons	nous réveillons
Vous 你們	vous lavez	vous réveillez
Ils/Elles 他們／她們	se lavent	se réveillent

學會動詞變化之後，以下來看看在句子中的用法：

要點 4 用於句子中 🎧 044.mp3

Il **se lave** après le dîner. 他晚餐後洗澡。

Nous **nous lavons** avant de dormir. 我們睡覺前洗澡。

Je **me réveille** à six heures du matin, mais tu **te réveilles** à sept heures. 我早上六點醒來，但是你七點醒來。

否定句

否定的用法為將 ne ~ pas 把變化的動詞包住，並連同反身代名詞一起包住。

S（主詞）＋ **ne** ＋ **se（反身代名詞）＋反身動詞的動詞變化** ＋ **pas**

Vous **ne vous lavez pas** le matin. 您早上不洗澡。

Elle **ne se réveille pas** avant midi. 她中午前不會醒來。

不過，反身動詞出現在介系詞或助動詞（如 aller 等）之後時，動詞部分就不需要做變化，須保持原形。

Je me douche avant de me coucher. 我睡前洗澡。

簡短對話 044.mp3

Ⓐ Qu'est-ce que tu fais le week-end ? | 你週末都做什麼？
Ⓑ Je me réveille après neuf heures, je me douche, je me rase et je m'habille et je sors... | 我 9 點後醒來、沖澡、刮鬍子、穿衣服，然後出門…

Ⓐ Tu te laves le matin ? | 你早上洗澡嗎？
Ⓑ Oui oui, pas toi ? | 對啊…你不是嗎？

Ⓐ Je me lave avant de me coucher le soir... | 我晚上睡前才洗…
Ⓑ Ah oui... en général, les français se lavent le matin... | 啊是喔。一般來說，法國人都是早上洗澡…

 練習題

請練習在以下底線中填入正確的反身動詞變化。

例） ＿＿＿＿＿＿＿＿ (s'appeler) Paul. 我名叫保羅。

 Je m'appelle Paul.

(1) Nous ＿＿＿＿＿＿＿＿（se doucher 沖澡）avant de ＿＿＿＿＿＿＿＿
（se coucher 睡覺）.
我們睡覺前沖澡。

(2) Elle ＿＿＿＿＿＿＿＿（se maquiller 化妝）après le petit déjeuner.
她在早餐之後化妝。

(3) Paul et toi, vous ＿＿＿＿＿＿＿＿（se promener 散步）dans un parc.。
保羅和你，你們去公園散步。

(4) Je ＿＿＿＿＿＿＿＿（se lever 起床）tôt pour mon cours de français.
我早起去上法文課。

以「se+ 反身動詞」組成的動詞 289

Leçon 44．反身動詞（les verbes pronominaux）

(5) Les enfants _____ (se préparer 準備) pour l'école.

小孩們準備上學。

(6) Tu _____ (s'habiller 穿衣) avant de manger.

你吃飯前穿衣。

(7) Lilianne et Paul _____ (se coucher 上床) tard.

莉莉安和保羅晚睡。

(8) Luc et moi, nous _____ (se brosser 刷) les dents après le petit déjeuner.

路克和我，我們在早餐之後刷牙。

(9) Tu _____ (se laver 洗) les cheveux tous les jours ?

你天天洗頭嗎？

(10) Les enfants _____ (s'amuser 玩樂) bien dans le jardin.

小朋友們在花園玩得開心。

表示很近的未來：「要去做～」

　　法語的**未來式有分時間遠近**，如果要表達「即將」、「馬上」，那就要用**近未來式**（有人稱近未來式，或稱即將未來式）。此時態的表達因靠近現在（即當下說話的時間點），所以實現率比較高。以下先看近未來式的基本句型。

S（主詞） + **aller** 的現在式變化 + V₀（原形動詞）

現在　近未來　簡單未來

要點 1 近未來式的用法：肯定句 🎧 045.mp3

Je **vais** **aller** **à Paris**
我　將要　　去　　到巴黎
（配合主詞做變化）（原形動詞）

例句

Je vais **aller** à Paris lundi prochain. 我下星期一要去巴黎。

Tu vas **partir** demain? 你明天離開嗎？

Il va **rentrer** à la maison. 他馬上回家。

On va **travailler** à la bibliothèque.
我們要去圖書館唸書。

Nous allons **dîner** au restaurant ce soir.
我們今晚要去餐廳吃晚餐。

Vous allez **voyager** en Europe l'année prochaine.
你們明年要去歐洲旅行。

Elles vont **arriver** dans deux jours à Rome.
她們兩天後抵達羅馬。

以上要注意在套用句型時，第一個動詞 aller 要做變化，第二個動詞則用原形。

不過，若是要用否定句表達時，則是要把 ne ~ pas 將第一個動詞 aller 包住，而非把兩個動詞都包住。以下來看看否定句的句型。

| 要點 2 | 近未來式的用法：否定句 🎧 045.mp3

S（主詞）＋ ne ＋ **aller** 的現在式變化 ＋ pas ＋ **V₀**（原形動詞）

Je / ne / vais / pas / aller à Paris.
我 / 不 / 將要 / / 去巴黎

把第一個動詞包住

例句

Je **ne** vais **pas** *aller* à Paris lundi prochain.

我下星期一不去巴黎。

Tu **ne** vas **pas** *partir* demain? 你明天不離開嗎？

Il **ne** va **pas** *rentrer* à la maison. 他不馬上回家。

On **ne** va **pas** *travailler* à la bibliothèque.

我們不要去圖書館唸書。

Nous **n'allons pas** *dîner* au restaurant ce soir.

我們今晚不要去餐廳吃晚餐。

Vous **n'allez pas** *voyager* en Europe l'année prochaine.

你們明年不要去歐洲旅行。

Elles **ne vont pas** *arriver* dans deux jours à Rome.

她們兩天後不會抵達羅馬。

這裡要注意到，ne ~ pas 是放在變化動詞 aller 的兩側，而非把 aller 和第二個動詞都包住。

✘ Je **ne** vais *aller* pas à Paris.

○ Je **ne** vais pas *aller* à Paris.

接下來，要提一下時間補語（副詞），因為近未來式牽涉到未來的時間，因此在句子中會出現與未來相關的時間副詞。

┃ 要點 3 ┃ 搭配時間補語（副詞）（le complément de temps）🎧 045.mp3

因為是未來式，所以搭配的時間補語（副詞）是跟未來的時間相關，以下提供幾個時間副詞參考。

- **prochain(e)** 下一個的
  lundi prochain 下星期一 陽性
  le week-end prochain 下個週末 陽性
  le mois prochain 下個月 陽性
  la semaine prochaine 下個星期 陰性
  l'année prochaine 明年 陰性

☞ prochain(e) 為形容詞，會配合名詞的陰陽性做變化，因而有 prochain 陽性 與 prochaine 陰性 的形態。

- **demain** 明天
- **après-demain** 後天
- **dans deux jours** 兩天後
- **dans un an** 一年後

☞ 這跟英語的 in two days、in one year 很類似

時間補語（副詞）在句中的位置，可放句首、句尾或動詞後皆可。請見以下例句：

Vous allez voyager en Europe l'année prochaine.
L'année prochaine, vous allez voyager en Europe.
Vous allez voyager l'année prochaine en Europe.
你們明年要去歐洲旅行。

A　Je **vais** partir à Paris lundi prochain.　　我下星期一要去巴黎了。

B　C'est vrai?! Qu'est-ce que tu **vas** faire là-bas ?　　真的假的，打算要去那邊做什麼呢？

A　Je **vais** faire les études.　　我要去那邊念書。

B　Tu **vas** partir dans deux jours... Avant ton départ, on **va** dîner ensemble au restaurant ce soir ?　　看來你兩天後就要出發了！出發前，我們今晚要不要去餐廳吃個晚餐呢？

A　D'accord. Je ne **vais** pas revenir pendant deux ans.　　好呀！畢竟我兩年內不會回來。

B　Alors, je ne **vais** pas travailler à la bibliothèque ce soir. On mange ensemble. Je **vais** réserver une table au restaurant...　　好的，那我今晚就不去圖書館唸書了。我們一起吃個飯吧。我來跟餐廳訂位。

 練習題

請練習將句子中畫底線的動詞改成近未來式。

例）Je __vais__ à Paris. _vais aller_
　　我要去巴黎。

(1)　Nous dormons dans une heure. ＿＿＿＿＿＿
　　一小時後我們要去睡覺。（**dormir** 睡覺）

(2)　On mange après le cours. ＿＿＿＿＿＿
　　課程結束後我們要去吃東西。（**manger** 吃）

(3)　Tu travailles demain. ＿＿＿＿＿＿
　　你明天工作。（**travailler** 工作）

(4)　Je prends le déjeuner. ＿＿＿＿＿＿
　　我待會要吃中餐。（**prendre** 吃、拿）

(5) Les étudiants <u>finissent</u> ce travail bientôt. _____

學生們即將完成這工作。（finir 完成）

(6) Elisa <u>fait</u> les devoirs après-demain. _____

愛麗莎後天將做功課。（faire 做）

(7) Charlie et ses amis <u>vont</u> au cinéma samedi après-midi.

_____

查理和他的朋友們星期六下午要去看電影。（aller 去）

(8) Tu <u>adores</u> le voyage à Milan ! _____

你將會愛死去米蘭的旅行。（adorer 喜愛）

(9) Vous <u>cherchez</u> votre ami Paul à l'aéroport ? _____

您將會去機場接保羅嗎？（chercher 尋找）

(10) J'ai un problème. Je <u>parle</u> à mon professeur. _____

我有個困擾。我將找老師談談。（parler 說）

Leçon 46
表示正在進行中：「我正在做～」

在法語中，要強調**動作正在進行、尚未結束**的話，可以用**現在式**或是片**語 être en train de** 來表達。以下先來看一下現在式的表達方式。

┃ 要點 1 ┃ 現在式（présent）的表達方式：「在做～」　　🎧 046.mp3

就動作正在進行的表達方式來說，法語與英語不同，法語不須加 **-ing**，而是直接用現在式表達即可。

S（主詞）＋ **V₁**（動詞變化）

Je　| **travaille**
我　　|　在工作

（配合主詞做變化）

例句

Qu'est-ce que tu fais？你在做什麼？
Je travaille. 我在工作。
Je regarde la télé. 我在看電視。
Je lis un magazine. 我在讀雜誌。

雖然法文不是像英文用 **-ing** 的格式表達，但法文用**現在式**格式，仍可表達「正在做什麼」的意思，帶有動作在持續中、維持這狀態尚未結束的意思。

除了**現在式**的表達方式之外，「正在做～」的另一個表達方式還可用**片語**來表達，不過表達「正在做～」大部分都用現在式即可，如果用該片語，感覺有強調的用意。請見以下用法。

要點 2 片語 être en train de 的表達方式:「正在做~」 🎧 046.mp3

另一個表達方式是用片語 **être en train de**+ 原形動詞來表示,此時第一個動詞是用 **être** 來表示現在式。

S(主詞)+ **être 的動詞變化** + **en train de** + **V₀**(原形動詞)

Je **suis** **en train de** **travailler**
我　　是　　　正在　　　工作

（配合主詞做變化）　　（原形動詞）

être — en train de — 原形動詞

對話

Ⓐ Qu'est-ce que vous faites ? 您在做什麼?

Ⓑ Je **suis** en train de **travailler**. 我正在工作。

例句:其他人稱的例句

Tu es en train de **manger**. 你正在吃東西。

Il est en train d'**écrire** une lettre. 他正在寫信。

Nous sommes en train de **chanter**. 我們正在唱歌。

Vous êtes en train de **parler** à un étudiant.
您正在跟一位學生講話。

Ils sont en train de **regarder** un film. 他們正在看影片。

　　在使用片語 être en train de 的表達方式時,要注意到第一個動詞(être)要配合主詞做動詞變化,而第二個動詞不做變化、用原形。此片語是強調動作在持續中、維持這狀態尚未結束的「正在做什麼」意思。

💬 **簡短對話** 🎧 046.mp3

Ⓐ Qu'est-ce que tu **fais** ?　　　　　你在做什麼呢?

Ⓑ Je **regarde** la télé.　　　　　　我在看電視。

Ⓐ Et tu n'as pas de devoirs à faire ?　沒功課要做嗎?

Ⓑ Si, après le dîner. Je suis en train de regarder un film très intéressant.

有，晚餐後再做。我正在看一部非常有趣的影片。

Ⓐ Et où est ton père ?

你爸爸呢？

Ⓑ Il se repose dans la chambre. Il est fatigué après le travail.

他正在房裡休息。他下班後很累。

 練習題

請練習將以下中文翻譯成法文。

例）Paul 在看電視。（regarder 看）

 Paul regarde la télé. 或 *Paul est en train de regarder la télé.*

(1) Paul 正在睡覺。（dormir 睡覺）

_____

(2) Agathe 正在跟朋友們吃東西。（manger 吃）

_____

(3) 你正在做飯。（faire la cuisine 做飯）

_____

(4) 我正在做作業。（faire les devoirs 做作業）

_____

(5) 孩子們在花園玩。（les enfants 孩子們／jouer dans le jardin 在花園玩）

_____

(6) 我們正在聊天。（bavarder 聊天）

_____

(7) Victor 和我正在花園散步。（se promener dans le jardin 在花園散步）

_____

(8) 您在做什麼？（faire 做）

_____

(9) 我媽媽正在煮飯。（faire la cuisine 煮飯）

_____

(10) 所有的人都在工作。（tout le monde 所有人／ travailler 工作）

_____

▶▶ 解答

(1) Paul dort. 或 Paul est en train de dormir.

(2) Agathe mange avec les amis. 或 Agathe est en train de manger avec les amis.

(3) Tu fais la cuisine. 或 Tu es en train de faire la cuisine.

(4) Je fais les devoirs. 或 Je suis en train de faire les devoirs.

(5) Les enfants jouent dans le jardin. 或 Les enfants sont en train de jouer dans le jardin.

(6) Nous bavardons. 或 Nous sommes en train de bavarder.（我們閒聊 On bavarde. 或 On est en train de bavarder.）

(7) Victor et moi, nous nous promenons dans le jardin. 或 Victor et moi, nous sommes en train de nous promener dans le jardin.

(8) Qu'est-ce que vous faites ? 或 Qu'est-ce que vous êtes en train de faire ?

(9) Ma mère fait la cuisine. 或 Ma mère est en train de faire la cuisine.

(10) Tout le monde travaille. 或 Tout le monde est en train de travailler.

剛剛過去式（le passé récent） 047.mp3

表示很近的過去：「剛剛做了～」

在法語的時態中有個過去式，主要是強調不久前做了某件事，帶有「某動作距離說話者說話的時間才剛完成不久」的語意，這樣的過去式一般稱為**近過去式**或**剛剛完成式**，常見於口語格式。其句型組成為：

S（主詞）＋ venir 的現在式變化 +de ＋ V₀（原形動詞）

| 要點 1 | 近過去式的用法：肯定句 ━━━━━━ 047.mp3

Je **viens d'** **arriver.**
我 　剛 　 抵達

配合主詞做變化　原形動詞

例句

Je viens d'arriver. 我剛到。

Tu viens de manger ? 你剛吃完？

Il/Elle vient de partir. 他／她剛離開。

Nous venons de finir les devoirs. 我們剛做完功課。

Vous venez de regarder ce film ? 你們剛剛看完這部片嗎？

Ils/Elles viennent de lire un magazine.

他／她們剛剛讀完一本雜誌。

以上要注意在套用句型時，第一個動詞 venir 要做變化，第二個動詞則用原形，而且此兩動詞間要有介系詞 de。

另外，前面幾課都會談到否定句，雖然近過去式的否定用法就文法上來說沒問題，但其否定格式鮮少使用（於特殊狀況下仍有可能使用），因為要問是否沒做哪個動作，一般直接用**過去式**（☞ 過去式用法請見第 48 課）即可，

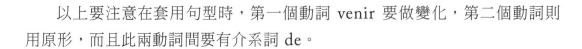

所以以下僅舉幾個例子參考。例如：

> Je **ne** viens **pas** de *partir*.
> Tu **ne** viens **pas** de *manger*?

┃要點 2┃「venir de+ 原形動詞」和「venir+ 原形動詞」的差異 🎧 047.mp3

我們現在學到的片語 venir de~ 是由動詞 venir 和介系詞 de 組成的過去式表達，主要表示剛剛發生了什麼事。不過，動詞 venir 本身也可以加上原形動詞，但意思與 venir de~ 不同。**venir** 本身是「來」的意思，因此「**venir+ 原形動詞**」有「來做～」的意思。

(venir de + 原形動詞)　剛剛做了～

· Lisa vient d'**acheter** des baguettes.

　Lisa 剛買了一些長棍麵包。

(venir + 原形動詞)　來做～

· Lisa vient **acheter** des baguettes.

　Lisa 要來買一些長棍麵包。

透過以上比較，「**venir+ 原形動詞**」偏向於「目的」或「原因」的表達（為了～而來；來的原因為～），而「**venir de + 原形動詞**」則單純表示剛剛發生的事。

💬 **簡短對話**　🎧 047.mp3

Ⓐ Tiens ! Tu es déjà là?　啊！你已經在家了？

Ⓑ Oui, je viens de rentrer.　對啊，剛回來。

Ⓐ Où est ton frère?　你弟在哪呢？

Ⓑ Il vient de sortir.　他剛出門。

Ⓐ Pourquoi?　為何？

Ⓑ Je ne sais pas.　不知道。

練習題

請練習將句子中畫底線的動詞改成剛剛完成式。

例）J'arrive. *viens d'arriver* 我剛到。

(1) Les enfants se couchent tout à l'heure. _____
小朋友們剛剛上床睡覺。（se coucher 睡覺）

(2) On regarde un film à la télé. _____
我們剛剛在電視上看了一部片。（regarder 看）

(3) Il travaille dans son bureau. _____
他剛剛在辦公室工作。（travailler 工作）

(4) Lisa et Phillippe rentrent chez eux. _____
麗莎和飛利浦剛剛回家。（rentrer 回去）

(5) Nons finissons ce projet. _____
我們剛剛完成這計畫。（finir 完成）

(6) Vous faites un gâteau au chocolat. _____
您剛剛做了一個巧克力蛋糕。（faire 做）

(7) Tu pars en bus. _____
你剛搭公車離開。（partir 出發，離開）

(8) Je m'habille. _____ 我剛穿好衣服。（s'habiller 穿衣服）

(9) Nous trouvons un chat dans la rue. _____
我們在路上撿到一隻貓。（trouver 找到）

(10) Charles parle à son professeur. _____
查理剛剛在跟老師談事情。（parler 說）

(10) vient de parler　　　　　　　　　　(5) venons de finir
(9) venons de trouver　　　　　　　　　(4) viennent de rentrer
(8) viens de m'habiller　　　　　　　　 (3) vient de travailler
(7) viens de partir　　　　　　　　　　 (2) vient de regarder
(6) venez de faire　　　　　　　　　　　(1) viennent de se coucher
◀◀ 解答

表示動作已完成：「我做完了…」

　　法語的**過去式**（**或複合過去式**）稱為 le passé composé，主要表示**說話當下已完成的動作、已經結束的動作**。但與近過去式（le passé récent）不同的是，近過去式（**le passé récent**）強調剛剛完成不久，而複合過去式（le passé composé）單純表示已完成的動作，可以指 1) **說話當下完成**，也可以是 2) **之前不久完成**，或是 3) **很久以前完成**，不受限於是否剛剛完成。因此常搭配**時間補語**來說明何時完成，可說是常用的過去式。以下先來看一下基本句型。

S（主詞）＋ 助動詞 ＋ 過去分詞

┃要點 1┃ 複合過去式的句型 🎧 048.mp3

正如以上句型，複合過去式是需要一個助動詞（auxiliaire）和一個過去分詞（participe passé）。此時，助動詞（如 avoir、être）需用現在式，並隨主詞做變化，並與過去分詞來做組合，這就是 composé（複合）的概念，**這樣的組合才算是過去式正確的表達方式，缺一不可。**

複合過去式的組合

Paul 保羅 ｜ a ｜ chanté. 唱了歌

助動詞 avoir，需配合主詞做變化

過去分詞（原形為 chanter）

　　過去式的助動詞（auxiliaire）角色，主要有 avoir 或 être，並以現在式呈現。正如以上 Paul a chanté. 中的助動詞 a 為 avoir 的現在式變化。

　　大部分的助動詞是用 avoir，而使用 être 的情況則相對比較少（☞ 助動詞用 être 的情況請見第 50 課）。本課先介紹用 avoir 當助動詞的用法。

由上面的解說可知，過去式是需要一個助動詞和一個過去分詞做組合的。此時，助動詞主要的功能是讓對方知道這是過去式，而後面的過去分詞主要是要表達動詞語意，但要做過去式的變化，變成過去分詞。

此時要注意，**過去分詞**的變化格式會根據不同的**動詞分類**（☞ 關於動詞的分類請見第 10 課），而有不同的**變化規則**。以下將介紹以 **er** 結尾之動詞的**過去分詞**。

・第 1 組動詞（以 **er** 結尾）
第一組動詞主要是以 er 結尾的動詞（ 請見第 11 課），例如：voyager（旅行）、écouter（聽）、danser（跳舞）。

・第 1 組動詞的過去分詞
而 er 結尾的動詞要變化成過去分詞的話，是去掉字尾的 er，改成 é。

先將字尾 er 去除，保留動詞字根

voyag~~er~~ → voyag
　　　　　　　字根

加入過去分詞字尾

voyag + -é → voyagé
字根　　字尾

voyager（旅行）　☞ 過去分詞是 **voyagé**
écouter（聽）　　☞ 過去分詞是 **écouté**
danser（跳舞）　☞ 過去分詞是 **dansé**

因此，第 1 組動詞的過去分詞直接去掉字尾的 er，改成 é 即可。以下來看 6 個主詞的過去式格式。

chanter（唱歌）→ 過去分詞為 chanté

主詞	avoir chanté
Je 我	J'ai **chanté**
Tu 你	as **chanté**
Il/Elle/On 他／她／我們	a **chanté**
Nous 我們	avons **chanté**
Vous 你們	avez **chanté**
Ils/Elles 他們／她們	ont **chanté**

manger（吃）→ 過去分詞為 mangé

主詞	avoir mangé
Je 我	J'ai **mangé**
Tu 你	as **mangé**
Il/Elle/On 他／她／我們	a **mangé**
Nous 我們	avons **mangé**
Vous 你們	avez **mangé**
Ils/Elles 他們／她們	ont **mangé**

要點 4 ▌過去分詞的變化規則 2：第 2 組動詞的規則 🎧 048.mp3

·第 2 組動詞（以 ir 結尾）
第 2 組動詞主要是以 ir 結尾的動詞（請見第 12 課），例如：finir（完成）、réfléchir（思考）。

·第 2 組動詞的過去分詞
而 ir 結尾的動詞要變化成過去分詞的話，是去掉字尾的 r 即可。

先將字尾 r 去除，保留動詞字根

 → fini

字根

變成過去分詞

→ fini

rougir（變紅）　　☞ 過去分詞是 **rougi**
grossir（變胖）　　☞ 過去分詞是 **grossi**
réfléchir（思考）　☞ 過去分詞是 **réfléchi**

finir（完成）→ 過去分詞是 fini	
主詞	avoir fini
Je 我	J'ai fini
Tu 你	as fini
Il/Elle/On 他／她／我們	a fini
Nous 我們	avons fini
Vous 你們	avez fini
Ils/Elles 他們／她們	ont fini

choisir（選擇）→ 過去分詞是 choisi	
主詞	avoir choisi
Je 我	J'ai choisi
Tu 你	as choisi
Il/Elle/On 他／她／我們	a choisi
Nous 我們	avons choisi
Vous 你們	avez choisi
Ils/Elles 他們／她們	ont choisi

即使是第 2 組動詞，其助動詞（auxiliaire）仍是用 avoir 的現在式。

此外，也都要注意在使用過去式句型時，助動詞（如 avoir）要隨主詞做變化，如隨主詞 je 變成 j'ai。而第二個動詞則是依照動詞的分類變化成過去分詞，如第一類動詞的 chanter →過去分詞為 chanté。

不過若是要用否定句表達時，以上提到的規則都不變，但要注意的是擺放位置。ne ~ pas 要把第一個動詞（即助動詞 avoir）包住，而非把兩個動詞都包住。以下來看看否定句的句型。

要點 5 ║ 複合過去式的否定用法 🎧 048.mp3

例句

Je **n'ai pas** chanté. 我沒唱歌。

Tu **n'as pas** mangé. 你沒吃。

Il/Elle/On **n'a pas** voyagé en Europe. 他／她／我們沒在歐洲旅行。

Nous **n'avons pas** fini les devoirs. 我們沒寫完功課。

Vous **n'avez pas** *encore* choisi? 您還沒選好嗎？

Ils/Elles **n'ont pas** réfléchi. 他們／她們沒想清楚。

這裡要注意到，ne ~ pas 是放在助動詞的兩側，而非把助動詞和過去分詞都包住。

✖ Je n'ai *chanté* pas.

○ Je n'ai pas *chanté*.

Ⓐ Ça va, Claude? Tu es fatiguée ?

Ⓑ Oui, un peu. J'ai fini mon travail à minuit...

克勞德，你還好嗎？你很累嗎？

對 ... 有點 ... 我半夜才下班。

Ⓐ Tu as dîné?

Ⓑ Oui oui, j'ai bien mangé, et toi?

那你吃晚餐沒？

吃了，我吃得很飽，你呢？

Ⓐ Moi aussi, j'ai dîné et j'ai regardé la télé...

Ⓑ Mais... ton chat est-ce qu'il a mangé ce soir?

我也是，我吃了，還看了電視 ...

但你家的貓今晚吃了嗎？

(✎) 練習題

請練習依提示與中文翻譯在底線中填入正確的過去式動詞變化。

例）Nous _____ (finir) les devoirs. 我們寫完功課了。

　　Nous _avons fini_ les devoirs.

(1) Natacha et Elsa _____ (écouter) de la musique chez moi.

娜塔莎和愛樂沙在我家聽了音樂。

(2) Les enfants _____ (jouer) avec le chat.

小孩們跟貓玩。

(3) Claire et moi, on _____ (acheter) un appartement.

克萊爾和我買了棟公寓。

(4) Vous _____ (passer) une belle journée.

您渡過了美好的一天。

(5) Tu _____ (appeler) le directeur ?

你打電話給主任了嗎？

(6) Je _____ (choisir) un livre dans la librairie.

我在書店選了一本書。

(7) Est-ce que vous _____ (réfléchir) sur votre avenir ?

你們有思考過你們的未來嗎？

(8) Luc et Hugo _____ (réussir) leurs examens l'année dernière.

路克和雨果去年考試通過了。

(9) La fille _____ (manger) deux pommes.

女孩吃了兩顆蘋果。

(10) Ma famille et moi, nous _____ (voyager) en Europe l'été dernier.

我家人和我去年夏天去歐洲旅行。

◀◀ 解答

(1) ont écouté
(2) ont joué
(3) a acheté
(4) avez passé
(5) as appelé
(6) J'ai choisi
(7) avez réfléchi
(8) ont réussi
(9) a mangé
(10) avons voyagé

Leçon 49 不規則變化動詞之過去分詞

　　這一課同樣是學習以現在式 avoir 搭配過去分詞（participe passé）來表達已完成動作的過去式，不過本課要介紹過去分詞是**不規則變化**的情況。

　　上一課我們學到的是規則的變化，即 er 結尾的動詞要變化成**過去分詞**的話，是去掉字尾的 er，改成 é；ir 結尾的動詞則是去掉字尾的 ir，改成 i。

🎧 049.mp3

第 1 組動詞的過去分詞

manger ☞ 過去分詞是 chanté

parler ☞ 過去分詞是 parlé

· J'ai **mangé**. 我吃了。

· Tu as **parlé**. 你說完了。

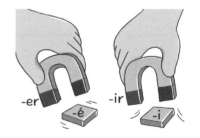

第 2 組動詞的過去分詞

finir ☞ 過去分詞是 fini

rougir ☞ 過去分詞是 rougi

· Il a **fini** le travail. 他完成工作了。

· Vous avez **rougi**. 您臉紅了。

　　以上為規則動詞變化，記住原則即可，但法語動詞中還有很多不規則動詞，且使用率也高，因此也須記住這些不規則變化的動詞。

049.mp3

| 要點 1 ┃ 不規則變化的動詞過去分詞

先以 **faire** 為例，其助動詞一樣也是用 **avoir**，並配合主詞做動詞變化。

faire（做）→ 過去分詞是 **fait**	
主詞	avoir fait
Je 我	J'**ai** fait
Tu 你	**as** fait
Il/Elle/On 他／她／我們	**a** fait
Nous 我們	**avons** fait
Vous 你們	**avez** fait
Ils/Elles 他們／她們	**ont** fait

 例句

J'ai fait la cuisine. 我做了飯。

用於否定句型的方式皆同上一課，只是過去分詞為不規則變化而已。

 049.mp3

否定句型：ne+ 助動詞 avoir+pas+**fait**	
主詞	否定句型
Je 我	**n'ai pas** fait
Tu 你	**n'as pas** fait
Il/Elle/On 他／她／我們	**n'a pas** fait
Nous 我們	**n'avons pas** fait
Vous 你們	**n'avez pas** fait
Ils/Elles 他們／她們	**n'ont pas** fait

例句

Je n'ai **pas** fait la cuisine. 我沒做飯。

　　過去分詞屬於不規則變化的動詞其實不少，請見以下這些常見的不規則變化動詞，並好好花時間記住。

être（是）☞ 過去分詞是 été

例句 J'ai été étudiant. 我當過學生。

不規則動詞

avoir（有）☞ 過去分詞是 eu*

例句 J'ai eu une mauvaise note. 我考了個壞分數。

*請注意：eu 為 avoir 的過去分詞時，發音為 [y]。

prendre（拿）☞ 過去分詞是 pris

例句 J'ai pris un gâteau. 我吃了個蛋糕。

comprendre（了解）☞ 過去分詞是 compris

例句 Je n'ai pas compris. 我不懂。

apprendre（學習）☞ 過去分詞是 appris

例句 Il a appris le français pendant 10 ans. 他學了法語 10 年。

écrire（寫）☞ 過去分詞是 écrit

例句 Elle a écrit un message à Pauline. 她寫了個訊息給寶林。

boire（喝）☞ 過去分詞是 bu

例句 On a bu du café au bureau. 我們在辦公室喝了些咖啡。

lire（讀）☞ 過去分詞是 lu

例句 Vous avez lu deux magazines. 您讀了兩本雜誌。

mettre（放置）☞ 過去分詞是 mis

例句 Nous avons mis un livre sur la table du professeur.
我們放了一本書在老師桌上。

vouloir（想要）☞ 過去分詞是 voulu

例句 Paul n'a pas voulu sortir. 保羅沒有想出門。

devoir（應該）☞ 過去分詞是 dû

例句 Il a dû travailler. 他必須工作。

pouvoir（能）☞ 過去分詞是 pu

例句 Tu n'as pas pu partir en France. 你沒有辦法出發去法國。

savoir（知道）☞ 過去分詞是 **su**

例句 Le professeur a **su** la vérité. 老師知道真相了。

falloir（必須）☞ 過去分詞是 **fallu**

例句 Il a **fallu** manger avant de partir. 出發前必須吃東西。

|| 要點 3 || 搭配時間補語（副詞）（le complément de temps）🎧 049.mp3

因為是過去式，所以搭配的時間補語（副詞）也會跟過去的時間補語相關，以下提供幾個時間補語參考。

· **hier** 昨天
  hier après-midi 昨天下午
  hier soir 昨天晚上

· **avant-hier** 前天

此外，也可以用形容詞 **dernier** 以及其他方式來表達過去的時間。

星期的表達 ☞ 陽性	週的表達 ☞ 陰性
lundi dernier 上週一	**la semaine dernière** 上星期
mardi dernier 上週二	年的表達 ☞ 陰性
月份的表達 ☞ 陽性	**l'année dernière** 去年
le mois dernier 上個月	il y a + 時間
季節的表達 ☞ 陽性	**il y a deux jours** 兩天前
l'été dernier 去年夏天	**il y a dix ans** 十年前
	年份的表達
	en 1998 1998 年

時間補語的位置擺放方式比較彈性，可放於句尾、句首或是動詞後方。請見下方例句：

句尾 J'ai appris la nouvelle **hier soir**.

句首 **Hier soir,** j'ai appris la nouvelle.

動詞後方 J'ai appris **hier soir** la nouvelle.

我昨晚得知消息了。

(◎) 簡短對話　　　🎧 049.mp3

Ⓐ Salut! Qu'est-ce tu **as fait** aujourd'hui?

嗨！你今天做了什麼？

Ⓑ **J'ai travaillé** au bureau.

我在辦公室工作啊。

Ⓐ D'accord... tu n'**as pas vu*** Paul la semaine dernière ?

喔好…你上星期沒跟保羅見面嗎？

Ⓑ Non, pourquoi ?

沒有，怎麼了？

Ⓐ Il **a écrit** à tout le monde il y a trois semaines. Il **a dû** partir à New York.

他三個星期前有寫信告訴所有人說，他必須離開去紐約。

Ⓑ Il **a trouvé**** un boulot là-bas ?

他在那邊有找到工作嗎？

* voir（看）的過去分詞

** trouver（找到）的過去分詞

(✐) 練習題

請練習依提示與中文翻譯在底線中填入正確的過去式動詞變化。

例) Je _____ (faire 做) la cuisine. 我做了飯。

　　J'ai fait la cuisine.

(1) Je _____ (pouvoir 可以) aller au cinéma avec toi jeudi dernier.

上週四我沒辦法跟你去看電影。

(2) Lisa et toi, vous _____ (lire 讀) avec les enfants avant-hier.

前天你和麗莎跟小朋友們一起看書。

(3) Hier, tu _____ (boire 喝) du jus d'orange.

昨天你喝了柳橙汁。

(4) On _____ (dire 說) « Bonjour » à tout le monde.

我們跟所有人打了招呼。

(5) Il _____ (falloir 必須) travailler dur l'année dernière.

去年必須好好認真工作。

(6) Nous _____ (recevoir 收到) le mois dernier un message de Paul.

我們上個月收到保羅的訊息。

(7) Hugo et ses enfants _____ (écrire 寫) une carte de voeux à Paul.

雨果和他的孩子們寫了一張祝福卡片給保羅。

(8) Tu _____ (vouloir 想要) travailler à Paris ?

你曾想過在巴黎工作嗎？

(9) Ses parents _____ (savoir 知道) la vérité.

他父母已知道真相。

(10) Lisa _____ (être 是) directrice de ma compagnie.

麗莎曾是我公司的主管。

◀◀ 解答

(1) n'ai pas pu
(2) avez lu
(3) as bu
(4) a dit
(5) a fallu（此動詞只能由非人稱的 il 當主詞）
(6) avons reçu
(7) ont écrit
(8) as voulu
(9) ont su
(10) a été

Leçon 50

助動詞是 être 的過去式（le passé composé）用法　🎧 050.mp3

「我去過巴黎」用法文要怎麼說

　　前面我們學過以現在式 avoir 搭配過去分詞（participe passé）來表達的過去式，雖然大部分的助動詞都是用 avoir，但仍有用 être 當做助動詞的情況。本課要介紹的就是**以 être 當作助動詞的複合過去式**。

　　那麼到底哪些該用 être，哪些該用 avoir 呢，其背誦技巧是去記少部分用 être 當助動詞的動詞，而沒背到的則是用 avoir 當助動詞。以下就來看看 14 組搭配 être 當助動詞的動詞。

▌要點 1 ▌基本概念：使用 être 當助動詞、帶有移動意義的動詞

基本上，會用 être 來當助動詞來表達的，都是帶有如「來」「去」等移動意義的動詞。我們先來看看什麼是移動意義。

非移動意義　如之前學過的**唱歌**（chanter），**吃**（manger），**思考**（réfléchir）
　　　　　　等這類動詞。因此，助動詞用 avoir。

$$\text{avoir} \begin{cases} \textbf{chanté} \\ \textbf{mangé} \\ \textbf{réfléchi} \end{cases}$$

移動意義 1　如「來這裡」的「**來**（venir）」、「去巴黎」的「**去**（aller）」、「**抵達巴黎**」的「**抵達**（arriver）」等這類動詞。

移動意義 2　因為帶有移動意義，所以後面幾乎是放**地方補語**，像是「去巴黎」的「巴黎」。也因此皆為不及物動詞。

此時，像是這樣帶有移動意義的動詞，其助動詞用 **être**。

$$\text{être} \begin{cases} \textbf{venu} \ ☞ \ \text{venir 的過去分詞} \\ \textbf{allé} \ ☞ \ \text{aller 的過去分詞} \\ \textbf{arrivé} \ ☞ \ \text{arriver 的過去分詞} \end{cases}$$

| 要點 2 | 使用 être 當助動詞的複合過去式句型 ────── 🎧 050.mp3

S（主詞）＋ **助動詞 être（隨主詞做現在式變化）** ＋ **過去分詞（移動意義的動詞）**

| **Paul** 保羅 | **est** | **allé** 去了 | **à Paris.** 到巴黎 |

助動詞 être，
需配合主詞做
變化

過去分詞（原
形為 aller）

地方
補語

Paul est allé à Paris. 保羅去了巴黎。

就跟上一課學過的複合過去式一樣，這一課一樣是**助動詞搭配過去分詞**，只是這一課的動詞為移動意義的動詞，且助動詞要用 être。

以下我們來看看有哪些搭配 être 當助動詞的基本動詞。

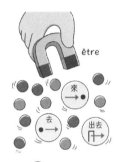

| 要點 3 | 14 組搭配 être 當助動詞的基本動詞 ────── 🎧 050.mp3

基本動詞	過去分詞	套用句型
venir（來）	venu	je suis venu
aller（去）	allé	je suis allé
partir（離開）	parti	je suis parti
arriver（抵達）	arrivé	je suis arrivé
monter（上）	monté	je suis monté
descendre（下）	descendu	je suis descendu
entrer（進入）	entré	je suis entré
sortir（出去）	sorti	je suis sorti
rester（留下）	resté	je suis resté
tomber（跌倒）	tombé	je suis tombé
naître（出生）	né	je suis né
mourir（死亡）	mort	je suis mort
passer（經過）	passé	je suis passé
retourner（回來）	retourné	je suis retourné

請先記得這 14 個移動意義的基本動詞。若都記住了，還可以利用基本動詞，來延伸其他同樣是搭配 être 的相關動詞。

🎧 050.mp3

venir（來）☞ 過去分詞是 venu

延伸 **revenir**（再回來）
　　☞ 過去分詞是 **re**venu → Je suis **revenu**

延伸 **devenir**（變成）
　　☞ 過去分詞是 **de**venu → Je suis **devenu**

entrer（進入）☞ 過去分詞是 entré

延伸 **rentrer**（回家）
　　☞ 過去分詞是 **r**entré → Je suis **rentré**

partir（離開）☞ 過去分詞是 parti

延伸 **repartir**（再出發）
　　☞ 過去分詞是 **re**parti → Je suis **reparti**

passer（經過）☞ 過去分詞是 passé

延伸 **repasser**（再經過）
　　☞ 過去分詞是 **re**passé → Je suis **repassé**

要點 4 過去分詞須配合主詞的陰陽性與單複數　　🎧 050.mp3

在使用以 **être** 當作助動詞的過去式時，還有個重點要注意，那就是過去分詞須與主詞的陰陽性、單複數保持一致。以下先以男生 Paul（保羅）、女生 Lisa（麗莎）以及過去分詞 arrivé 為例看看差異。

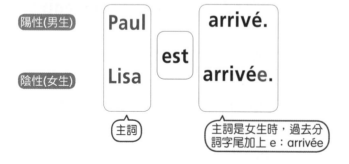

陽性(男生) Paul
陰性(女生) Lisa
est
arrivé.
arrivée.

主詞

主詞是女生時，過去分詞字尾加上 e：arrivée

☞ 主詞 Paul 是男生，其過去分詞不變化，用 arrivé，但主詞 Lisa 是女生，其過去分詞會變化成字尾加上 e 的 arrivée。

接著再來看看主詞是複數的情況。

(單數(陽性時)) Il　　 est　　　 **arrivé.**
　　　　　他　　　　　　　　　　到了

(複數(陽性時)) Nous　 sommes　 **arrivés.**
　　　　　我們　　　　　　　　　到了

(複數(陰性時)) Elles　 sont　　 **arrivées.**
　　　　　她們　　　　　　　　　到了

> 過去分詞會隨主詞的陰陽性、單複數作變化

☞ 雖然中文都翻譯成「到了」，但此時 arriver 的過去分詞會隨主詞的單複數、陰陽性作變化，會有在字尾加上 e、s、es 的情況。

(例句)

Elle est **venue** pour le stage de cuisine.

她為了烹飪課來了。☞ Elle 是陰性單數，過去分詞 venu 加了 e。

Nous sommes **allés** à Paris.

我們去過巴黎。☞ 此時 Nous 是陽性複數，因為過去分詞 allé 加了 s。

Elles sont **parties**.

她們離開了。☞ Elles 是陰性複數，過去分詞 parti 加了 es。

Vous n'êtes pas **monté** dans le bus ?

您沒上公車？

☞ 此時 Vous 是陽性單數（一位男士），因為過去分詞不變。若是變成 montée，那表示 Vous 是陰性單數（一位女士）；若是變成 montés，那表示 Vous 是陽性複數（幾位男士或有男有女）；若是變成 montées，那表示 Vous 是陰性複數（幾位女士）。

Ils ne sont pas descendus du train.

他們都沒下火車。☞ Ils 是陽性複數，因此過去分詞加上 s。

總而言之，在使用以 être 當作助動詞的過去式時，過去分詞會有形態上的變化，須與主詞的陰陽性、單複數作變化，在字尾加上 e、s、es 或是不變的情況。

　　不過雖然過去分詞會有這些形態上的變化，但其發音皆不變，唸起來都一樣。請見以下發音：

· Je suis **allé**.

　　　　[ale]

· Elle es **allé*e***.

　　　　[ale]

· Nous sommes **allé*s***

　　　　[ale]

· Elles sont **allé*es***.

　　　　[ale]

│要點 5│複合過去式的否定用法 ━━━━━━━━━ 🎧 050.mp3

否定句也跟用 **avoir** 當助動詞的過去式句型一樣，**ne ~ pas** 要把第一個動詞（即助動詞 **être**）包住，而非把兩個動詞都包住。以下來看看否定句的句型。

S+ne+ 助動詞（**être**）的現在式變化 **+pas+** 過去分詞（移動意義的動詞）

Je
我
ne	**suis**	**pas**	**venu**
沒			來

把助動詞包住　過去分詞放在 pas 之後

例句

Je ne suis pas venu. 我沒來。

Tu n'es pas resté chez toi ? 你沒留在家？

Il n'est pas entré dans le bureau. 他沒進辦公室。

　　這裡要注意到，ne ~ pas 是放在助動詞的兩側，而非把助動詞和過去分詞都包住。

✘ Je ne suis *venu* pas.

○ Je ne suis pas *venu*.

簡短對話

 050.mp3

Ⓐ Où **es-tu allée** pendant les vacances ?　你假期去了哪裡？

Ⓑ Avec ma famille, nous **sommes allées** à Nice, et toi ?　跟我的家人一起，我們去了尼斯，你呢？

Ⓐ Et bien moi, je n'**ai** pas **bougé***. Je **suis resté** chez moi.　我嘛，我沒去哪。我都待在家。

Ⓑ Et Claire ? Qu'est-ce qu'elle **a fait** ?　那克萊爾呢？她做了什麼？

Ⓐ Elle **est allée** voir ses amis en Provence.　她去普羅旺斯找朋友。

Ⓑ C'est bien...　不錯阿…

*bouger（移動）的過去分詞

練習題

請練習依提示與中文翻譯在底線中填入正確的過去式動詞變化。

例）Paul _____ (arriver). 保羅抵達了。

　　Paul _est arrivé._

(1) Nous _____ (passer) à la poste pour envoyer une lettre.

我們去郵局寄了封信。

(2) Mes parents _____ (rentrer) à minuit avant-hier.

前天我爸媽半夜才回家。

(3) Lisa et Anna _____ (devenir) professeures.

麗莎與安娜都成為老師了。

(4) Les enfants _____ (ne pas sortir) avec Paul ce matin.

小孩們今天早上沒跟保羅出門。

(5) Quand est-ce que tu _____ (retourner) dans ton pays ?

你何時回到自己國家的？

(6) Elisa _____ (naître) en 1998.

愛麗莎 1998 年出生。

(7) On _____ (rester) à la maison ce week-end.

這週末我們都留在家。

(8) La nuit _____ (tomber). Il fait froid.

夜晚降臨，天氣很冷。

(9) Les étudiants _____ (aller) à la bibliothèque pour travailler.

學生們已去圖書館唸書。

(10) Tout le monde _____ (partir).

所有人都離開了。

「我起床了」用法文要怎麼說

我們在第 44 課有學過反身動詞（les verbes pronominaux），也就是像起床（se lever）、洗澡（se laver）這類需要搭配反身代名詞的動詞。比如，要表達「他在洗澡」，法文會用「Il **se lave**.」。不過，當要用法文說「他洗過澡了」這樣的過去式時，又該怎麼表達呢？

▍**要點 1** ▍基本概念　　　　　　　　　　　　　　　　　🎧 051.mp3

以下我們先以「洗澡」（**se laver**）為例，來複習一下現在式的句型，同時來比較現在式與過去式的差異。

- 現在式的用法，主要需要注意代名詞 se 和動詞 laver 要隨主詞作變化：

　現在式　Il <u>se</u> <u>lave</u>.「他在洗澡。」

- 至於過去式的用法，則要加上助動詞 être 的輔助，以及將動詞變化成過去分詞，來表達出過去式。

　過去式　Il <u>s'est</u> <u>lavé</u>.「他洗過澡了。」

　　　☞ 要注意到代名詞 se、être 要隨主詞作變化，動詞 laver 要改成過去分詞

總而言之，不論是現在式、過去式，都是用到反身動詞 se laver，只是過去式要增加助動詞的輔助，並造成 laver 變化成過去分詞。

▍**要點 2** ▍反身動詞過去式的句型　　　　　　　　　　🎧 051.mp3

| S+ | 反身代名詞 | + | 助動詞（être）的現在式變化 | + | 過去分詞 |

Je 我	**me** 我	**suis**	**lavé(e)**. 洗～了
	代名詞	助動詞	過去分詞

> **例句**
>
> **Je me suis lavé(e) à minuit.**
>
> 我在半夜洗了澡。

反身動詞的過去式因含有<mark>反身代名詞 **se**、助動詞</mark>以及<mark>過去分詞</mark>，因此要注意到，這三者<mark>都會隨主詞的不同而有所變化</mark>。例如主詞是 je 的話，se 要變成 me，助動詞 être 要變成 suis。不過，過去分詞還會牽涉到主詞的陰陽性、單複數問題，會改變其字尾變化。就像上面例句中，過去分詞可能是 lavé 或是 lavée。因為主詞 Je（我）可能是男生或女生。

Je me suis `lavé(e)`

過去分詞會受主詞的陰陽性、單複數產生字尾變化

以下我們就來看看會隨主詞產生變化的反身動詞過去式形態。

要點 3｜反身動詞的複合過去式 (passé composé) 變化 🎧 051.mp3

主詞	原形 se laver	原形 se réveiller
Je 我	*me* suis lavé(e)	*me* suis réveillé(e)
Tu 你	*t'es* lavé(e)	*t'es* réveillé(e)
Il 他	*s'est* lavé	*s'est* réveillé
Elle 她	*s'est* lavée	*s'est* réveillée
On 我們	*s'est* lavés	*s'est* réveillés
Nous 我們	*nous* sommes lavé(e)s	*nous* sommes réveillé(e)s
Vous 您	*vous* êtes lavé(e)	*vous* êtes réveillé(e)
Vous 你們	*vous* êtes lavé(e)s	*vous* êtes réveillé(e)s
Ils 他們	*se* sont lavés	*se* sont réveillés
Elles 她們	*se* sont lavées	*se* sont réveillées

透過上表，斜體字（如 *me*）為反身代名詞的變化，粗體字（如 suis）為助動詞 **être** 的變化，套顏色處表示<mark>當主詞是陰性或複數</mark>情況時，會在過去分詞產生的字尾變化。以主詞 Je 和 Nous 為例，因為 Je 有可能會是男生，也

324

有可能是女生，而 Nous 有可能都是男生、有男有女，或是都是女生的狀態，此時要注意其字尾變化。

・主詞 Je 為例

是男生時 Je *me* **suis** réveillé.

是女生時 Je *me* **suis** réveillée.

・主詞 Nous 為例

都是男生時 Nous *nous* **sommes** lavés

有男有女時 Nous *nous* **sommes** lavés

都是女生時 Nous *nous* **sommes** lavées

此兩情況是一樣的字尾

┃要點 4┃ 用於句子中 🎧 051.mp3

Lisa s'est lavée à minuit.

麗莎在半夜洗了澡。

Nous **nous sommes lavées** après le dîner.

我們晚餐後洗了澡。

Paul et David **se sont réveillés** à neuf heures ce matin.

保羅與大衛今天早上九點才醒。

Vous **vous êtes réveillés** trop tard ce matin.

今早你們太晚起床。

　　所有反身動詞的過去式都用 être 當做助動詞，無例外，請注意**過去分詞須隨主詞的陰陽性、單複數變化**。

　　接下來，反身動詞過去式該怎麼改成否定用法呢？前面我們學過**助動詞是 être 的複合過去式**的否定用法，即 ne ~ pas 把第一個動詞（即助動詞 être）包住，而**反身動詞過去式**的第一個動詞同樣是助動詞 être，因此先把助動詞 être 找到，再用 ne ~ pas 包住即可。

以下我們先來找到肯定句的第一個動詞 être，接著要連同代名詞一起用 ne ~ pas 將之包住。

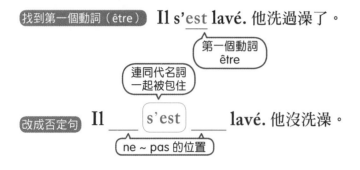

找到第一個動詞（être） Il s'est lavé. 他洗過澡了。

改成否定句 Il ＿＿ s'est ＿＿ lavé. 他沒洗澡。

S+ne+ 反身代名詞 + 助動詞（être）的現在式變化 +pas+ 過去分詞

Je 我 **ne** 沒 **me** 我 **suis** **pas** **réveillé(e).** 叫～醒了

把反身代名詞及助動詞包住　　過去分詞放在 pas 之後

例句

Je **ne** me suis **pas** réveillé(e) à six heures ce matin.

今早我六點沒醒。

主詞	否定句型
Je 我	**ne** *me* suis **pas** réveillé(e).
Tu 你	**ne** *t'*es **pas** réveillé(e).
Il 他	**ne** *s'*est **pas** réveillé.
Elle 她	**ne** *s'*est **pas** réveillée.
On 我們	**ne** *s'*est **pas** réveillés.
Nous 我們	**ne** *nous* sommes **pas** réveillé(e)s.
Vous 您	**ne** *vous* êtes **pas** réveillé(e)
Vous 你們	**ne** *vous* êtes **pas** réveillé(e)s
Ils 他們	**ne** *se* sont **pas** réveillés.
Elles 她們	**ne** *se* sont **pas** réveillées.

總而言之，**ne ~ pas** 基本上是要包住會隨主詞變化的**助動詞**，若助動詞前面有反身代名詞，也要連同一起包住，但不是把過去分詞也都包住喔。

✘ Je ne *me* suis *réveillé* pas.

✘ Je *me* ne suis pas *réveillé*.

✘ Je *me* ne suis *réveillé* pas.

○ Je ne *me* suis pas *réveillé*.

簡短對話　🎧 051.mp3

Ⓐ Lisa, qu'est-ce que tu as fait lundi dernier ?

麗莎，你上週一做了什麼？

Ⓑ Pas grand chose, je me suis levée à huit heures et je me suis coiffée... je me suis habillée...

沒做什麼。我八點起床，然後梳頭髮、穿衣服⋯

Ⓐ Tu es sortie après?

之後有出門嗎？

Ⓑ Oui... je me suis promenée avec mon chien au parc près de chez moi.

有阿，我跟我的狗去家裡附近的公園散步。

Ⓐ C'est tout?

就這樣？

Ⓑ Oui... je me suis couchée à minuit...

是呀。晚上十二點睡覺⋯

練習題

請練習依提示與中文翻譯在底線中填入正確的反身動詞過去式動詞變化。

例）Paul _____ (se lever). 保羅起床了。

Paul <u>s'est levé</u> (se lever).

(1) François et moi, nous _____ (se retrouver) devant le cinéma à huit heures du soir.

佛斯瓦（男生）跟我晚上八點在電影院前面會合。

(2) Les enfants _____ (se doucher) après le dîner.

小孩們在晚餐後沖澡。

(3) Angela et ses étudiantes _____ (ne pas s'asseoir) ensemble.

安琪拉（女生）與她的女學生們沒有坐在一起。

(4) Madelaine _____ (ne pas se maquiller) aujourd'hui.

瑪德蓮（女生）今天沒化妝。

(5) Qu'est-ce qu'il _____ (se passer) ce matin?

今早發生了什麼事？

(6) David et Paul _____ (se baigner) dans la mer.

大衛與保羅在海裡玩了水。

(7) Simon et toi, vous _____ (ne pas se raser) après la douche.

西蒙（男生）和你，你們洗澡後沒刮鬍子。

(8) Mon ami et moi, nous _____ (se regarder) sans dire un mot après la réunion.

我朋友和我，我們開完會後互看不說話。

(9) Mes parents _____ (se reposer) après avoir travaillé.

我父母工作完後已休息。

(10) Ses amis _____ (s'amuser bien) pendant la fête.

他的朋友們在派對期間玩得很開心。

搭配不同助動詞，會變成及物動詞或不及物動詞

　　前面我們學過用 avoir 當助動詞的動詞，以及用 être 當助動詞的動詞，在這些用 être 當助動詞架構過去式的動詞中，有些是可以同時用 avoir 與 être 當助動詞來架構過去式的，但兩者所表達的意思不太一樣。本課要介紹的這類動詞有兩種不同的架構，可同時當及物動詞與不及物動詞。

┃要點 1┃ 過去式所使用的助動詞　　　　　　　　　　🎧 052.mp3

以下先來複習一下前面三課學到的句型。

　　過去式（le passé composé）的表達，是用助動詞 avoir 或 être 再加上過去分詞，強調已完成的動作。不過這兩者的選擇是，除了**移動來去的動詞**以及**反身動詞**是用 être 當助動詞之外，其他大部分的動詞過去式皆用 avoir

當助動詞。

　　不過有些移動式動詞有兩種用法，可同時用 avoir 和 être 當助動詞的動詞，既可以表示一般動詞的意思，也可表示移動動詞的意義，這兩者的差異主要是用於**及物動詞** (verbe transitif) 與**不及物動詞** (verbe intransitif) 的不同情況。

┃ 要點 2 ┃ 基本概念：區分及物動詞 & 不及物動詞 ────── 🎧 052.mp3

區分的方式是，**及物動詞後面不須加介系詞，但不及物動詞是 1) 沒有受詞，或是 2) 需要加介系詞才能接受詞。**

〔及物動詞〕

〔直接受詞〕

J' | appelle | mon copain Jules.
我 | 打電話給 | 我朋友吉爾。

☞ appeler 為及物動詞，後面直接放受詞 (mon copain Jules)，不用放介系詞。而 mon copain Jules 前面無介系詞，稱之為直接受詞（complément d'objet direct）。

〔不及物動詞〕

〔間接受詞〕

Je | téléphone | à | mon copain Jules.
我 | 打電話 | 給 | 我朋友吉爾。

☞ téléphoner 也是「打電話」，但是動詞後面要放受詞（mon copain Jules）時，需要有介系詞（à）來連接，因此是不及物動詞。受詞 mon copain Jules 前有介系詞，稱之為間接受詞（complément d'objet indirect）。

　　以上了解了及物動詞和不及物動詞的概念之後，接下來我們要來看看以下「可同時當作**及物動詞**以及**不及物動詞**」的動詞。

　　以下這些動詞要用過去式表達時，需要助動詞，此時使用「**助動詞 avoir+ 動詞過去分詞**」是及物動詞，使用「**助動詞 être + 動詞過去分詞**」是不及物動詞。

	過去分詞	不及物動詞 (verbe intransitif)	及物動詞 (verbe transitif)
monter 上去	monté	je suis **monté(e)**	j'ai **monté**
descendre 下來	descendu	je suis **descendu(e)**	j'ai **descendu**
entrer 進去	entré	je suis **entré(e)**	j'ai **entré**
rentrer 回	rentré	je suis **rentré(e)**	j'ai **rentré**
sortir 出去	sorti	je suis **sorti(e)**	j'ai **sorti**
retourner 回來	retourné	je suis **retourné(e)**	j'ai **retourné**
passer 經過；度過	passé	je suis **passé(e)**	j'ai **passé**
demeurer 住；留	demeuré	je suis **demeuré(e)**	j'ai **demeuré**

　　大概了解以上這些動詞之後，接著來看看這些動詞如何應用在句子中。基本上，雖然都是同一個動詞，但用了不同的助動詞，兩者的意義會不一樣。

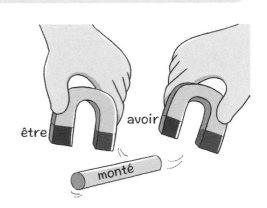

Je suis monté(e) dans ma chambre.

我上樓去我的房間。

J'ai monté une chaise dans ma chambre.

我把椅子搬上去到我的房間。

Tu es descendu(e) **du** bus.

你下公車。

Tu as descendu **la poubelle**.

你把垃圾拿下去。

Il est entré **au** bureau.

他進辦公室了。

Il a entré **deux mots** dans le moteur de recherche. 他在搜尋引擎中輸入兩個字。

Elle est rentrée **dans** la maison.

她回到家了。

Elle a rentré **la voiture** au garage.

她把車開回車庫。

Nous sommes sortis.

我們出門了。

Nous avons sorti **notre livre** pour travailler. 我們把書拿出來讀。

(retourner)

Vous êtes retourné **dans** votre pays.

您（男士）回到您自己的國家。

· **Vous êtes** retournée **dans** votre pays.

您（女士）回到您自己的國家。

· **Vous êtes** retournés **dans** vos pays. 你們回到自己的國家。

· **Vous êtes** retournées **dans** vos pays. 妳們回到自己的國家。

Vous avez retourné **la crêpe**.

您（您們，你們，妳們）將可麗餅皮翻面了。

(passer)

Ils sont passés à la poste.

他們去郵局。

Ils ont passé **une bonne journée**.

他們度過美好的一天。

(demeurer)

Elles sont demeurées **là** sans bouger.

她們留在那沒動。

Elles ont demeuré 5 ans à Paris.

她們住在巴黎五年了。

以上有用**底色塊標示者**皆為**直接受詞**，那就須用 **avoir** 當助動詞；無直接受詞者就是用 **être** 當助動詞。不過 demeurer 沒有及物動詞的用法，但仍用不同助動詞代表不同意思。以上助動詞的選擇，跟動詞後面是否要加**直接受詞**有關，但 demeurer 除外，是用意思來決定其助動詞是 être 或 avoir。

· être+demeuré：「留／保持」（同 rester）的意思。
· avoir+demeuré：「住」（同 habiter）的意思。

另外要注意到，用 être 當助動詞所組成的過去式，其過去分詞須配合主詞的陰陽性單複數做變化，但**用 avoir 當助動詞的情況，過去分詞絕對不能變化。**

Ⓐ Zac, où es-tu passé? 扎克，你去哪了？

Ⓑ Ah je suis allé chez Henri. 我去了亨利家。

Ⓐ Qu'est-ce que vous avez fait ? 你們做了什麼？

Ⓑ On a monté une nouvelle étagère... et on a aussi regardé un film américain et on a mangé du gâteau... 我們組了個新的書架，也看了一部美國片，並吃了蛋糕。

Ⓐ Hmm... vous avez passé un après-midi ensemble ? 你們一起度過了愉快下午嗎？

Ⓑ Oui oui... 是啊…

Ⓐ Et tes devoirs de math ? 那你的數學作業呢？

Ⓑ Ah... 啊 ~

✏ 練習題

請練習依提示與中文翻譯在底線中填入正確的過去式動詞變化。

例）Paul _____ (aller) chez Henri. 保羅去了亨利家。

Paul *est allé* (aller) chez Henri.

(1) Bernard et Angela _____ (sortir) leurs jouets dans le salon.

伯納和安琪拉在客廳把他們的玩具拿出來了。

(2) Tu _____ (entrer) dans le bureau de Monsieur le directeur ?

你／妳進去過長官的辦公室嗎？

(3) Jules et moi, on _____ (passer) à l'école pour chercher notre chien.

吉爾和我，我們去學校找小狗。

(4) Les enfants _____(rentrer) chez eux.

小孩們都回家了。

(5) Ma grand-mère _____ (retourner) la crêpe il y a deux minutes.

我奶奶兩分鐘前將可麗餅皮翻面了。

(6) Vous _____ (descendre) ce canapé au rez de chaussée ?

你們把這沙發床搬下去到一樓了嗎？

(7) Je _____ (passer) du temps avec ma père hier.

我昨天花了點時間陪我爸爸。

(8) Ma mère _____(demeurer) 30 ans dans cette maison.

我媽媽住在這房子住了 30 年。

(9) L'homme _____(monter) dans le bus 223.

那位男子上了 223 號公車。

(10) Nous _____(descendre) de la montagne. 我們下山了。

簡單未來式（le futur simple）　　　🎧 053.mp3

帶有不確定性的未來：「我兩年後將～」

在第 45 課我們已介紹過表達「即將」、「馬上」的近未來式（le futur proche），本課要介紹法語的另一種未來式，稱為簡單未來式（le futur simple）。相較於近未來式（le futur proche），簡單未來式是距離「現在」比較遠的未來式，多帶點不確定性，大多用來表示「計畫」或「對未來的期許或想像」。

┃要點 1┃ 基本概念：區分近未來式 & 簡單未來式 ━━━ 🎧 053.mp3

近未來式（le futur proche）	簡單未來式（le futur simple）

Je **vais travailler** la semaine prochaine.	Je travaille*rai* après mes études **dans deux ans**.
下週我即將工作。	我（打算）在唸完書兩年後將會工作。
☞ le futur proche 時間接近現在，實現的機率較高。	☞ le futur simple 時間距離現在較遠，像是在規畫未來，帶點未來不確定性。

透過以上例句可以大概了解，簡單未來式是時間較遠、多帶點不確定性，像是在「計畫」或「對未來的期許或想像」。不過可以注意一下簡單未來式的動詞字尾，看起來像是原形動詞再加上字尾 ai。以下我們就來看一下簡單未來式的動詞變化。除了一些例外不規則的變化需要記之外，動詞變化大多是規律的。

要點 2 ▌ 規則動詞變化（conjugaison） 🎧 053.mp3

動詞類型	第一組 chanter	第二組 finir	第三組 prendre
Je 我	chanterai	finirai	prendrai
Tu 你	chanteras	finiras	prendras
Il/Elle/On 他／她／我們	chantera	finira	prendra
Nous 我們	chanterons	finirons	prendrons
Vous 你們	chanterez	finirez	prendrez
Ils/Elles 他們／她們	chanteront	finiront	prendront

　　以上有顏色標示處為簡單未來式的**固定字尾**（-ai, -as, -a, -ons, -ez, -ont），此字尾與 avoir 的現在式動詞變化有點類似。

　　請注意 nous 與 ils/elles 的動詞字尾變化**發音相同**，字尾只是一個字母之差，很容易搞錯，要注意。

　　・Nous chanterons.　　　　　　・Ils chanteront.
　　　　[ʃɑ̃trɔ̃]　　　　　　　　　　　　[ʃɑ̃trɔ̃]

要點 3 ▌ 歸納公式：第一組動詞 & 第二組動詞

第一組的 **er** 結尾動詞與第二組的 **ir** 結尾動詞，其變化方式都是直接用原形動詞當作字根，依主詞直接在後面加上字尾 **-ai, -as, -a, -ons, -ez, -ont**，非常規律。

先將原形動詞視為字根

依人稱加入字尾

chanter（字根）＋ -ai（字尾）→ chanterai

主詞	變化規則
Je	字根 -ai
Tu	字根 -as
Il/Elle/On	字根 -a
Nous	字根 -ons
Vous	字根 -ez
Ils/Elles	字根 -ont

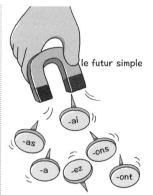

le futur simple

┃要點 4┃歸納公式：第三組動詞

第三組以 **re** 結尾的動詞，則需先去除字尾的 **e**，接著再加上未來式的固定字尾。

先去除原形動詞的字尾 **e**，並視為字根

prendre → prendr
去掉字尾 e　　視為字根

依人稱加入字尾

prendr + -ai → prendrai
字根　　字尾

　　看完以上三組屬於規則變化的動詞後，以下來看看簡單未來式不規則變化的動詞。大部分動詞的簡單未來式變化都是規律的，須注意的是不規則變化。其中，以 être 與 avoir 為首要注意對象，不過字尾跟以上三組動詞的字尾一樣，只是字根不同而已。

	être 是	avoir 有
Je 我	serai	j'aurai
Tu 你	seras	auras
Il/Elle/On 他／她／我們	sera	aura
Nous 我們	serons	aurons
Vous 你們	serez	aurez
Ils/Elles 他們／她們	seront	auront

其他常見的不規則動詞還有以下這些，在學習時請多加注意。

🎧 053.mp3

發音問題所造成的不規則變化

appeler（打電話）

動詞變化　j'appellerai, tu appelleras, il appellera...

☞ 類似動詞：rappeler（回電）

acheter（買）

動詞變化　j'achèterai, tu achèteras, il achètera...

☞ 類似動詞：peser（量）、lever（舉起）

jeter（丟）

動詞變化　je jetterai, tu jetteras, il jettera...

☞ 類似動詞：rejeter 拒絕, projeter 投射

需特別熟記的動詞

faire（做）

動詞變化　je ferai, tu feras, il fera...

例句　Je ferai un voyage en Europe. 我將去歐洲旅行。

falloir（必須）

動詞變化　il faudra

例句　Il faudra partir. 必須離開。

devoir（應該）

動詞變化 je devrai, tu devras, il devra

例句 Je **devrai** finir ce travail avant minuit.
我應該要於午夜前完成這工作。

vouloir（想）

動詞變化 je voudrai, tu voudras, il voudra...

例句 Je **voudrai** acheter un sandwich. 我想買三明治。

pouvoir（可以）

動詞變化 je pourrai, tu pourras, il pourra...

例句 Je **pourrai** appeler le professeur de français.
我可以打電話給法文老師。

savoir（知道）

動詞變化 je saurai, tu sauras, il saura...

例句 Je **saurai** la vérité. 我將知道真相。

aller（去）

動詞變化 j'irai, tu iras, il ira...

例句 J'**irai** en Afrique. 我將去非洲。

venir（來）

動詞變化 je viendrai, tu viendras, il viendra...

例句 Je **viendrai** dès que possible. 我會盡快來。

envoyer（寄）

動詞變化 j'enverrai, tu enverras, il enverra...

例句 J'**enverrai** un message à Paul. 我將傳封訊息給保羅。

recevoir（收到）

動詞變化 je recevrai, tu recevras, il recevra...

例句 Je **recevrai** la lettre dans une semaine.
我一星期後將會接到來信。

voir（看）

動詞變化　je verrai, tu verras, il verra...

例句　Je verrai. 我再看看。

courir（跑）

動詞變化　je courrai, tu courras, il courra...

例句　Je courrai après le cours. 下課後我將跑步。

　　以上不規格變化的動詞只要特別記字根即可，字尾變化都跟前面講的大原則相同：-ai, -as, -a, -ons, -ez, -ont。以 faire 為例：

先記字根　faire → fer

加入字尾　fer + -ai → ferai　　　fer + -ons → ferons

　　　　　fer + -as → feras　　　fer + -ez → ferez

　　　　　fer + -a → fera　　　　fer + -ont → feront

要點 6 ┃ 否定句句型　　　　　　　　　　　　🎧 053.mp3

否定的用法跟之前一樣，是直接將 ne ~ pas 等否定句型把變化的動詞包住即可。

S（主詞）+ ne + 簡單未來式動詞（動詞變化）**+ pas**

Je **ne** partirai **pas** en France. 我將不（打算）去法國。

Tu **ne** feras **pas** tes études à l'étranger. 你將不（打算）出國留學。

On **ne** devra **pas** manger avant de travailler.

我們將不應該在工作前吃東西。

💬 **簡短對話**　　　　　　　　　　　　　🎧 053.mp3

Ⓐ Où iras-tu après la fin des études?　你畢業後將去哪裡？

Ⓑ Je ferai un tour du monde.　我將環遊世界。

Ⓐ Tu ne **trouveras** pas d'abord un travail ?

你不先找份工作嗎？

Ⓑ Non, je **verrai** d'abord le monde, je **rencontrerai** les gens et j'**élargirai** ma vision.

不，我要先看看這世界、認識人，並拓展視野。

Ⓐ Tu **reviendras** quand ?

你何時回來？

Ⓑ Je **reviendrai** quand j'aurai 30 ans.

我 30 歲時會回來。

✏️ 練習題

請練習依提示與中文翻譯在底線中填入正確的簡單未來式。

例） ＿＿＿＿＿＿＿＿＿ (aller) en Afrique. 我將去非洲。

　　J'irai (aller) en Afrique.

(1) Nous ＿＿＿＿＿＿＿ (dormir 睡覺) quand nous ＿＿＿＿＿＿＿ (être) fatigués.

當我們累的時候，我們將睡覺。

(2) Il ＿＿＿＿＿＿＿ (rentrer 回家) dès que possible.

他盡可能快點回家。

(3) On ＿＿＿＿＿＿＿ (envoyer 寄) des lettres demain.

我們明天寄信。

(4) Je ＿＿＿＿＿＿＿ (pouvoir) venir voir les professeurs bientôt.

我將可以來看老師們。

(5) Il ＿＿＿＿＿＿＿ (falloir) finir ce travail dans un an.

一年內必須完成這工作。

(6) Tu ＿＿＿＿＿＿＿ (sortir) comme tu ＿＿＿＿＿＿＿(vouloir).

你想要的話就可以出門。

(7) Les étudiants _____ (partir) à l'étranger pour faire un stage.

學生們將出國做實習。

(8) Nous _____ (avoir) beaucoup d'argent.

我們將會有很多錢。

(9) Tout le monde _____ (savoir) la vérité.

所有人將會知道真相。

(10) Marc _____ (aller) en France un jour.

馬克有一天將會去法國。

54 描述過去狀態、情境的過去式： 「那個時候我正在～」

前面我們學過複合過去式（passé composé），今天我們要學的**過去未完成式（l'imparfait）**是直陳式的另一種過去式，跟複合過去式（passé composé）所表達的「動作已完成」概念不同。**過去未完成式（l'imparfait）**是用來表達**過去時間的狀態、情境**，或者是**過去時間當下正在進行、未完成的動作**。

┃ 要點 1 ┃ 基本概念：區分複合過去式 & 未完成式 ───── 🎧 054.mp3

複合過去式（passé composé）	未完成式（l'imparfait）
Je suis allé(e) à l'école en bus.	**J'allais à l'école en bus.**
我搭公車去上學了。	我過去習慣搭公車上學。
☞ **passé composé** 單純表示動作已完成。	☞ **l'imparfait** 表示過去時間當下的狀態與情境，或是過去的習慣。

不同於 passé composé，未完成式（l'imparfait）不需要助動詞，只有一個動詞變化。此外，透過以上例句可以大概了解，passé composé 單純交代了動作已完成、事件已發生，而 l'imparfait 則可說明在過去的某時間、期間，當時的狀態與情境，或是過去的習慣。

以下我們就來看一下未完成式（l'imparfait）的動詞變化。除了一些例外不規則的變化需要記之外，動詞變化大多是規律的。表格整理如下。

要點 2 動詞變化 (conjugaison)　🎧 054.mp3

動詞類型	第一組 chanter	第二組 finir	第三組 prendre
	字根來自 現在式 ~~Nous chantons~~	字根來自 現在式 ~~Nous finissons~~	字根來自 現在式 ~~Nous prenons~~
Je 我	chantais	finissais	prenais
Tu 你	chantais	finissais	prenais
Il/Elle/On 他／她／我們	chantait	finissait	prenait
Nous 我們	chantions	finissions	prenions
Vous 你們	chantiez	finissiez	preniez
Ils/Elles 他們／她們	chantaient	finissaient	prenaient

要點 3 歸納公式

要找出過去未完成式（l'imparfait）的動詞變化，步驟為：1) 先找出現在式第一人稱複數（nous）的動詞變化，2) 去除主詞與字尾 ons，3) 依人稱加入該時態的固定字尾：ais, ais, ait, ions, iez, aient。

先找出現在式 nous 的動詞變化

Nous chantons
nous 的動詞變化

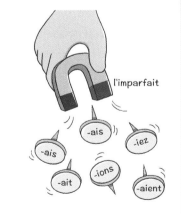

去除字尾 ons

chant~~ons~~ → chant
去掉字尾 ons　視為字根

依人稱加入字尾

chant + -ais → chantais
字根　字尾

主詞	變化規則
Je	字根 -ais
Tu	字根 -ais
Il/Elle/On	字根 -ait
Nous	字根 -ions
Vous	字根 -iez
Ils/Elles	字根 -aient

看完以上三組屬於規則變化的動詞後，以下來看看不規則變化的動詞。其中，以 être 與 avoir 為首要注意對象，不過字尾跟以上三組動詞的字尾一樣，只是字根不同而已。

▌要點 4 ▌ 不規則動詞變化 (conjugaison)　　　　　🎧 054.mp3

	être 是	avoir 有
Je 我	j'étais	j'avais
Tu 你	étais	avais
Il/Elle/On 他／她／我們	était	avait
Nous 我們	étions	avions
Vous 你們	étiez	aviez
Ils/Elles 他們／她們	étaient	avaient

當下的狀態

可用來描述過去時間當下，人、事、物的狀態與情境。

例句

Ma mère portait une robe rouge avec un chapeau noir.

我媽媽當時穿著紅色洋裝，搭配一頂黑色的帽子。

Il faisait chaud. Les oiseaux chantaient dans les arbres. Il n'y avait pas de vent.

當時天氣很熱。小鳥們在樹上唱歌。當時沒有風。

Nous habitions dans un petit appartement parce que nous n'avions pas beaucoup d'argent.

我們當時住在一個小公寓，因為我們當時沒有很多錢。

過去的習慣

可用來描述過去某段時期、時間，當時的習慣。

例句

Quand j'étais écolière, j'allais à l'école en bus.

當我還是小學生時，我習慣搭公車上學。

Mes parents se couchaient toujours à onze heures du soir.

我父母總是習慣在晚上十一點就寢。 ☞ se coucher 上床睡覺

Il prenait un café quand il travaillait.

他習慣在工作時喝杯咖啡。

過去正在進行的動作

也可用來描述在過去某段時間正在進行、未完成的動作。

例句

Quand je suis arrivé chez moi, mon père **regardait** la télé.

當我抵達我家時，我爸爸當時正在看電視。

Je suis sorti de l'école. Il **pleuvait**.

我出學校門了。當時正下著雨。☞ pleuvoir 下雨

Mon père est rentré à minuit. Je **dormais**.

我爸爸半夜才回家。當時我正在睡覺。

表示禮貌

使用動詞 vouloir 時是表示禮貌，與時態無關（跟過去式無關），可用在現在當下。

例句

Je **voulais** prendre le taxi.

我想搭計程車。

Je **voulais** regarder ces photos.

我想看這些照片。

Je **voulais** travailler dans votre bureau.

我想在您的公司上班。

▌要點 6 ▌否定句句型 🎧 054.mp3

否定的用法跟之前一樣，是直接將 ne ~ pas 等否定句型把未完成式變化的動詞包住即可。

S（主詞）＋ **ne** ＋ 未完成式（動詞變化） ＋ **pas**

Il **n'y avait personne** dans la rue.

當時路上沒有人。

Quand j'**habitais** à Taipei, je **n'avais pas** d'ami.

當我還住在台北時，我沒有朋友。

Il **ne prenait pas** de café quand il **travaillait**.

他不習慣在工作時喝咖啡。

簡短對話

Ⓐ Papi, quand tu **étais** jeune, tu **aimais** faire quoi pendant les vacances scolaires ?

爺爺，你年輕時，學校放假時你都愛做什麼？

Ⓑ Ah, j'**adorais** passer mes vacances chez mon oncle à la campagne.

啊 ... 我超愛到我伯伯在鄉下的家裡度假。

Ⓐ Tu **avais** des copains là-bas ?

你在那裡有朋友嗎？

Ⓑ Oui oui, j'**avais** un copain. Il s'**appelait** Roger et il **habitait** à côté de la maison de mon oncle.

有，我有一個朋友。他叫羅傑，住在我伯伯家隔壁。

Ⓐ Vous **faisiez** quoi ensemble ?

你們都一起做什麼？

Ⓑ Hmm... on **faisait** du vélo, **jouait** au foot et de temps en temps, on **se promenait** dans la forêt...c'était inoubliable...

我們騎腳踏車、踢足球，有時候我們會在森林裡散步 ... 真是難以忘懷啊 ...

練習題

請練習在以下底線中填入正確的過去未完成式（imparfait）動詞變化。

例）Paul ＿＿＿＿＿＿＿ un café quand il ＿＿＿＿＿＿＿.
保羅過去工作時習慣會喝杯咖啡。

Paul <u>prenait</u> un café quand il <u>travaillait</u>.

(1) Il ＿＿＿＿＿＿(être) deux heures du matin. Les gens ＿＿＿＿ ＿＿＿＿ (dormir). Il n'y ＿＿＿＿＿＿(avoir) personne dans la rue.（當時）凌晨兩點。人們在睡覺。路上沒有人。

(2) Nous ＿＿＿＿＿＿ (faire) de la musique quand nous ＿＿＿＿ ＿＿＿＿(être) jeunes. 當我們年輕時，我們玩音樂。

(3) Il ＿＿＿＿＿＿ (faire) froid. La fille ＿＿＿＿＿＿(porter 穿) une jupe courte.（當時）天氣好冷。那位女孩穿著短裙。

(4) Quand Jules m'a téléphoné, je _____ (travailler) sur mon nouveau projet.

當吉爾打電話給我時，我正在做新的企劃案。

(5) Tu _____ (marcher) sur la plage et tu _____ (réfléchir).

（當時）你走在海灘上，同時也在思考著。

(6) Je _____(vouloir) un café, s'il vous plaît.

麻煩一下，我想要一杯咖啡。

(7) Quand vous _____(être) à l'université, _____ (avoir)-vous de bons amis ?

當您在大學時，您有好朋友嗎？

(8) Dans le jardin de ma grand-mère, il y _____(avoir) un grand cerisier et des fleurs. Je_____(prendre) toujours mon déjeuner sous le cerisier.

（當時）我奶奶的花園裡有顆大櫻桃樹和一些花。我總是在櫻桃樹下吃午餐。

(9) Comme d'habitude, je _____(se réveiller) à sept heures, je _____(se brosser) les dents, _____ (s'habiller) et après le petit déjeuner, je _____(partir) au bureau. 習慣上，我七點醒來、刷牙、穿衣服，在吃完早餐後就去上班了。

(10) Quand mon père _____(habiter) à Paris, il _____ ___(ne pas avoir) de voiture.

當我爸爸還住在巴黎時，他沒有車子。

Leçon 55 「我愛你」用法文要怎麼說

代名詞的功能在於**避免重複**，不須每次都要重複講同一名詞，而法語的**人稱代名詞**分成主詞和受詞此兩種不同角色，本書在第一課學過了像是「我愛你」中「我」這個位置的主詞人稱代名詞，本課將介紹受詞角色的人稱代名詞，即「我愛你」中「你」這個位置的人稱代名詞。

▎要點 1 ▎基本概念

不同於中文、英文的表達語序，法語在用代名詞表示像是「我愛你」的句子時，代名詞須放在動詞前面。

中文　我愛你。

英文　**I love you.**

法文　**Je t'aime.**（☞ t' = te）

大概了解這觀念之後，各位會發現受詞人稱代名詞跟之前學過的**反身動詞**的代名詞一樣，都需要放到動詞前面的位置。反身動詞的代名詞，也就像是 se réveiller（醒來）中的 se。以下我們來看看這兩句子的差異：

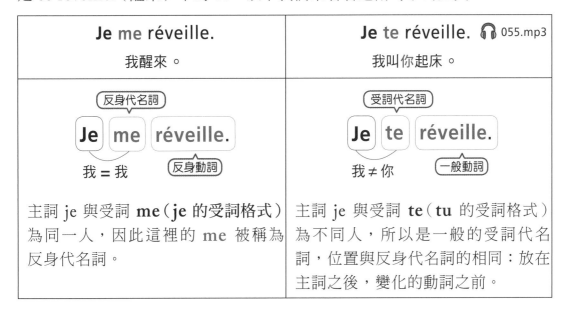

Je me réveille.　　　　　　　　　　　　　　　　　　　　　　　　　　　　　　　　　　　我醒來。	**Je te réveille.** 🎧055.mp3　　　　　　　　　　　　　　　　　　　　　　　　我叫你起床。
反身代名詞　　　**Je** | **me** | **réveille.**　　我 = 我　　反身動詞	受詞代名詞　　　**Je** | **te** | **réveille.**　　我 ≠ 你　　一般動詞
主詞 je 與受詞 **me**（**je** 的受詞格式）為同一人，因此這裡的 me 被稱為反身代名詞。	主詞 je 與受詞 **te**（**tu** 的受詞格式）為不同人，所以是一般的受詞代名詞，位置與反身代名詞的相同：放在主詞之後，變化的動詞之前。

受詞分為**直接受詞**與**間接受詞**，簡稱為 COD、COI。

直接受詞：(le pronom) complément d'objet direct ☞ 簡稱 COD。

間接受詞：(le pronom) complément d'objet indirect ☞ 簡稱 COI。

┃要點 2┃ 區分直接受詞與間接受詞 ━━━━━━━━ 🎧 055.mp3

區別直接受詞與間接受詞，主要以動詞為準。

COD 的情況			COI 的情況			
Je vois Marie. ☞ voir 看			**Je parle à Marie.**			
我看瑪麗。			我跟瑪麗說話。			
Je	vois	Marie.	Je	parle	à	Marie.
	及物動詞	**直接受詞**（COD）		不及物動詞	介系詞	**間接受詞**（COI）
動詞 voir 接在 Marie 前面，不須放介系詞，所以 voir 是及物動詞，因此受詞 Marie 也就是 **COD**（直接受詞）。			但動詞 parler 後方須使用介系詞 à 才能接受詞 Marie，所以 parler 為不及物動詞，因此 Marie 為間接受詞（COI）。			

接著我們再比較看看另外一組動詞的情況。

🎧 055.mp3

區別直接受詞與間接受詞，主要以動詞為準。

COD 的情況			COI 的情況			
Tu appelles Paul.			**Tu écris à Paul.**			
你打電話給保羅。☞appeler 打電話			你寫信給保羅。☞écrire 寫			
Tu	appelles	Paul.	Tu	écris	à	Paul.
	及物動詞	**直接受詞**（COD）		不及物動詞	介系詞	**間接受詞**（COI）
appeler 後面不用介系詞，所以是及物動詞，而 Paul 也就是直接受詞（COD）。			écrire 後方需要介系詞 à 才能接 Paul，所以是不及物動詞，而 Paul 就是間接受詞（COI）。			

　　動詞是及物或是不及物，會決定受詞為直接受詞（COD）還是間接受詞（COI），因此動詞部分需熟記，**因為法語的直接受詞代名詞（COD）、間接受詞代名詞（COI）是不同的。**

　　正如一開始舉例的 Je te réveille.（我叫你起床）中的 te，接下來我們要來看與此相關的 COD、COI 之第一、二人稱代名詞格式。

┃要點 3┃COD 與 COI 的人稱格式：第一、二人稱　　　🎧 055.mp3

	直接受詞（COD）	間接受詞（COI）
Je 我	me	me
Tu 你	te	te
Nous 我們	nous	nous
Vous 你們	vous	vous

　　我們可以發現直接受詞（COD）或是間接受詞（COI）代名詞，兩者於**第一人稱還是第二人稱**都是一樣的格式。此時，得由動詞來決定到底是直接或間接受詞。例如：

・**Je te regarde.** 我看你。

☞ regarder 為及物動詞，所以 te 為**直接受詞 COD**。

・**Je te téléphone.** 我打電話給你。

☞téléphoner 為不及物動詞，需放介系詞（**à**），此時 te 為間接受詞 COI。但當 COI 代名詞移至動詞前時，介系詞 à 會消失。

・**Il vous aime.** 他愛你們。

☞aimer 為及物動詞，所以 vous 為**直接受詞 COD**。

・**Il vous obéit.** 他服從你們。

☞obéir 為不及物動詞，需放介系詞（**à**），所以 vous 為間接受詞 COI。但當 COI 代名詞移至動詞前時，介系詞 à 會消失。

　　前面我們在用 Je t'aime.、Je te réveille. 舉例時，對於擺放位置有基本

的概念解說，即與反身動詞的擺放位置相同，**需放於變化動詞的前面**。以下我們透過更多例句來理解代名詞的位置，並加以運用在不同的時態上，以下會分成現在式（présent）、過去式（passé composé）、即將未來式（futur proche）的時態。

要點 4 ┃ 直接受詞（COD）與間接受詞（COI）代名詞的位置 🎧 055.mp3

現在式（présent）

· COD 的情況

S（主詞） ＋ **COD 代名詞** ＋ **V（動詞變化）**

肯定 Il nous **appelle**. 他打電話給我們。☞appeler 打電話

Il	nous	appelle.
	COD	及物動詞：打電話

否定 Il *ne* nous **appelle** *pas*. 他不打電話給我們。

Il	**ne**	nous	appelle	**pas.**
	否定	COD	及物動詞：打電話	

· COI 的情況

S（主詞） ＋ **COI 代名詞** ＋ **V（動詞變化）**

肯定 Il nous **parle**. 他跟我們說話。 ☞ parler à 對～說話

Il	nous	parle.
	COI	不及物動詞：說話

否定 Il *ne* nous **parle** *pas*. 他沒有跟我們說話。

Il	**ne**	nous	parle	**pas.**
	否定	COI	不及物動詞：說話	

過去式（passé composé）

· **COD** 的情況

S（主詞）	+	COD 代名詞	+	助動詞 + 動詞過去分詞

肯定 Il nous **a appelés**. 他打了電話給我們。

Il	nous	a	appelés.
	COD	助動詞 avoir	及物動詞：打電話

否定 Il *ne* nous **a** *pas* **appelés**. 他沒有打電話給我們。

Il	ne	nous	a	pas	appelés.
	否定	COD	助動詞 avoir		及物動詞：打電話

· **COI** 的情況

S（主詞）	+	COI 代名詞	+	助動詞 + 動詞過去分詞

肯定 Il nous **a parlé**. 他有跟我們說話。

Il	nous	a	parlé.
	COI	助動詞 avoir	不及物動詞：說話

否定 Il *ne* nous **a** *pas* **parlé**. 他沒有跟我們說話。

Il	ne	nous	a	pas	parlé.
	否定	COI	助動詞 avoir		不及物動詞：說話

　　同樣地，**受詞代名詞也是放置於變化動詞的前面（也就是助動詞 avoir 的前面）**，不是過去分詞（participe passé）的前面喔，這跟反身動詞過去式中的反身代名詞是一樣的位置，只是這裡助動詞不能用 être，**而是需用 avoir**。

　　另外，要特別注意的是，當直接受詞出現在助動詞及過去分詞（participe passé）之前時，**過去分詞需隨直接受詞代名詞的陰陽性和單複數做變化**，但間接受詞則不用變化。

· Elle m'a **appelée** hier

她昨天打電話給我。 受詞（me）是女生，因此 appeler 的過去分詞字尾需加上 e。

· Elle m'a **parlé** hier.

她昨天跟我談話。☞ parler 為不及物動詞，因此縱使受詞（me）是女生，但因動詞的關係而屬於間接受詞，所以 parler 的過去分詞不需加 e。

即將未來式（**futur proche**）

· <u>COD</u> 的情況

S（主詞） ＋ aller 的動詞變化 ＋ **COD 代名詞** ＋ **V₀ 動詞原形**

肯定 Il **va** nous **appeler**. 他要打電話給我們。

Il	va	nous	appeler.
	助動詞 aller	COD	及物動詞：打電話

否定 Il *ne* va *pas* nous **appeler**. 他不會打電話給我們。

Il	ne	va	pas	nous	appeler.
	否定	助動詞 aller		COD	及物動詞：打電話

· <u>COI</u> 的情況

S（主詞） ＋ aller 的動詞變化 ＋ **COI 代名詞** ＋ **V₀ 動詞原形**

肯定 Il **va** nous **parler**. 他要跟我們說話。

Il	va	nous	parler.
	助動詞 aller	COI	不及物動詞：說話

否定 Il *ne* va pas nous **parler**. 他不會跟我們說話。

Il	ne	va	pas	nous	parler.
	否定	助動詞 aller		COI	不及物動詞：說話

　　這裡要注意到，受詞代名詞放置於原形動詞的前面（也就是 parler 的前面），而不是助動詞 aller 的前面喔，主要是因為 nous 不是 aller 的受詞。因此，只要是**有助動詞，後面是原形動詞的情況時，受詞代名詞都需放在原形動詞前面**（除了過去式的情況之外）。另外，否定句的 ne ~ pas 則是包住變化的助動詞，而不是包住原形動詞。

・Il **peut** nous appeler. 他可以打電話給我們。

☞ 否定句：Il **ne peut pas** nous appeler.（pouvoir 可以；能）

・Il **doit** nous parler. 他應該跟我們談話。

☞ 否定句：Il **ne doit pas** nous parler.（devoir 應該）

(＊◯◯＊) 簡短對話　　　🎧 055.mp3

Ⓐ Tu as une minute ? Je voudrais te parler...	你現在有空嗎？我要跟你談一點事。
Ⓑ Oui oui... qu'est-ce qu'il y a ?	有，是什麼事呢？
Ⓐ Paul **nous** invite à sa fête d'anniversaire.	保羅邀請我們一起去參加他的生日派對。
Ⓑ Oui oui il m'a appelé tout à l'heure. Il t'a téléphoné ?	對，他剛剛有打電話給我。他有打給你嗎？
Ⓐ Oui oui... Lisa et Anna vont aussi à sa fête et elles viennent **nous** chercher en voiture.	有阿。麗莎和安娜也要去，她們要開車載我們去。
Ⓑ C'est vrai ?! C'est très gentil !	真的？！太好了！

(✏️) 練習題

請練習依提示將以下中文翻譯成法文。請注意時態。

例）我在跟你說話。

Je te parle.

(1) 我們邀請你們來我們家。（邀請：inviter → 及物動詞）（時態用現在式）

_____

(2) David 愛我。（愛：aimer → 及物動詞）（時態用現在式）

_____

(3) 你們寫了信給我。（寫信：écrire → 不及物動詞）（時態用過去式）

_____

(4) 我昨天在超市有看到你。（看：voir → 及物動詞）

_____

(5) 你明天要來找我嗎？（找：chercher → 及物動詞）

_____

(6) 我們很愛你。（喜愛：adorer → 及物動詞）（時態用現在式）

_____

(7) 我下星期打電話給你。（打電話：appeler → 及物動詞）

_____

(8) 她現在不想跟我講話。（說話：parler → 不及物動詞）

_____

(9) 您認識我嗎？（認識：connaître → 及物動詞）

_____

(10) 你可以回答我嗎？（回答：répondre → 不及物動詞）

_____

▶▶ 解答

(1) Nous vous invitons chez nous.

(2) David m'aime.

(3) Vous m'avez écrit.

(4) Je t'ai vu(e) hier au supermarché.（直接受詞 te 為陰性或陽性，這邊擺 voir 的過去分詞字尾擺如此 e。）

(5) Tu vas me chercher demain ? 或 Est-ce que tu vas me chercher demain ?

(6) Nous t'adorons. 或 On t'adore.

(7) Je t'appelle la semaine prochaine.

(8) Elle ne veut pas me parler maintenant.

(9) Vous me connaissez ?

(10) Tu peux me répondre ? 或 Est-ce que tu peux me répondre ?

Leçon 56
「我愛他」用法文要怎麼說

上一課我們學到了第一人稱與第二人稱的受詞人稱代名詞，本課將介紹**第三人稱**，也就是「他」「她」「他們」「她們」當作受詞時的表達。

我（主詞）　看到（動詞）　瑪莉（名詞）

┃要點 1┃ 基本概念 🎧 056.mp3

跟上一課介紹的第一、第二人稱代名詞相同，第三人稱代名詞也是需前置，放在動詞之前。不過以下將比較一般名詞及代名詞兩者用在句子中的情況。

Je **réveille** Philippe.	Je le réveille.
我叫醒菲利浦。	我叫醒他。
Je **réveille** Philippe. ⇒ 專有名詞	Je le réveille. 代名詞
這裡的受詞 Philippe 不是代名詞，而是專有名詞。專有名詞與普通名詞都放在動詞（réveiller）之後。因此整句的語順跟中文一樣。	當不想重複 Philippe 而改成代名詞時，其放置的位置與**反身動詞**或是**一般受詞代名詞**相同：放在**主詞之後、變化動詞之前**。

大概了解這觀念之後，各位會發現**第三人稱受詞人稱代名詞**，跟上一課學過的**第一人稱與第二人稱**的情況一樣，都需要放到動詞前面的位置。

接下來我們來看看在第三人稱的情況下，名詞要如何改成代名詞，以及區分直接受詞代名詞與間接受詞代名詞的差異。法語的第三人稱受詞代名詞，也分為**直接受詞（COD）**與**間接受詞（COI）**，而區分 COD 與 COI 方式也是以動詞為準。☞ 可參考上一課。

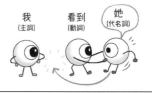

我（主詞）　看到（動詞）　她（代名詞）

COD 的情況

Je ⟨vois⟩ Marie. 我看瑪麗。

↳ 動詞 voir 是及物動詞。

Je **vois** Marie. 我看瑪麗。	Je **la** vois. 我看她。
Je ｜**vois**｜ ｜**Marie.**｜ 〔及物動詞〕〔專有名詞〕	Je ｜**la**｜ **vois.** 〔COD 代名詞：代稱 Marie〕
因為 voir 為及物動詞，因此 Marie 也就是 COD（直接受詞）。	此時要把 Marie 改成 COD 代名詞，而因為 Marie 是女生，因此使用陰性的 COD 代名詞 la。

接著來看一下 COI 的情況。

COI 的情況

Je ⟨parle⟩ à Marie. 我跟瑪麗說話。

↳ 動詞 parler 是不及物動詞。

Je **parle** à Marie. 我跟瑪麗說話。	Je **lui** parle. 我跟她說話。
Je ｜**parle**｜ à ｜**Marie.**｜ 〔不及物動詞〕〔專有名詞〕	Je ｜**lui**｜ **parle.** 〔COI 代名詞：代稱 à Marie〕
因為動詞 parler 後面需用介系詞 à 才能接 Marie，所以 parler 為不及物動詞，因此 Marie 也就是 COI（間接受詞）。	此時要把 Marie 改成 COI 代名詞，即 lui。

以上可以發現 la 是直接受詞（COD）代名詞，而 lui 是間接受詞（COI）代名詞，第三人稱於直接和間接受詞的代名詞用字上是有區分的，跟其他人稱不同，所以需熟記不同之處。以下我們就來看看第三人稱受詞人稱代名詞的格式。

▌要點 3 ▌ COD 與 COI 的人稱格式：第三人稱　　🎧 056.mp3

主詞	直接受詞（COD）	間接受詞（COI）
Il 他	le	lui
Elle 她	la	lui
Ils 他們	les	leur
Elles 她們	les	leur

透過以上表格要注意到，第三人稱的直接受詞（COD）和間接受詞（COI）代名詞格式是不一樣的，像是「他」的 COD 代名詞是「le」，但 COI 代名詞是「lui」。請見以下例句。

・**Tu aimes Philippe?** — **Oui, je l'aime.** 你愛菲利浦嗎？ 是的，我愛他。

　☞aimer 為及物動詞，因此受詞 Philippe 是直接受詞（COD），於是代名詞用 COD 的 le（陽性單數）。

・**Tu parles à Philippe?** — **Oui, je lui parle.**
　你在跟菲利浦說話嗎？ 是的，我在跟他說話。

　☞parler 為不及物動詞，需放介系詞（à），因此受詞 Philippe 是間接受詞（COI），於是代名詞用 COI 的 lui（陽性單數）。

因此，對於動詞是及物還是不及物，也關係到代名詞是否正確使用，學習動詞前需多熟記。

以下我們透過更多例句來理解第三人稱直接受詞（COD）和間接受詞（COI）代名詞的位置，並加以運用在不同的時態上，以下會分成現在式（présent）、過去式（passé composé）、即將未來式（futur proche）的時態。與前一課介紹的第一、二人稱受詞代名詞位置相同，也是需放於變化動詞前面。

現在式（présent）

· COD 的情況

原句　Il **appelle Marie et Paul**. 他打電話給瑪莉和保羅。

肯定　Il **les appelle**. 他打電話給他們。

Il	les	appelle.
	COD	及物動詞：打電話

否定　Il *ne* les **appelle** *pas*. 他不打電話給他們。

Il	ne	les	appelle	pas.
	否定	COD	及物動詞：打電話	

· COI 的情況

原句　Il **parle à Marie et Paul**. 他跟瑪莉和保羅講話。

肯定　Il **leur parle**. 他跟他們說話。

Il	leur	parle.
	COI	不及物動詞：說話

否定　Il *ne* leur **parle** *pas*. 他沒有跟他們說話。

Il	ne	leur	parle	pas.
	否定	COI	不及物動詞：說話	

過去式（passé composé）

・ **COD** 的情況

原句 Il **a appelé** Marie et Paul. 他打了電話給瑪莉和保羅。

肯定 Il les **a appelé**s. 他打了電話給他們。

Il	**les**	**a**	**appelés.**
	COD	助動詞 avoir	及物動詞：打電話

否定 Il *ne* les **a** *pas* appelés. 他沒有打電話給他們。

Il	**ne**	les	**a**	**pas**	appelés.
	否定	COD	助動詞 avoir		及物動詞：打電話

・ **COI** 的情況

原句 Il **a parlé** à Marie et Paul. 他有跟瑪莉和保羅講過話。

肯定 Il leur **a parlé**. 他有跟他們說話。

Il	**leur**	**a**	**parlé.**
	COI	助動詞 avoir	不及物動詞：說話

否定 Il *ne* leur **a** *pas* parlé. 他沒有跟他們說話。

Il	**ne**	**leur**	**a**	**pas**	**parlé.**
	否定	COI	助動詞 avoir		不及物動詞：說話

　　跟上一課學到的情形一樣，**受詞代名詞也是放置於變化動詞的前面（也就是助動詞 avoir 的前面）**，不是過去分詞（participe passé）的前面，只是這裡助動詞一樣是不能用 être，**而是需用 avoir**。

　　另外，要特別注意的是，當直接受詞出現在助動詞及過去分詞（participe passé）之前時，**過去分詞需隨直接受詞代名詞的陰陽性和單複數做變化**，但間接受詞則不用變化。

即將未來式（**futur proche**）

· **COD** 的情況

原句 Il **va appeler** Marie et Paul. 他要打電話給瑪莉和保羅。

肯定 Il **va les appeler**. 他要打電話給他們。

Il	va	les	appeler.
	助動詞 aller	COD	及物動詞：打電話

否定 Il *ne* **va** *pas* **les appeler**. 他不會打電話給他們。

Il	ne	va	pas	les	appeler.
	否定	助動詞 aller		COD	及物動詞：打電話

· **COI** 的情況

原句 Il **va parler** à Marie et Paul. 他要跟瑪莉和保羅講話。

肯定 Il **va leur parler**. 他要跟他們說話。

Il	va	leur	parler.
	助動詞 aller	COI	不及物動詞：說話

否定 Il *ne* **va** *pas* **leur parler**. 他不會跟他們說話。

Il	ne	va	pas	leur	parler.
	否定	助動詞 aller		COI	不及物動詞：說話

這裡會發現，代名詞同樣是放在原形動詞（即句中 appeler、parler）之前，主要是因為 les/leur 不是即將未來式助動詞 aller 的受詞。因此，只要是有助動詞，後面是原形動詞的情況時，受詞代名詞都需放在原形動詞前面（除了過去式的情況之外）。另外，否定句的 ne ~ pas 則是包住變化的助動詞，而不是包住原形動詞。

簡短對話　　　🎧 056.mp3

Ⓐ Tu vas chercher Alice et Kévin à l'école?

你要去學校接艾麗絲和凱文嗎？

Ⓑ Oui oui... Je vais **les** chercher.

對…我要去接他們。

Ⓐ Ah oui, j'ai téléphoné à Madame Dupont, la professeure de Kévin.

啊，對了！我有打電話給凱文的老師度彭女士。

Ⓑ Pourquoi tu **lui** as téléphoné? Il y a un problème ?

為何打給她？有什麼問題嗎？

Ⓐ Oui... je **lui** ai demandé un rendez-vous. Je voudrais **lui** expliquer pourquoi Kévin n'a pas travaillé ces derniers temps.

有，我跟她約了時間。我想跟她解釋為何凱文最近沒唸書。

Ⓑ D'accord...

好的…

 練習題

請根據以下法文問句及提示，利用第三人稱代名詞來回答問題。

例）Tu aimes Marie? 你愛瑪麗嗎？

Oui, *je l'aime.*
Non, *je ne l'aime pas.*

(1) Lisa accompagne ses enfants à l'école ?
麗莎送小孩去學校嗎？（accompagner 陪伴）
Oui, ＿＿＿＿＿＿＿＿＿＿＿＿
Non, ＿＿＿＿＿＿＿＿＿＿＿＿

(2) Vous avez écrit à vos parents ?
你們有寫信給父母嗎？（écrire 寫）
Oui, ＿＿＿＿＿＿＿＿＿＿＿＿
Non, ＿＿＿＿＿＿＿＿＿＿＿＿

(3) Tu vas expliquer à ton professeur ?

你要去跟老師解釋嗎？（expliquer 解釋）

Oui, _____

Non, _____

(4) Ils ont oublié les enfants au magasin ?

他們把小孩忘在店裡了嗎？（oublier 忘記）

Oui, _____

Non, _____

(5) Les enfants ont dit « bonjour » à leurs professeurs ?

小朋友們有跟他們的老師們問好嗎？（dire 說）

Oui, _____

Non, _____

(6) Est-ce que vous avez rencontré Lisa au café ?

你們（您）有在咖啡廳遇見麗莎嗎？（rencontrer 遇見）

Oui, _____

Non, _____

(7) Vous allez voir Léo et David ce week-end ?

您這週末要和里歐以及大衛見面嗎？

Oui, _____

Non, _____

(8) Tu as cherché tes amis hier ?

你昨天有來找過你的朋友們嗎？

Oui, _____

Non, _____

(9) Est-ce que Léonie veut inviter ses voisins chez elle demain?

里歐妮想邀她鄰居明天到她家嗎？

Oui, _____

Non, _____

⑽ As-tu téléphoné à tes parents ?

你打電話給你父母了沒？

Oui, _____

Non, _____

解答 ▶▶

(1) Oui, elle **les** accompagne.
Non, elle ne **les** accompagne pas.
(2) Oui, nous **leur** avons écrit.
Non, nous ne **leur** avons pas écrit.
(3) Oui, je vais **lui** expliquer.
Non, je ne vais pas **lui** expliquer.
(4) Oui, ils **les** ont oubliés. *1
Non, ils ne **les** ont pas oubliés. *1
(5) Oui, ils **leur** ont dit « bonjour ».
Non, ils ne **leur** ont pas dit « bonjour ».

(6) Oui, je l'ai rencontrée. *2
Non, je ne l'ai pas rencontrée. *2
Oui, nous l'avons rencontrée. *2
Non, nous ne l'avons pas rencontrée. *2
(7) Oui, je vais **les** voir.
Non, je ne vais pas **les** voir.
(8) Oui, je **les** ai cherchés hier. *3
Non, je ne **les** ai pas cherchés. *3
(9) Oui, elle veut **les** inviter.
Non, elle ne veut pas **les** inviter.
(10) Oui, je **leur** ai téléphoné.
Non, je ne **leur** ai pas téléphoné.

*1 直接受詞代名詞 les 放在複合過去時態裡，過去分詞需要隨著直接受詞的名詞陰陽性及單複數變化，所以 oublié 要加 s。

*2 直接受詞代名詞 la 放在複合過去時態裡，過去分詞需要隨著直接受詞的名詞陰陽性及單複數變化，所以 rencontre 要加 e。

*3 直接受詞代名詞 les 放在複合過去時態裡，過去分詞需要隨著直接受詞的名詞陰陽性及單複數變化，所以 cherché 要加 s。

用一個字代替「地方補語：à/chez...+ 地方」

代名詞的功能在於避免重複，除了可以代替我們之前學過的「我、你、他」等人稱之外，還可代替像是「**到巴黎**」等這樣的地方補語，這就是本課將介紹的**代名詞 Y** 的功能。跟前面學到的受詞人稱代名詞相同，**代名詞 Y 需放在動詞前面**。首先，Y 擔任代名詞最基本的功能是：

① 代替**地方補語**（如 à Paris 去巴黎）

┃要點 1┃ 基本概念

我們一般在對話中，一開始提到某個地方（如巴黎）之後，接下來的對話內容一旦會提到該地方，我們中文都會說「去那裡／這裡」「在那裡／這裡」之類的吧，以避免一直重複同個地名。法語也有這樣的代名詞，也就是今天的重點：Y 代名詞。

中文 我要去巴黎。　　　→　　　我要去那裡。

法文 Je vais à Paris.　→　　　J'y vais.

以下是 Y 代名詞的句子結構：

S（主詞）＋ Y 代名詞＋ V₁（動詞變化）或 être 動詞

| J'
我 | y
那裡 | vais.
去 |

代替地方

大概了解這觀念之後，各位會發現 Y 代名詞，跟之前學過的受詞人稱代名詞一樣，都需要放到動詞前面的位置。

接下來我們要來看看在對話中，會如何使用到 Y 代名詞。假如有人問「某某人要去巴黎嗎？」，我們是否會說「對，某某人要去」或「沒有，某某人沒有要去」這樣省略地方名詞呢。

┃ 要點 2 ┃ Y 代名詞代替地方補語的情況 ────────── 🎧 057.mp3

問句　**Elle va à Paris ?**

她要去巴黎嗎？

回答　**Oui, elle y va.**

是的，她要去。

Non, elle *n*'y va *pas*.

不，她不去。

à Paris 為地方補語，在有上下文的情形下，為避免重複會用 y 代名詞替換，讓句子簡潔、有完整性。

🎧 057.mp3

問句　**Les étudiants vont habiter dans un hôtel.**

學生們將住旅館嗎？　⌐「在旅館」為地方補語，代名詞為 y

回答　**Oui, ils vont y habiter.**

是，他們將住在那。

Non, ils *ne* vont *pas* y habiter.

不，他們將不住。

問句　**Tu es passé au marché ?**

你去過市場嗎？　⌐「到市場」為地方補語，代名詞為 y

回答　**Oui, j'y suis passé.**

是，我去過了。

Non, je *n*'y suis *pas* passé.

不，我沒去過。

問句　**Pauline était chez le médecin.**

寶琳當時在診所嗎？　⌐「在診所」為地方補語，代名詞為 y

回答 Oui, elle y était.

是，她當時在那。

Non, elle *n*'y était *pas*.

不，她當時不在那。

　　以上回答句中使用的 y 皆代替問句中的地方補語，其擺放位置就跟直接受詞或間接受詞的位置相同。

簡短對話

🎧 057.mp3

Ⓐ Tu vas aller **en Espagne** pendant les vacances de Pâques ?

Ⓑ Oui oui... Je vais y aller avec mes copains.

復活節假期時，你要去西班牙嗎？

對，跟我朋友們去。

Ⓐ Tu connais bien **le pays** ?

Ⓑ Oui, j'y suis allé quand j'avais 15 ans avec mes parents.

你對這個國家熟嗎？

熟，我 15 歲時跟我父母去過。

Ⓐ D'accord, vous avez fait quoi **sur la plage** ?

Ⓑ Nous y avons bâti des châteaux...

好的，你們在海灘上做了什麼？

我們在那邊蓋城堡⋯

練習題

請根據以下法文問句及提示，利用 Y 代名詞來回答問題。

例）Marie va à Paris ? 瑪莉去巴黎嗎？

Oui, *elle y va.*

(1) Qu'est-ce que tu as fait à l'école ? 你在學校做了什麼？

_____ （chercher mes livres 找我的書）

(2) Sont-ils en Normandie ? 他們在諾曼地省嗎？

Non, _____

(3) Les étudiants vont habiter <u>dans un hôtel</u>？學生們要去住飯店嗎？

　　Oui, _____

(4) Vous venez d'assister <u>au concert</u>？您們剛剛去了音樂會嗎？

　　Oui, _____

(5) Qu'est-ce qu'il a pris <u>à la cafétéria</u>？他在福利社買了什麼？

　　_____

　　_____（un coca et un sandwich 一瓶可樂和一個三明治）

(6) Quand peux-tu aller <u>à la banque</u>？你何時可以去銀行？

　　_____（demain 明天）

(7) Tu as voyagé <u>en Europe</u>？你去歐洲旅行過？

　　Non, _____

(8) Vous êtes passés <u>au marché</u>？你們去過市場了嗎？

　　Non, pas encore. _____

(9) Qu'est-ce que tu as vu <u>sur la table</u>？你在桌上看到了什麼？

　　_____（deux pommes 兩顆蘋果）

(10) Tu étais <u>chez le médecin</u>？你當時在診所嗎？

　　Oui. _____

解答 ▶▶

(1) J'y ai cherché mes livres.
(2) Non, ils n'y sont pas.
(3) Oui, ils vont y habiter.
(4) Oui, nous venons d'y assister.
(5) Il y a pris un coca et un sandwich.
(6) Je peux y aller demain.
(7) Non, je n'y ai pas voyagé.
(8) Non, pas encore. Nous n'y sommes pas encore passé(e)s.
(9) J'y ai vu deux pommes.
(10) Oui, j'y étais.

EN 代名詞（le pronom complément EN）的用法　🎧 058.mp3

用一個字代替「地方補語：de+ 地方」

　　本課要介紹的 en 並不是以前學過的介系詞（en France），而是跟上一課的 y 一樣功能的**代名詞**，且擺放位置也跟代名詞 Y 一樣放在動詞前面。以下先針對 en 代名詞代替「地方補語：de ＋地方」的情況做解釋。

①介系詞 de + 地方名詞

┃要點 1┃基本概念

我們在對話中可能會省略掉地方補語，而改用「這邊、那邊」或完全省略，但法文也是得根據動詞情況、名詞情況來使用代名詞取代。而此時 en 可取代介系詞 de + 地方名詞。先看以下動詞與地方補語的關係。

・**venir de Paris**（來自巴黎）

① | **venir** | | **de　Paris** |

　└─ 不及物動詞 venir（來）　　　這裡的 de Paris 為地方補語，表示「來自巴黎」

② 此時，可以用 en 取代這裡的 de Paris：

☞ Elle vient | **de　Paris** | .　→　Elle | **en** | vient.

・以下是 **en** 代名詞的句子結構：

S（主詞） ＋ **en** 代名詞＋ **V₂（動詞變化）**

Elle | **en** | vient.
她　　自那裡　來
　　　（代替 de ＋
　　　地方名詞）

　　這裡的動詞大多是 venir、revenir 等，並會搭配介系詞 de，表示「從…哪裡來」的意思。

問句 **Elle vient de Paris** ?

她來自巴黎嗎？ └─ 地方補語

回答 **Oui, elle en vient.**

是的，她是從那裡來的。

Non, elle n'en vient pas.

不是，她不是從那裡來的。

☞ Paris 為地方名詞，且前面有介系詞 de，此外又是非人稱，所以可用代名詞 en 代稱。vient de（venir de）表示「（她）從～來」。

────────────────────────────────

問句 **Vous êtes revenus du bureau** ?

你們是從辦公室回來的嗎？ └─ 地方補語

回答 **Oui, nous en sommes revenus.**

是的，我們是從那裡來的。

Non, nous n'en sommes pas revenus.

不是，我們不是從那裡來的。

☞ bureau 為地方名詞，且前面有介系詞 de，此外又是非人稱，所以可用代名詞 en 代稱。êtes revenus de（revenir de）表示「（你們）從～回來」。

en 擔任代名詞時，放置的位置與反身動詞或一般受詞代名詞相同：**放於主詞之後、變化的動詞之前，要是句中有原形動詞，則放在原形動詞之前。**

💬 簡短對話

Ⓐ As-tu un appareil photo? 你有相機嗎？

Ⓑ Oui. Mais il ne marche pas très bien. 當然。但是不太好用。

Ⓐ D'accord... ce n'est pas grave. 好吧…沒關係。

Ⓑ Tu es revenue du Mexique la semaine dernière? 你上星期剛從墨西哥回來嗎？

Ⓐ Oui, j'en suis juste revenu mais je voulais repartir au Brésil.... 對啊，我剛回來但我想去巴西…

✏️ 練習題

請根據以下法文問句及提示，利用 **en** 代名詞來回答問題。

例） Tu prends du café ? 你要喝點咖啡嗎？

Non, *je n'en prends pas.*

(1) Linda est revenue du musée ? 琳達是從美術館回來的嗎？

Non, _____

(2) Sont-ils venus de France ? 他們來自法國？

Non, _____

(3) Ton fils est sorti de l'école ? 你兒子從學校出來了嗎？

Non, _____

(4) A quelle heure allez-vous partir de l'hôtel ?
您幾點要從飯店出發呢？

_____(10 heures 10 點)

(5) Avec qui le garçon est-il descendu de la voiture ?
那男孩和誰從車上下來呢？

_____(avec sa mère 和他媽媽)

(6) Quand est-ce qu'ils vont revenir <u>de Tokyo</u> ?
他們何時會從東京回來？

_____（la semaine prochaine 下周）

(7) Quand allons-nous sortir du café ? 我們何時要從咖啡廳離開？

_____（dans 10 minuites 10 分鐘之後）

(8) Comment est-ce que ta fille revient de l'aéroport?
你女兒要怎麼從機場回來呢？

_____（en bus 搭公車）

(9) Tu es revenu de la piscine? 你從游泳池那邊回來的嗎？
Oui, _____

(10) Est-ce que tu viens de Taipei ? 你來自台北嗎？
Oui, _____

◄◄ 解答

(1) Non, elle n'en est pas revenue.
(2) Ils n'en sont pas revenus.
(3) Non, il n'en est pas encore sorti.
(4) Je vais en partir à 10 heures.
(5) Il en est descendu avec sa mère.
(6) Ils vont en revenir la semaine prochaine.
(7) Nous allons en sortir dans 10 minuites.
(8) Elle en revient en bus.
(9) Oui, j'en suis revenu.
(10) Oui, j'en viens.

台灣廣廈 國際出版集團
Taiwan Mansion International Group

國家圖書館出版品預行編目（CIP）資料

全新開始學法語文法／王柔惠著.
-- 初版. -- 新北市：國際學村出版社, 2022.10
面；　公分
ISBN 978-986-454-229-1

1.CST: 法語 2.CST: 語法

804.56　　　　　　　　　　　　　111008578

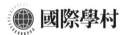 國際學村

全新開始！學法語文法

適合大家的法語初級文法課本，基本發音、基本詞性、全文法應用全備！

作　　　者／王柔惠

編輯中心編輯長／伍峻宏
編輯／古竣元
封面設計／林珈仔・**內頁排版**／菩薩蠻數位文化有限公司
製版・印刷・裝訂／東豪・弼聖・紘億・秉成

行企研發中心總監／陳冠蒨
媒體公關組／陳柔彣
綜合業務組／何欣穎

線上學習中心總監／陳冠蒨
產品企製組／黃雅鈴

發　行　人／江媛珍
法 律 顧 問／第一國際法律事務所 余淑杏律師・北辰著作權事務所 蕭雄淋律師
出　　　版／國際學村
發　　　行／台灣廣廈有聲圖書有限公司
　　　　　　地址：新北市235中和區中山路二段359巷7號2樓
　　　　　　電話：（886）2-2225-5777・傳真：（886）2-2225-8052

代理印務・全球總經銷／知遠文化事業有限公司
　　　　　　地址：新北市222深坑區北深路三段155巷25號5樓
　　　　　　電話：（886）2-2664-8800・傳真：（886）2-2664-8801
郵 政 劃 撥／劃撥帳號：18836722
　　　　　　劃撥戶名：知遠文化事業有限公司（※單次購書金額未達1000元，請另付70元郵資。）

■ 出版日期：2022年10月
ISBN：978-986-454-229-1　　　版權所有，未經同意不得重製、轉載、翻印。